청소년을 위한
북 내비게이션

청소년을 위한 북내비게이션

류대성 지음

Humanist

책 속에서 행복한 삶의 길 찾기

새로운 밀레니엄에 대한 두근거림이 엊그제 같은데 벌써 10여 년이 흘렀다. 21세기는 LTE-A의 속도로도 만족하지 못한다. 세상은 빛보다 빠른 속도로 변하지만 우리는 그만큼 행복하지 않다. 길은 멀고 날은 저무는데 석양을 바라보는 나그네처럼 삶의 길을 잃고 헤매고 있지는 않은가.

반복되는 일상 속에서 빠르게 변하는 세상에 적응하고 그 속에서 삶의 목적지를 정하고 길을 찾아가는 일은 결코 쉽지 않다. 그래서 우리는 고민하고 방황하며 인생의 의미를 생각한다. 사춘기 청소년은 말할 필요도 없다. 세상은 온통 질문투성이다. 특별히 하고 싶은 일도 없고 남보다 잘하는 것도 없는 것 같다. 이렇듯 어두운 밤길을 홀로 걷는 것처럼 답답하고 힘겨운 시간을 보내고 있다면 한 권의 책을 펼쳐보자. 내 삶의 등대가 되어줄 수도 있고 내가 원하는 목적지까지 길을 안내해줄 내비게이션이 될지도 모른다. 어쩌면 책은 스마트폰보다 삶의 근본적인 질문을 더 정확하고 빠른 속도로 해결해줄 수도 있지 않을까.

"선생님, 책 좀 추천해주세요." 국어교사가 많이 받는 난처한 질문 중의 하나다. 학생의 배경지식과 관심 분야, 재미와 난이도까지 고려해서 대답하는 일은 쉽지 않기 때문이다. 이 책은 감히 고민 해결의 빠르고 정확한 길잡이가 되겠다고 나선 '북 내비게이션'이다. 책 속에 길이 있다는 진리를 확인하기 위해 수많은 책을 내가 먼저 헤매고 다녔다. 그러면서 철학에서부터 만화에 이르기까지 거의 모든 분야에서 100권의 책을 골라냈다. 길을 좀 더 쉽게 안내할 수 있도록 '북 내비게이션'은 크게 8개의 영역으로 나누어 분야별로 세 권씩 추천하는 방식으로 구성했다. 각 분야의 특징과 중요성을 먼저 설명하고 난이도별로 읽을 만한 책을 엮어 진로와 전공 선택에 도움을 받을 수 있도록 힘썼다. 독자들이 이 책을 통해 행복한 삶의 길을 찾아가기를 간절히 바란다.

《한겨레》에 연재하는 동안 지난 십 년간 읽은 1,000권이 넘는 책 중에서 소개할 책을 고르고, 신간과 미처 살펴보지 못한 책들을 검색해서 매주 서너 권씩 읽고 썼던 지난 일 년은 힘들었지만 보람 있는 시간이었다. 연재를 마친 지난겨울, 지면에서 미처 하지 못한 이야기를 풀고 핵심적이고 인상 깊은 구절의 책갈피를 꺼내 이 책을 완성했다. 이 책의 목표는 세상의 다양한 지식을 찾아 나서는 것이었다. 스마트폰 안에 있는 단편적인 지식이 아니라 스스로 창조적 지식인이 되게 하는 지식 말이다. 그 지식에 대한 호기심은 자연스레 깊은 관심과 이해와 사랑으로 이어진다. 반 친구의 시험 점수와 경쟁하지 말고 어제와 다른 나의 열정과 경쟁할 수는 없을까. 그 경쟁의 가장 훌륭한 도구는 책보다 나은 것이 없다.

사르트르가 20세기의 완전한 인간이라고 표현했던 혁명가 체 게바라의 "우리 모두 리얼리스트가 되자. 그러나 가슴 속에 불가능한 꿈을 갖자."라는 말은 이 책의 성격을 단적으로 표현한다. 현실에 발 디딘 꿈꾸는 이상주의는 모순이 아니다. 내가 꿈꾸는 세상은 누군가가 만들어주지 않는다. 다양한 분야의 책을 읽다 보면 자신의 관심사를 알게 되고 가슴이 두근거리는 일이 생긴다. 그러면 자연스럽게 더 많은 책을 찾아보고 깊이를 더해가며 전문적인 독서의 단계로 나아간다. 책을 향한 작은 발걸음이 나의 미래를 바꾸고 내가 꿈꾸는 삶을 이룰 수 있게 해준다. 《비밀 많은 디자인 씨》를 통해 세상을 디자인하고 싶어진 수민이, 《처음 만나는 문화인류학》을 읽으면서 문화인류학자의 꿈을 키워가는 다영이, 《건축, 음악처럼 듣고 미술처럼 보다》를 보고 건축가의 미래를 그리는 하은이는 현실과 이상 사이에서 두근거리는 미래를 준비하고 있다.

벤저민 바버는 "나는 세상을 강자와 약자, 성공과 실패로 나누지 않는다. 나는 세상을 배우는 자와 배우지 않는 자로 나눈다."라는 말로 배움의 중요성을 강조했다. 학교를 졸업하고 사회에 나가더라도 끊임없이 책을 읽고 능동적인 배움의 자세를 잃지 말아야 한다. 배움의 기본이 책이다. 인간과 세상을 읽어내고 시간과 공간을 초월할 수 있는 창조적 사고력은 결국 책 읽기에서 시작된다는 사실을 기억하자.

수많은 책의 숲에서 자유로운 산책을 하다 보면 오솔길은 또 다른 길과 만나고 그 길은 또 다른 길을 만난다. 우리의 삶은 그렇게 수많은 길과의 만남이며 새로운 길을 찾아가는 여행이다. 처음 여행을 떠나는 사람에게 이 책이 든든한 내비게이션의 역할을 한다면 더할 나위 없는 기쁨이다. 출발은 함께하겠지만 어느 순간 혼자서도 즐겁고 환상적인 여행을 즐길 수 있게 될 것이다. 이미 다른 사람이 걸어간 길을 따라가보고 낯선 길을 만들기도 하며 새로운 사람과 동행하는 삶의 과정은 책을 읽는 과정과 비슷하기 때문이다.

2012년 한 해 동안 《한겨레》에 〈류대성 교사의 북 내비게이션〉 코너를 진행해주신 김태경 기자님, 인생의 반려자이자 거친 초고의 독자로 격려와 조언을 아끼지 않은 분당 중앙고등학교 서덕희 선생님, 방학 동안 원고를 읽고 조언해준 홍덕고등학교 3학년 정지윤, 최정, 장한송, 권소정, 꼼꼼한 편집과 수고로 책을 빛나게 해준 휴머니스트 편집부 등 주변 모든 분이 아니었으면 나오지 못할 책이었다. 부디 앞으로도 책 읽고 글 쓰는 즐거움과 항상 함께할 수 있기를! 버나드 쇼처럼 "우물쭈물하다가 내 이럴 줄 알았지."라는 말로 인생이 끝내지 않기를!

2013년 7월
류대성

차례

책 속에서 '나'를 찾다

1장 철학으로 마음의 눈을 뜨다

책 속에서 '길'을 찾다

청 소 년 을 위 한

북 내비게이션

책 속에서
'나'를 찾다

철학으로
마음의 눈을 뜨다

철학은 생각의 시작이며 모든 학문의 출발이다. 책 읽기도 결국 '나'의 문제에서 시작해 '세계'의 문제로 확장하기 때문이다. 이 장에서는 에릭슨이 말한 '자아 정체성(Ego Identity)'에서 시작해 관점의 다양성, 논리적 사고, 철학과 인접 분야 그리고 삶의 목표와 방향을 점검할 수 있는 철학 분야의 책들을 소개한다.

'나는 누구인가'에 대한 질문

《자기만의 철학》, 탁석산 지음, 창비, 2011 ★
《나를 찾습니다》, 마르틴 라퐁 지음, 신성림 옮김, 개마고원, 2011 ★
《열일곱 살의 인생론》, 안광복 지음, 사계절, 2010 ★★

"저는 ○○고등학교 ○학년 ○○○입니다. 올해 ○○살이고 ○○에 살고 있으며 가족은……".

"저는 ○○대학교 ○○과를 졸업한 ○○○입니다. 엄격하신 아버지와 자상하신 어머니……".

다른 사람들에게 자신을 소개할 때 누구나 막막함을 느껴본 적이 있을 것이다. 대학 진학을 위한 자기 소개서, 취업을 위한 이력서 뒤에 덧붙이는 자기 소개서도 마찬가지다. 이렇게 객관적 사실들을 나열한다고 해서 '나'를 완벽하게 설명할 수는 없다. 또 무조건 튀는 것도 좋은 방법은 아니다. 셰익스피어 〈리어왕〉의 한 구절처럼 "내가 누구인지 말할 수 있는

★ 중1~2 　　★★ 중3~고1 　　★★★ 고2~3

자는 누구인가?"라는 질문에 쉽게 대답할 수 있는 사람은 없다. 어느 개그맨의 유행어처럼 타인과의 관계에 따라 혹은 상황에 따라 우리는 "그때그때 달라요." 그러니 진짜 '나'는 어떤 사람인지 말하는 것은 쉬운 일이 아니다.

　이 질문에 대한 답을 우리는 '정체성'이라고 한다. '상당 기간 비교적 일관되게 유지되는 고유한 실체로서의 자기에 대한 경험'이라는 의미로 에릭슨이 처음 사용한 말이다. 이것은 학교, 나이, 직업, 외모뿐만 아니라 성격과 취향, 세계관 등을 모두 포함한다. 한마디로 타인과 구별되는 자신의 '생각'을 통해 우리는 자아 정체성을 확인할 수 있다. 이렇게 정체성을 찾아가는 과정이 바로 철학의 시작이다. 자신이 어떤 사람인지 알아야 어떤 목적을 가지고 어떻게 살아가야 할지에 대해서도 자연스럽게 생각하게 된다. 그래서 철학은 자기 자신이 진정으로 원하는 삶을 위한 바탕이라고 할 수 있다.

　"생각한 대로 살지 않으면 사는 대로 생각하게 된다."라는 폴 발레리의 말대로 주체적인 판단 능력과 세상을 바라보는 눈을 갖지 못하면 생각 없이 그냥 살게 된다. 생각의 힘은 철학적 사고에서 얻을 수 있다. 철학은 실생활과 무관한 것 같지만 실제로는 생각을 만들어주기 때문에 매우 중요하다.

　흔히 사람들은 철학에 대해 많은 오해를 하고 있다. 철학은 어렵다, 재미없다, 딱딱하다, 무슨 말인지 모르겠다 등등. 하지만 모든 사람이 이미 철학을 하고 있다. 넓은 의미에서 철학은 모든 생각의 시작이니까. 혹시 '나는 왜 태어났으며 어떻게 살 것인가, 사람들은 왜 그렇게 행동하는가, 죽음 이후의 세계는 어떨까.' 등에 대해 생각해본 적이 있는가. 그렇다면 이미 당신은 철학자다.

이처럼 살아가면서 부딪히는 수많은 문제에 대해 답을 찾고자 던지는 모든 질문이 바로 철학이다. 철학적 사고란 '정답지'를 확인하는 일이 아니라 '질문지'를 만드는 과정이다. 이런 철학적 사고는 '나는 누구인가?' 라는 질문으로 시작해서 '너'와 '우리' 더 나아가 '세상'으로 확대된다. 나의 문제, 내 안에서의 변화 곧 자아 정체성에 대한 질문이 바로 철학의 시작이다.

철학은 무엇이며 우리의 삶에 어떤 역할을 하는지 고민하는 사람들은 탁석산의 《자기만의 철학》을 읽어보자. 똑똑한 과학이나 자비로운 종교와 달리 철학은 아무짝에도 쓸모없는 개똥이라고 여기는 이에게 이 책을 권한다. "종교에서 의미는 신으로부터 부여되지만 철학에서 의미는 개인이 스스로 찾아가는 것"이라는 말에 동의한다면, "과학은 세계를 설명하려 하지만 철학은 세계의 의미를 탐구"한다는 말에도 밑줄을 긋게 된다.

자기만의 철학을 하기 위해서 꼭 경험적 철학자나 전문 철학자가 될 필요는 없습니다. 자신에게 맞는 철학을 하면 그만입니다. 중요한 것은 자신이 스스로 한 자신의 생각, 자신의 철학이어야 한다는 점입니다.

종교의 하위 개념이었던 철학은 개인의 탄생과 맞물려 근대 이후에야 제대로 대접받기 시작했다. 현대사회는 그 어느 때보다도 휴머니즘을 강조하고 개인의 삶이 중요하다고 말한다. 이 책의 제목인 '자기만의 철학'은 자신의 소중함을 깨닫고 삶의 주체가 되라는 말이다. 현대사회를 살아가는 모든 사람에게는 자기만의 철학이 필요하다. 그것은 인생의 주인공이 되기 위해 꼭 필요한 도구이다.

다시 말해서, 자신의 삶에 의미를 부여하고 우리가 살아가는 세계의 의미를 탐구하는 것이 바로 자기만의 철학이다. 다른 사람이 하고 싶은 것을 따라하는 삶이 행복할 리 없다. 인생에 대해 말하는 그냥 보통 사람이 아니라 체험으로부터 시작해서 자신의 고민을 끝까지 밀어붙이고 체계적으로 일반화할 수 있다면 경험적 철학자가 될 수 있다는 것이 탁석산의 주장이다. 내 삶의 주인이 되어 세상을 살아가고 싶다면 지금 당장 '자신의 문제'와 씨름하고 '나'의 문제를 고민해야 한다.

이 책은 철학을 어려워하는 사람들을 위해 과학과 종교를 통해 철학의 특징을 먼저 알려준 다음 철학의 단계를 설명한다. 자신만의 철학을 하려면 자신의 문제를 여러 방면으로 읽어내면서 당대의 문제를 고민하라고 충고한다. 이제 당신도 '자기만의 철학'을 시작해보자.

점점 나이를 먹으면서 얼굴과 몸이 변하고 있지요. 정신적으로도 여러분의 취향이나 감정, 성격이 변하고 있습니다. 그렇다면 자신을 안다는 것, 그건 어쩌면 불가능한 과제일지도 몰라요!

프랑스의 철학자 마르틴 라퐁의 《나를 찾습니다》는 이렇게 시작한다. 소크라테스의 "너 자신을 알라."라는 유명한 명제를 "나는 누구일까?"라는 질문으로 바꿔 자기를 알아가는 방법을 몇 가지 소개한다. 만만찮은 질문을 다루고 있지만 파스칼 르메트르의 재미있는 그림이 곁들여지고 중학생도 읽을 수 있을 만큼 쉽게 설명되어 있다. 짧은 글로 철학을 시작하고 싶은 사람에게 제격이다.

내가 누구인지 알고 나만의 철학을 할 수 있게 된다면 상급 학교 진학도 자습서도 문제집도 어쩌면 조금쯤 다르게 보일지 모른다. '나'를 탐험하는 것은 일단 읽고 생각하고 경험하는 데서 시작해야 한다. 나를 찾는 것은 잃어버린 물건을 찾는 것과는 전혀 다른 일이다. 추상적이고 철학적인 질문으로 치부하기 쉽지만 우선 '나'를 자세히 들여다볼 때는 의학과 심리학도 필요하다고 이 책은 충고한다.

이 책에서 소개하는 자아 정체성을 확인하는 방법 중 하나는 관계를 맺는 일이다.

자기를 알기 위해서는 행동하고 반응하고 서로 연대하는 법을 배워야 해요. 우리는 오직 자신의 행동과 관련해서만 스스로를 잘 알 수 있으니까요. 폭력과 불의, 고통, 고난, 억압, 소외, 배타성이 당장 여러분에게 닥친 문제가 아니라고 해서 정말로 아무 거리낌 없이 그건 내 문제가 아니라고 단언할 수 있을까요?

마지막으로, 마르틴 라퐁은 "이미 만들어진 길을 택하지 마세요. 여러분에게 맞는 진정한 길을 찾고, 끈질기게 그 길을 걸어가세요. 왜냐하면 우리는 스스로 되겠다고 선택한 사람이 실제로 되었을 때 자유로워지기 때문이에요."라고 충고한다. 이 말은 자신이 원하는 길을 걷는 사람이 가장 행복하고 자유로운 사람이라는 뜻이다.

현실적으로 대한민국의 청소년들이 겪는 철학적 문제를 잘 풀어낸 안광복의 《열일곱 살의 인생론》은 고등학교 철학 선생님의 에세이다. 이 책은 철학적 개념이나 방법론과 거리가 멀다. 선생님이 학생들과 부대끼면서 부딪쳤던 문제들을 현실적으로 접근한 책이다. 돈과 짝사랑, 열등감에서부터 적성, 용서, 관계, 변화, 용서, 애도에 이르기까지 열다섯 개의 주제를 가지고 쓴 이 철학 에세이에는 자신의 경험과 청소년들의 고민이 함께 녹아 있다.

꿈에 그리던 MP3 플레이어를 손에 넣었다고 해보자. 기쁨은 몇 주일도 가지 못한다. 내 것보다 훨씬 예쁘고 기능도 여러 가지인 새 MP3 플레이어가 탐나는 까닭이다. 심리학자들은 이를 가리켜 '쾌락의 트레드밀'(hedonic treadmil, 우리식 영어 '러닝머신'이 곧 '트레드밀'임)이라 한다.

고등학교 1학년인 열일곱에게 인생의 의미는 무엇일까? 철학 선생님은 이렇게 끝없이 욕망하는 러닝머신에 비유했다. 돈과 사랑도 마찬가지다. 학교 현장에서 직접 아이들과 생활하는 선생님의 이야기는 우리의 현실을 적나라하게 보여줌과 동시에 그 안에 숨은 문제점을 드러내고 함께 고민하자고 제안한다.

어른이 되어 사람을 사귀기란 참 어렵다. 원만한 관계를 맺기 위해서는 많은 시간과 노력, 연습이 필요한 까닭이다. 정말 마음에 쏙 드는 이를 만났을 때, 나의 기쁜 마음을 그대로 드러내서는 위험하다. 자칫하면 상대는 나를 '주책없는 인간'으로 여길 수도 있다. 나와 성[性]이 다른 사람이라면 '치근덕댄다'고 오해할지도 모른다.

어른이 되어도 사람들과 '관계'를 맺는 일은 쉽지 않다. 열일곱은 세상을 살아가기 위해 다양한 경험을 시작하는 나이다. 사람과 세상에 대해 고민하고 현실에 좌절하는 청소년에게 이 책은 조금 다른 방식으로 생각하라고 주문한다. 모든 책이 그러하듯 이 책을 읽는다고 해서 고민이 저절로 해결되는 것은 아니다. 인생의 문제도 결국 열쇠는 자신의 손바닥에 놓여 있다. 타인의 경험과 생각에 비추어 그것을 자신만의 문제와 고민을 풀어가는 힌트로 삼고, 스스로 인생의 주인이 되어 삶의 문을 열고 들어가야 한다.

20세기의 문제적 철학자 버트런드 러셀은 《철학이란 무엇인가》에서 "철학에는 우리가 원하는 많은 문제에 '대답'할 힘은 없을지라도, 적어도 세상 사람들의 관심을 고조시키고 일상생활의 지극히 평범한 일도 한 꺼풀 벗겨보면 그 내부에는 기이함과 불가사의가 도사리고 있음을 나타내는 문제를 '질문'할 힘을 가지고 있다."라고 말했다. 내가 누구인지를 가장 잘 말할 수 있는 사람은 바로 나라는 사실을 잊지 말자. 나를 만들어가는 것도 나이고 내 삶의 주인도 바로 나다. 철학은 그 과정에서 작은 고민의 씨앗을 던져주고 생각하는 힘을 빌려줄지도 모른다. 그렇게 읽고 생각하고 경험하는 과정에서 자기만의 철학은 자연스레 완성되는 게 아닐까. 우선 거울을 들여다보고 '나'에 대해 말해보자. 그리고 질문을 시작해보자.

세상을 바라보는
서로 다른 시각

《소크라테스의 삶과 죽음》, 이종훈 편역, 한국학술정보, 2012 ★★★
《소크라테스 두 번 죽이기》, 박홍규 지음, 필맥, 2005 ★★★
《철학의 교실》, 오가와 히토시 지음, 안소현 옮김, 파이카, 2011 ★★

간단한 실험을 하나 해보자. 아래 그림과 같이 종이 위에 점을 하나 찍고 거리를 두어 X 표시를 하자. 그런 다음 종이를 양손으로 든 채 눈높이에서 두 팔을 쭉 뻗어 왼쪽 눈을 감고 오른쪽 눈으로 왼쪽에 찍힌 점을 바라보면서 천천히 종이를 얼굴 쪽으로 당겨보자. 어떤 일이 벌어질까?

●   X

30센티미터쯤 되는 지점에서 X가 사라진다. 종이를 더 앞으로 당기거나 밀면 다시 X가 보인다. 이것을 맹점盲點이라고 한다. 두 눈으로 보지만 볼 수 없는 부분이 있다. 사전적 의미로 맹점은 시세포가 없어 물체의 상이 맺히지 않는 부분을 뜻한다. 이렇게 간단한 맹점 실험을 통해 우리 눈의 한계를 경험할 수 있다.

또 한 시간만 눈을 가리고 생활해보면 어떨까? 코나 귀, 입을 막고 생활하는 것과 비교할 수 없을 만큼 불편하다. 사람의 눈은 일차적인 정보를 받아들이고 판단하는 데 결정적인 역할을 하는 감각기관이다. 그렇다고 해서 눈에 보이는 것이 전부는 아니다. 시각적 이미지가 사물의 진면목을 드러낸다고 할 수 없고 세상의 진실을 모두 보여주지도 못하기 때문이다. 철학도 이와 마찬가지다. 눈에 보이는 '현상' 대신 그 뒤에 숨어 있는 '본질'을 파악하기 위해서는 다양한 관점이 필요하다. 철학은 세상을 다양한 관점으로 볼 수 있는 능력을 길러준다. 우리에겐 철학적 관점이 필요하다. 한 가지 실험을 더 해보자. 아래 그림은 어떤 동물을 그린 걸까?

펠리컨? 두더지? 수천 명의 사람들에게 이 그림이 무엇으로 보이는지 물었더니 거의 대부분이 한 가지 동물을 보았다고 한다. 각자의 관점에 따라 보이는 대로 판단한 것이다. 이 그림은 20세기의 분석철학자 비트겐슈타인이 그린 '오리-토끼'다. 사람의 생각은 이렇게 단순하고 일방적일 때가 많다. 굳어버린 생각, 편향된 시각은 경주마처럼 우리의 시야를 점점 좁게 만든다. 많은 사람이 삶의 목표를 '돈'이라고 말한다. 생존을 위해 필수적인 수단이긴 하지만 '돈'이 인생의 목표가 될 수 있을까. 돈만 있으면 행복하게 살 수 있을까. 삶의 목표가 다르면 행복한 이유와 행복해지는 방법도 달라진다. 우리에게 정말 필요한 것은 돈이 아니라 넓고 깊은 통찰력과 다양한 관점일지 모른다.

서양철학의 문제적 인물, 소크라테스의 죽음은 2,500여 년이 지난 지금도 여전히 논란이 되고 있다. 실제로 "악법도 법이다."라는 말을 직접 하지는 않았지만 민주적 절차에 따라 법을 지키고 재판 결과를 받아들여 독배를 마신 소크라테스를 우리는 위대한 철학자로 기억한다. 하지만 소크라테스는 단 한 줄의 글도 남기지 않았다. 우리가 알고 있는 소크라테스의 철학은 그의 제자 플라톤에 의해 전해질 뿐이다. 그렇다면 위대한 철학자 소크라테스를 조금 다른 관점에서 바라볼 필요가 있다. 박홍규의 《소크라테스 두 번 죽이기》는 소크라테스를 다른 측면에서 살펴본다. 소크라테스는 과연 민주주의에 대해 어떤 생각을 가지고 있었을까. 그는 아테네의 시민들과 민주적인 절차에 대해 어떤 태도를 가지고 있었을까. 죽음에 직면한 소크라테스는 왜 탈옥을 거부했을까. 이 책은 수천 년간 소크라테스의 철학만큼 관심과 논란이 되고 있는 그의 죽음에 대해 살펴보고 있다.

박홍규의 책을 읽기 전에 플라톤이 쓴 《소크라테스의 변론》을 읽는 것이 좋다. 원전을 해석한 플라톤의 네 대화 편 《에우티프론, 소크라테스의 변론, 크리톤, 파이돈》(박종현 역주, 서광사, 2003)은 분량이 많고 조금 어렵다. 그래서 소크라테스를 처음 시작하는 사람이라면 이종훈이 편역한 《소크라테스의 삶과 죽음》이 좋다. 이 책은 '소크라테스의 변론'과 '크리톤'만을 알기 쉽게 요약, 정리한 것이다. 플라톤의 네 대화 편을 모두 읽는 것이 좋지만 원전에 부담을 느끼는 독자에게 입문서로 적당한 분량과 내용을 갖추고 있다. 1부 '소크라테스의 변론'은 1, 2차 변론과 최후 진술을 모두 담고 있다. 2부 '크리톤'은 소크라테스의 절친인 크리톤이 소크라테스에게 면회와 탈옥을 권유하는 내용과 그가 약속을 지켜야 하는 이유를 주장하는 장면, 아테네 법률의 논고를 간략하게 소개하고 있다.

아테네 시민 여러분! 여러분은 얼마 후 곧 이 나라를 헐뜯으려는 사람들로부터 지혜로운 사람 소크라테스를 사형에 처했다는 악명과 비난을 받을 것입니다. 왜냐하면 여러분에게 그렇게 비난하려는 사람들은, 비록 제가 지혜롭지 않더라도, 당연히 제가 지혜로운 사람이라고 주장할 것이기 때문입니다.

최후 진술에서 소크라테스는 이렇게 말한다. 하찮은 주장을 대단한 주장으로 만들 뿐만 아니라 다른 사람에게 이것을 가르치고 젊은이들을 타락시키며, 국가가 믿는 신들을 믿지 않는다는 이유로 고소당한 소크라테스의 재판에서 우리가 살펴보아야 할 것은 유죄냐 무죄냐가 아니라 재판 절차와 과정, 재판을 대하는 소크라테스의 태도이다. 하지만 《소크라테스의 변론》은 제자 플라톤이 스승인 소크라테스의 이야기를 대화 형식으로 기록했기 때문에 소크라테스의 논리만을 담고 있다. 마치 동전의 한 면만을 보는 것과 같다.

박홍규가 말하는 소크라테스의 가장 큰 특징은 그가 민중을 멸시했다는 것이다. 그 역시 귀족이 아닌 중산층 출신이면서 말이다. 소크라테스의 이런 태도는 크세노폰의 《소크라테스 회상》에서 그가 제자 카르미데스에게 한 다음과 같은 말에서 알 수 있다.

자네는 가장 두뇌가 뛰어난 사람들에게는 부끄러워하지 않으며, 또 가장 위대한 사람들에게는 두려움을 느끼지 않으면서도 가장 생각의 깊이가 없고, 가장 비천한 사람 앞에서 연설하는 것을 부끄러워하고 있는 것일세.

박홍규는 《소크라테스 두 번 죽이기》에서 "민주주의 사회였던 고대 그리스에서 민주주의에 반하는 언행을 한 소크라테스의 반민주적 행위는 비판받아 마땅하다."라고 말한다. 소크라테스의 언행을 플라톤과 전혀 다른 관점에서 바라보고 있는 것이다. 이 책은 크세노폰의 《소크라테스 회상》과 호메로스, 소포클레스의 저작 그리고 민주주의에 관한 투키디데스의 《펠로폰네소스 전쟁사》, 헤로도토스의 《역사》 등 충실한 자료 분석을 통해 독자들에게 호소한다. 다양한 자료를 통해 소크라테스가 당시 민중을 어떤 관점에서 평가했는지 그리고 민주주의에 대해 어떤 태도를 가지고 있었는지 살펴본다.

모든 인물이나 사상은 그것이 존재했던 시대의 사회사와 연관 지어 하나의 고리에서 바라봐야 한다. 마찬가지로 소크라테스 역시 그가 살았던 당시의 아이렇게 박홍규는 소크라테스의 죽음을 '민주주의'라는 관점에서 평가한다. 소크라테스 재판에 대해 우리가 알아야 할 내용을 상세히 설명하고 있는 이 책은 그리스 민주주의가 어떻게 전개되었는지 꼼꼼하게 살펴본후 소크라테스에 대해 구체적인 분석을 시도한다. 그 과정에서 소크라테스의 삶과 죽음의 의미를 자연스럽게 드러낸다. 오리일 수도 있고 토끼일수도 있는 그림처럼 소크라테스 역시 위대한 철학자일 수도 있지만 박홍규의 주장대로 반민주주의자일 수도 있지 않을까.

다양한 관점과 시야를 확보하기 위해 좀 더 다양한 철학자의 생각을들어보려면 열네 명의 철학자를 소개하는 오가와 히토시의 《철학의 교실》을 살펴보자. 이 책은 하이데거와 헤겔, 칸트를 비롯해 마르크스, 사르트르, 니체에 이르기까지 주로 현대 철학자들이 직접 등장하는 형식을취하고 있다. '하이데거 선생님이 들려주는 삶과 죽음 이야기', '헤겔 선생님이 들려주는 꿈 이야기'를 비롯해 '마르크스 선생님이 들려주는 경제와 빈곤 이야기', '니체 선생님이 들려주는 인생 이야기'에 이르기까지철학자의 수업을 직접 듣는 것처럼 생생하다. 구가츠테 고등학교의 철학교실에는 수업을 듣기 위해 고등학생과 직장인, 주부까지 모였으니 이런수업을 한번 들어보면 어떨까. 플라톤의 연애 이야기를 들어보자.

에로스는 일방적인 동경으로 자기 자신을 사랑하는 것입니다. 이에 비해 필리아는 상대를 자신처럼 사랑하는 것이고, 아가페는 자신보다 상대를 더 사랑

에로스는 상대보다 자신을 사랑하는 '연애', 필리아는 상대를 자신과
마찬가지로 사랑하는 '우애', 아가페는 자신보다 상대를 사랑하는 '아낌
없이 주는 사랑'이라고 정리하는 플라톤의 수업은 명쾌하다. 실제 수업
을 진행하는 철학자들은 자신의 핵심적인 사상을 알기 쉽고 간략하게 설
명한다. 대화 형식으로 이루어져 이해하기 쉽고 재미있다는 점이 이 책
의 장점이다. 수업이 끝나고 나면 철학자들은 요약, 정리까지 해준다. 예
를 들어 사르트르 선생님은 "지금 여기 살아 있는 나 자신이 세상의 참모
습을 결정한다! 자유를 이루려면 적극적으로 사회에 참여하라!" 하고 외
친다. 어려운 철학 개념과 용어를 완전히 이해하지 못하더라도 인간과
삶에 대한 다양한 철학자들의 관점을 개괄적으로 파악할 수 있다.

2009년 1월 20일 철거민 5명, 경찰 특공대원 1명이 사망한 용산참사
를 바라보는 여러 개의 시선이 존재한다. 철거민의 불법 폭력 시위가 참
사의 원인이라는 검찰의 시선과 공권력의 과잉 진압이 참혹한 사건을 만
들었다는 시선이 대립한다. 이 참사를 바라보는 국민과 정부의 입장이
서로 조금씩 다르다. 죽음에 대한 원인도 책임도 제각각 다르게 말한다.
2,500여 년 전 소크라테스의 죽음처럼.

하나의 사물, 하나의 사건을 바라보는 서로 다른 시선과 주장 속에서
우리에게 필요한 것은 전체를 조망할 수 있는 통찰력과 인간과 사회에
대한 비판적 시각이다. 우리 주변에는 그런 일이 또 없는지 잘 살펴보자.
현상과 본질을 아울러 생각한다는 것은 결코 쉬운 일이 아니지만 그 생

각이 내가 누구인지를 말해준다. 생각의 힘을 기르면 다양한 관점으로 세상을 바라볼 수 있는 눈을 가질 수 있다. 그러면 내가 누구인지 알 수 있고 삶의 목적과 방법까지도 고민할 수 있는 힘이 생긴다. 이제 고정관념을 버리고 타인과 세상을 다양한 관점에서 살펴볼 차례다.

가슴은 뜨겁게,
머리는 차갑게!

《설득의 논리학》, 김용규 지음, 웅진지식하우스, 2007 ★★
《변호사 논증법》, 최훈 지음, 웅진지식하우스, 2010 ★★
《논쟁의 대가들》, 로베르토 카사티·아킬레 바르치 지음, 이현경 옮김, 열대림, 2005 ★★

클로이는 10시 30분에 파리에서 런던으로 가는 에어프랑스 비행기를 탈 계획이었다. 하지만 가방에 들어 있던 샴푸 병이 새는 바람에 10시 45분 발 브리티시 항공 보잉 767기 15A 좌석을 타게 되었다. 같은 날 런던으로 가는 여섯 편의 비행기와 좌석 수를 계산해보면 클로이의 옆 좌석 15B에 앉게 될 확률은 5840분의 1이다. 여행 중 우연히 옆자리에 앉아 대화를 나누고 사랑에 빠지게 된 어떤 남자에게 클로이는 우연일까 운명일까.

사랑하는 모든 연인에게 상대방은 피할 수 없는 운명이라고 생각한다. 사랑의 본질은 차가운 이성과 논리적 추론이 아니라 가슴에 몰아치는 회오리바람이며 말로 표현할 수 없는 정서적 교감이기 때문이다. 알랭 드

철학으로 마음의 눈을 뜨다 31

보통은 《왜 나는 너를 사랑하는가》라는 소설에서 남자 주인공 '나'는 클로이를 만날 확률을 수학적으로 계산한다. 누군가와의 만남이 우연인지 필연인지 논리적으로 판단할 수는 없다. 하지만 우리는 세상을 살아가면서 합리적으로 생각하고 이성적으로 판단해야 하는 순간을 수없이 맞이한다. 취향에 따라 과자나 옷을 고를 때와는 달리 어떤 일의 잘잘못을 따지거나 문제를 해결해야 할 때 우리는 조금씩 다른 방식으로 접근해야 한다.

인간의 뇌는 감성과 이성의 영역이 조화를 이루고 있다. 사람마다 조금씩 차이는 있겠지만 어느 한쪽만 가진 사람은 거의 없다. 이성의 힘을 기르고 합리적으로 생각하는 방법에 대한 철학 분야가 바로 논리학이다. 현대적 의미의 논리학을 체계화한 아리스토텔레스는 인간의 사고방식에 타당한 형식과 부당한 형식이 있다고 보고, 그 타당성을 식별해줄 수 있는 방법을 고민했다. 논리학은 말하자면 이성적으로 생각하고 판단하는 학문이라고 할 수 있다. 우리는 사랑하는 사람에게 고백할 때조차 타당한 이유를 설명하려고 한다. 하물며 상대방과 의견이 달라 논쟁을 벌이거나 글을 쓸 때는 두말할 필요도 없지 않을까. 누군가를 사랑할 때는 연인에게 감정적으로 호소할 수 있지만 말이나 글을 통해 상대방을 설득해야 하는 상황이라면 합리적이고 논리적인 설명이 필요하다. 말하자면 논리적 사고는 싸움의 기술이 아니라 세상을 살아가는 중요한 도구이며 생각의 힘을 기르는 바탕이 된다.

누군가를 설득하는 일은 결코 쉽지 않다. 모든 사람은 자신의 생각과 판단이 옳다고 믿기 때문이다. 각자 나름의 이유와 근거를 가지고 이야기를 하다 보면 접점을 찾기 힘들고 대립과 갈등을 겪게 될 때가 많다.

철학자 김용규는 이런 사람들에게 《설득의 논리학》을 권한다. "인간의 마음은 감성과 이성, 두 개의 날개로 나는 새다."라는 말로 시작하면서 설득은 결국 논증이라고 선언한다. 번지르르하고 화려한 말이 아니라 논리적인 방법으로 상대방의 이성을 설득하는 것은 쉽지 않다. 그래서 논증을 이해한 후 꾸준한 연습과 의식적인 노력이 필요하다.

얼굴이 아름다운 여성이 선전하는 화장품, 몸매가 날씬한 여성이 마시는 저칼로리 음료, 멋진 남성이 입고 다니는 의류, 품위 있는 중년 남성이 운전하는 대형 승용차 등 높은 몸값의 모델을 내세운 모든 광고는 예증법을 사용한다. '아름다운', '날씬한', '멋진', '품위 있는' 모델을 대표적인 예로 보여줌으로써, 소비자도 모델처럼 '아름답게', '날씬하게', '멋지게', '품위 있게' 될 수 있음을 간단하지만 강력하게 주장하고 있다.

머릿결이 좋은 ○○○이 머리를 감는 샴푸, ○○이 산에 오를 때 입는 등산복도 예증법이라는 논리적 도구가 사용되었다는 뜻이다. 논리학은 이렇게 우리의 일상생활과도 매우 밀접한 관계를 맺고 있다. 논리학은 말이나 글로써 상대방을 설득해야 하는 현대인들에게 반드시 필요한 삶의 도구다. 김용규는 귀납법과 연역법, 삼단논법과 배열법 등 복잡하고 어려운 이론을 설명하려는 게 아니다. 이 이론들을 실제 생활에 어떻게 적용할 수 있는지를 보여준다. 열 가지 논리 도구를 배워 실전에 활용해 보는 건 어떨까.

예를 들어 아서 코넌 도일의 〈네 사람의 서명〉을 보면 왓슨이 위그모어에 있는 우체국에 다녀왔고 전보를 쳤다는 사실을 셜록 홈즈가 추론하는 장면이 나온다. 주로 가추법을 사용하는 셜록 홈즈는 예리한 관찰과 추론 때문에 여전히 독자들의 관심과 사랑을 받고 있다. 가추법은 전제로부터 결론이 개연적으로 이끌려 나오는 연역법의 일종으로 논리적이고 과학적 방법이다. 보지도 않고 아침에 무얼 했는지 알아맞히자 황당해하는 왓슨에게 셜록 홈즈는 "불가능한 것들을 모두 지워버렸을 때 남는 것 하나가 진실임이 틀림없네."라고 말한다. 논리적으로 생각하고 말하고 글을 쓰는 기술을 익혀두면 토론은 물론 논술문, 기획서, 과학실험 보고서 등을 쓸 때 유용하다. 독자들의 이해를 돕기 위해 각 장의 마지막에는 '논리학 길잡이' 코너를 두어 핵심 내용을 정리해두었다.

직접적으로 논쟁에서 이길 수 있는 실전 논리를 알려주는 또 하나의 책이 있다. 최훈은 《변호사 논증법》에서 "말싸움은 수단과 방법을 가리지 않고 상대방을 이기는 데 목적이 있다. 논증은 상대방을 논리적으로 설득하는 것이다. 그러기에 자유로운 토론이 가능해야 한다."라고 말한다.

논증은 합리적이고 논리적인 방법으로 상대를 이기고자 하는 '대화의 스포츠'다. 분명한 룰이 있고, 페어플레이를 해야 하고, 결과에 승복해야 한다. 그래서 논증은 아주 세련된 대화의 기술인 동시에 누구라도 참여하면 거기에 복종할 수밖에 없는 절대 게임이다.

논증이 절대 게임에서 이길 수 있는 세련된 기술이라면 한번 배워볼 만하지 않은가. 누군가와의 말싸움에서 지지 않으려면 자기 자신을 먼저 설득해야 한다. 이기적인 마음이 아니라 공정하고 객관적인 태도를 갖기는 쉽지 않다. 하지만 논리적인 사람이 된다는 것은 상황과 맥락을 살펴 자신의 생각과 주장을 합리적으로 상대방에게 전달할 수 있다는 뜻이다. 이 책에서 저자는 변호사 변증법의 네 가지 원칙을 제시한다. 그중에서 가장 중요한 것은 '자비로운 해석의 원칙'이다.

상대방의 주장에 자비를 베풀어 최대한 합리적인 주장으로 해석하라. 이것이 변호사 논증법의 첫 번째 원칙인 자비로운 해석의 원칙이다. 상대방의 주장을 액면 그대로 해석해서 잘못부터 찾아낼 것이 아니다. "나라면 저런 뜻으로 주장했을 거야."라고 상대방에게 감정이입을 한 다음 선의로 해석해서 가능한 한, 가장 강한 주장이 되게 해야 한다.

이렇게 생각하지 않으면 논쟁 자체가 불가능하다. 무조건 자신만 옳다고 생각하는 사람과는 대화를 할 수 없다. 토론도 마찬가지다. 말하기 전에 듣는 능력이 중요한 이유가 여기에 있다. 역지사지의 원칙을 지키지 않는다면 논리는 사라지고 감정만 쌓이게 된다. 그래서 저자는 기존 지식과 선입견으로는 옳지 않다고 생각되는 주장이라도 모든 가능성을 의심해보고 합당한 근거를 찾으라고 말한다. 아버지를 죽인 자식의 변호를 맡았다고 할지라도 말이다.

논증과 오류의 종류를 외우는 대신 '자비로운 태도'를 강조하는 이 책은 논리적인 사람이 되어 논쟁에서 이기고 싶다면 착한 마음을 가지라고 강조한다. 그것은 감정에 호소하는 오류가 아니라 상대방의 이야기를 듣고 그 사람의 주장을 인정하고 논리적인 과정과 절차를 통해 이성적으로 설득하라는 뜻이다. 저자가 말하는 대로 '자비로운 해석과 역지사지, 근거 제시와 확인, 입증의 책임과 권리, 논점 일탈 금지의 원칙'만 지킬 수 있어도 누구나 토론과 논쟁의 달인이 될 수 있다. 생각하는 힘이 길러지고 논리적인 사람이 되는 건 물론이다.

로베르토 카시티와 아킬레 바르치 두 철학자는 《논쟁의 대가들》을 통해 새로운 방식으로 우리에게 논리적 사고의 중요성을 일깨워준다. 39가지 우화를 통해 일상의 논리적 오류들을 지적하고 있는 이 책에는 '그'와 '그녀' 그리고 '참견쟁이'가 끊임없이 논쟁을 벌인다. 다른 인물도 등장하지만 세 사람은 서로의 주장을 논리적으로 반박하며 논쟁을 주도한다.

점원 어서 오십시오. 손님, 무엇을 도와드릴까요?

그   안녕하십니까. 지나가다가 당신네 요청을 받아들이게 되었습니다.

점원 무슨 요청 말씀이십니까?

그   이 출입문으로 들어와달라는 요청이지요.

점원 죄송하지만 무슨 말씀이신지?

그   간판에 이렇게 적혀 있더군요. "마카니 가 15번지로 들어오세요." 여기가 마카니 가 15번지 아닙니까?

점원 아, 그렇습니다. 죄송합니다, 무슨 말인지 몰랐군요. 지금 우린 공사 중이고 이 가게는 일시적으로 타미지 가에서는 들어올 수 없게 되었어요. 그런데 제가 무엇을 도와드리면 될까요?

두 사람의 논쟁은 계속 이어진다. '그'는 "프레미아타 리벤디타 카스톨디에 들어오실 분은 마카니 가 15번지로 입장해주십시오."라고 쓰여 있었다면 들어올 일은 없었을 거라고 항변한다. 하지만 '점원'은 '담화의 목적'을 설명하면서 명료함, 진실성, 양의 규칙을 설명한다. 하지만 '그'는 이해하지 못하고 논쟁을 중단하고 역으로 달려간다. 그 이유는 항공사의 파업으로 기차를 이용해야 한다는 기사를 읽었기 때문이다. 그는 '만약 항공기를 이용하려는 사람'이라고 전제된 기사 내용을 단순한 명령으로 잘못 이해한 것이다. 기차역에 도착해 신문기자에게 항의 전화를 걸지는 않을지 걱정된다.

이 책은 역설과 위트 그리고 논리와 상상력이 동원된 철학 우화들로 가득해서 재미있게 읽는 동안 자연스럽게 철학적 사고력을 키울 수 있다. 시간과 공간, 의식과 정체성, 논리적 역설 등 논쟁의 주제는 다양하다. 이들의 이야기를 듣다 보면 논쟁에 뛰어들어 함께 이야기를 하고 싶어진다. 그 이야기들을 통해 지금까지 가졌던 편견과 고정관념 들은 여지없이 무너진다. 이 책은 철학적 개념이나 논리학 용어가 등장하지 않으면서도 합리적이고 논리적인 힘을 자연스럽게 길러준다.

열린 마음으로 상대를 이해하려는 태도가 없으면 논쟁은 '나만 옳고 너는 틀리다.' 하며 바보들의 싸움으로 끝날 수도 있다. 논리학은 상대방을 굴복시키는 전쟁의 도구가 아니라 서로를 존중하고 수용하는 태도를 만들어주는 삶의 도구가 되어야 한다. 인간은 완벽하지 않다. 감정만큼이나 이성도 오류에 빠지기 쉽고 합리적으로 판단하지 못할 때도 많다. 그것이 논쟁의 상황이든 다양한 선택과 갈등의 상황이든 마찬가지다. 논리적으로 생각하는 힘은 삶을 풍요롭게 하는 또 하나의 지혜다.

철학, 인간에게
'**새로운 눈**'을 주다

《철학 정원》, 김용석 지음, 한겨레출판, 2007 ★★★
《철학, 영화를 캐스팅하다》, 이왕주 지음, 효형출판, 2005 ★★
《철학카페에서 시 읽기》, 김용규 지음, 웅진지식하우스, 2011 ★★

생텍쥐페리의《어린왕자》에서 백미라고 할 수 있는 부분은 지구에 도착한 어린왕자에게 여우가 나타나 제발 자신을 길들여 달라고 하는 장면이다. '길들인다'는 것이 무슨 뜻이냐고 묻는 어린왕자에게 여우는 "그건 '관계를 만들어간다'는 뜻이야."라고 대답한다. 그리고 참을성 있게 풀밭에서 조금 떨어져 있다가 곁눈질을 하고 날마다 조금씩 더 가까이 다가앉을 수 있게 될 것이라고 일러준다. 여우가 어린왕자에게 들려주는 이야기는 타인과의 관계를 다시 한 번 생각하게 한다. 마음이 움직이고 서로를 길들여가는 과정이 소통의 시작이 아닐까.

문자 메시지와 각종 SNS가 사람과 사람 사이의 소통을 대신하는 현대 사회에서 우리는 말없이 상대를 길들이는 방법을 생각조차 하지 않는다.

그만큼 기다릴 시간 여유도, 참을성도 잃어버린 지 너무 오래되었다. 마셜 매클루언의 미디어 자체가 메시지라는 말은 현대인의 삶을 가장 적절하게 대변해주는 표현인지도 모른다. 나와 너 그리고 우리로 확장되는 세상을 살아가면서 소통의 중요성을 이야기하지만 근본적으로 인간을 신뢰하지 않는 경우가 많다. 소통의 맥락과 커뮤니케이션 철학을 고민하기 위해 어린왕자와 여우의 이야기를 읽는 사람은 없다. 하지만 철학은 여전히 타인과의 관계에 대해 성찰하는 역할을 한다.

우리는 세상을 인식하고 타인과의 관계를 고민하면서 어떻게 살 것인가를 생각하기 시작한다. 이런 생각들이 다양한 학문으로 발전했고 사물과 사람에 대한 또 다른 호기심을 불러오기도 한다. 이 모든 생각의 바탕이 바로 철학이다. 따라서 철학은 어느 한 분야에만 적용되는 학문이 아니다. 거꾸로 말하면 철학적 관점은 거의 세상 모든 분야에 필요하다. 철학은 우리가 매일 접하는 일상, 예술, 학문 등 모든 영역에 걸쳐 생각의 틀을 제공하고 조금 다른 눈으로 세상을 바라볼 수 있도록 우리를 일깨워주는 역할을 한다.

철학이라는 정원에서 꿈을 꾸는 철학자는 얼마나 행복할까. 그 정원에서 고전을 읽던 김용식은 《철학 정원》이라는 책을 신보인다. 마흔일곱 권의 책과 여덟 편의 영화로 꾸민 철학 정원에는 동화, 문학, 영화, 철학, 정치·사회·문화·사상, 과학으로 나눈 다양한 산책로가 있다. 편안하게 산책하며 다양한 분야에 질문을 던지고 철학자의 이야기를 들어보자. 고전을 통해 철학을 한다는 것은 철학적 관점으로 고전을 다시 읽어본다는 의미다. 고전과 철학 두 마리 토끼를 다 잡을 수 있다. 지금의 나는 누구인가, '합리적 비극'은 가능한가, 사랑은 계산을 초월하는가, 우정은 친구

사이의 문제일 뿐인가, 우리는 얼마나 놀 줄 아는가, 인간도 물질처럼 탐구할 수 있는가와 같이 삶의 문제이면서 철학적 주제이기도 한 질문에 답을 생각하며 천천히 철학 정원을 걸어보는 건 어떨까.

> 유토피아 사람들은 황금과 보석을 경멸하게 하는 모든 방법을 습관화한다. 한마디로 "황금 보기를 요강같이 하라."라는 전략을 쓴다. 즉 좋은 생활 습관을 사회 구조화한다. 국가는 사람들이 하찮게 여기는 귀금속을 모아두었다가 공공사업이나 전쟁 경비 같은 공적인 데 사용한다.

토머스 모어의 《유토피아^Utopia》(1516)는 인류 문명사의 여러 차원에서 중요한 의미를 지니는 책이다. 무엇보다도 아무 데도 '없는^ou 장소^topos'라는 의미의 '유토피아^utopia'라는 말을 이상향의 대명사로 확산시키며, 근현대 이상사회론의 효시 역할을 했다. 이 책을 통해 우리는 구조적인 공동체의 문제를 해결하는 지혜를 얻을 수 있다. 고전은 단순히 오래된 책이 아니라 인류에게 질문이 생길 때마다 해결의 실마리를 제공해주었다. 김용석은 질문의 답을 고전에서 찾고 있다.

> 우주와 의미 있는 관계를 맺고자 하는 모든 노력은, 무한한 전체를 인식하려는 유한한 인간이 지닌 태생적 '비극의 조건'일지 모른다. 다른 동물과 달리 직립인 인간은 그 시선을 하늘에 고정해서 우주를 사유할 수 있도록 진화해왔다(아니면 그렇게 창조되었다). 인간의 눈망울엔 우주의 빛이 담겨 있다. 끈질긴 희망과 한계에 그늘진 슬픔과 그 모순적 슬픔의 아름다움을 반사하는 빛 말이다.

'인간은 왜 우주를 탐구하는가?'라는 질문에 답하기 위해 저자는 스티븐 와인버그의 《최초의 3분》을 선택한다. 우리에겐 무변광대한 우주를 생각하는 것만으로도 가슴 벅차던 시절이 있었다. 와인버그는 책 서문에서 "처음 1초, 처음 1분, 또는 처음 1년의 마지막 순간에 우주가 어떤 모습이었는지 이야기할 수 있다는 것은 정말 놀라운 일이다."라고 말한다. 나는 어디에서 왔으며 어디로 가는가에 대한 근본적인 질문에서부터 자연에 대한 관심과 호기심이 발생하고 그것이 점차 인접 분야로 확대되는 자연스런 과정을 경험할 수 있다. 이렇게 철학은 다양한 인접 분야의 학문을 발전시켰고 거꾸로 각 분야에서 발달된 학문은 또다시 철학적 질문으로 돌아온다. 끊임없이 질문이 생길 때마다 고전에서 답을 찾아보는 것은 어떤가. 철학의 시작은 '질문'이고 우리의 삶 자체가 그 질문에 대한 답이어야 하는 게 아닐까.

이 책은 고전의 현재적 유용성을 살펴보고 우리 삶에 필요한 생각의 도구로 고전을 활용할 수도 있도록 도와준다. 밤하늘의 별을 관찰하며 걷다가 우물에 빠진 탈레스를 꺼내주면서 하인은 "제 발 밑 일도 모르는 주제에 하늘의 일을 알려고 하십니까(플라톤 대화 편 〈테아이테토스〉)?"라고 핀잔을 주었다는 일화가 있다. 혹시 우리도 가까운 것은 못 보고 먼 곳만 욕망하는 것은 아닐까. 이 책은 바로 내 주변의 일과 나를 둘러싼 수많은 질문에 대해 고민을 던진다.

모든 예술은 삶에 대한 진지한 성찰에서 시작된다. 그런 의미에서 철학과 영화는 아주 잘 어울리는 한 쌍이다. 영화는 모든 갈래와 만날 수 있고 모든 학문과 접속할 수 있기 때문이다. 이왕주는 《철학, 영화를 캐스팅하다》를 통해 철학의 외부를 들여다보는 것이 아니라 영화를 통해 철학을 해석한다. 아니 영화에 나타난 철학적 질문에 해석을 시도한다. 말하자면 철학이 영화를 캐스팅한 것이 아니라 영화가 철학을 캐스팅했다고 해야 한다.

새로운 영화는 매주 계속해서 쏟아져 나온다. 하지만 많고 많은 영화 중에도 좋은 영화는 언제 봐도 가슴을 울리고 사람들에게 많은 생각을 하게 만든다. 〈트루먼 쇼〉와 〈굿 윌 헌팅〉에서부터 〈뷰티플 마인드〉, 〈메멘토〉, 〈일 포스티노〉에 이르기까지 8개의 주제로 나누어 29편의 영화를 소개하고 있는 이왕주의 《철학, 영화를 캐스팅하다》는 영화와 철학자를 엮고 있다. 첫 번째 영화 〈트루먼 쇼The trueman show〉의 주인공 트루먼은 진실true과 사람man의 합성어라는 재미있는 이름을 가지고 있다. 하지만 트루먼truman은 아이러니하게도 이름과 달리 태어난 순간부터 죽을 때까지 일거수일투족이 수천 개의 정밀한 감시 카메라로 시청자들의 안방에 생중계된다. 쇼 프로그램 프로듀서인 크리스토프의 아이디어로 시작된 일이다.

유목론을 주창한 철학자 들뢰즈가 전하려는 메시지는 단순하면서도 분명하다. 카메라로 상징되는 다양한 검열의 코드 바깥으로 나서는 탈영토화deterritorialization의 주체, 즉 유목민만이 자유로운 삶의 주체일 수 있다는 것이다.

자신도 모르는 채 일거수일투족을 관찰당했던 트루먼은 문화라는 이름으로 이런저런 감시 권력에 의해 검열받고 통제받는 우리 자신과 결코 먼 거리에 있지 않다. 무심히 켠 컴퓨터, 한 번 누른 마우스, 메신저를 통한 우연한 대화, 친구에게 보낸 짧은 휴대전화 메시지, 슈퍼에서 물건 사고 긁은 신용카드

등은 감시 권력이 원한다면 언제든지 트루먼을 감시하던 시헤이븐 세트 안의 카메라로 전환될 수 있다.

자신의 삶이 완벽한 세트장 안의 쇼에 불과하다는 사실을 모르는 트루먼을 보면서 우리는 현실을 돌아본다. 제도, 규칙, 원리, 법, 심지어 도덕적 양심, 종교적 계율들조차 다양한 방식으로 숨겨져 있는 몰래 카메라일 수 있다는 저자의 지적은 영화를 통해 우리 삶의 조건을 살피게 한다. 프랑스의 철학자 들뢰즈Gilles Deleuze는 인류가 선택한 두 종류의 길에 대해 말했다. 영토화·코드화의 길은 안정된 형식과 규범과 원칙들에 맞춰 적당히 통제하며 살아가는 길이다. 그러나 탈주와 유목의 길은 몸과 욕망의 탈주선을 자유롭게 터주는 역동적인 길이다. 이런 패턴의 삶을 사는 사람들을 유목민이라 부른다. 여러분은 어떤 길을 선택하고 싶은가. 영화를 철학적으로 본다는 것은 머리 아픈 고민이 아니라 내 삶의 목적과 방법을 돌아보는 또 하나의 즐거움이다.

이 책을 통해 우리는 좋은 영화에 대한 정보를 얻고 그것을 철학적 관점으로 생각할 수 있는 즐거움을 동시에 맛볼 수 있다. 우리가 영화에서 읽어내는 것은 영원한 사랑이나 삶이 비극성이 아니라 현재 니의 모습이 아닐까. 스크린에 투영되는 것은 멋진 배우의 얼굴이 아니라 어두운 극장에 외롭게 앉아 화면을 응시하는 우리의 얼굴인지도 모른다. 영화는 현실 바깥에 존재하는 예술이 아니라 바로 '지금 여기'에 있는 나를 돌아보는 거울일 수도 있다.

문학과 철학은 오랜 친구다. 철학자 강신주는 《철학적 시 읽기의 즐거

움》에서 철학자와 시인을 짝 지워 시를 읽어주었고 김용규는《철학카페
에서 시 읽기》를 통해 시를 읽는 또 다른 즐거움을 선물한다. 문학은 인
간의 삶과 세상의 진실에 대해 고민하고 철학은 그것을 해석하고 성찰하
는 힘을 제공한다. 이 책은 철학자 김용규의 깔끔한 문장과 시에 대한 깊
은 애정으로 더욱 빛난다.

> 나는 기다리리, 추운 길목에서
> 오랜 침묵과 외로움 끝에
> 한 슬픔이 다른 슬픔에게 손을 주고
> 한 그리움이 다른 그리움의
> 그윽한 눈을 들여다볼 때
> 어느 겨울인들
> 우리들의 사랑을 춥게 하리
> 외롭고 긴 기다림 끝에
> 어느날 당신과 내가 만나
> 하나의 꿈을 엮을 수만 있다면
> – 〈한 그리움이 다른 그리움에게〉, 정희성, 창비, 1991 (부분)

〈한 그리움이 다른 그리움에게〉를 읽은 김용규는 니체를 불러낸다.

> 어떤 사람은 자기 자신을 찾기 위해 이웃에게 가고, 어떤 사람은 자기 자신
> 을 잃기 위해 이웃에게 달려간다. 그대들 자신에 대한 그대들의 잘못된 사랑은
> 고독 때문에 자신의 감옥을 만드는 것이다. – 《차라투스트라는 이렇게 말했다》 중에서

요컨대 외로움이나 그리움에서 달아나기 위해 다른 사람을 찾는 것은 자기를 잃어버리는 것이자 자신의 감옥을 만드는 일이라는 말이지요. 그렇게 사는 것보다는 차라리 외로움과 그리움을 부둥켜안고 사는 것이 낫다는 뜻이기도 합니다.

시인은 어쩌면 모두 철학자인지도 모른다. 시는 자연과 인간과 세계를 낯설게 바라보게 한다. 눈에 보이지 않는 정서와 사상을 언어로 표현한 시 한 편에는 사랑과 그리움, 삶과 죽음이 담겨 있다. 저자는 철학 카페에 앉아 조용하고 편안한 목소리로 우리에게 시를 읽어준다.

시는 우리의 감수성을 일깨워주고 그 감수성은 삶을 풍요롭게 한다. 철학은 딱딱하고 어려운 학문이 아니라 시인들이 보여주려는 세계의 바탕을 이루는 생각들이라는 사실을 알려준다. 또한 이 책은 몇 권의 철학 소설을 선보일 정도로 탁월한 저자의 스토리텔링 실력이 돋보인다. 시에 대한 깊은 애정을 바탕으로 해석과 분석에 주력하는 것이 아니라 시와 관련된 재미있는 이야기를 들려준다. 한 편의 시에 깃든 시인의 사상과 정서를 파악하고 그것을 다시 철학적 관점으로 풀어내고 있어 독자들을 자연스럽게 시와 철학의 세계에 빠져들게 한다.

마르크스의 말처럼 철학은 세계를 해석하는 데 그치지 말고 변화시켜야 한다. 수많은 철학적 질문과 대답 속에는 삶에 대한 목적과 방법이 녹아 있다. 그것은 우리의 삶을 변화시키고 새로운 세상을 열어나가는 바탕이며 즐겁고 행복한 놀이여야 한다. 그래서 철학은 언제나 다양한 인접 분야에 적용할 수 있고 살아 숨 쉬는 생각의 도구가 되어야 하는 게 아닐까.

자본주의적 삶에 대한 도전,
내 삶의 주인 되기

《나를 만나는 스무살 철학》, 김보일 지음, 예담, 2010 ★★★
《상처받지 않을 권리》, 강신주 지음, 프로네시스, 2009 ★★★
《조화로운 삶》, 헬렌 니어링·스코트 니어링 지음, 류시화 옮김, 보리, 2000 ★★

한때 '일등만 기억하는 더러운 세상'이라는 말이 유행했다. 일등이 모든
것을 갖는 승자 독식 게임의 법칙에서 이등은 아무도 기억하지 않는다.
생태계에서 경쟁은 피할 수 없는 운명인지도 모른다. 적자생존의 논리는
냉혹한 현실 세계에서도 그대로 적용된다. 그래서 사람들은 남보다 더
열심히 노력하고 경쟁에서 이기기 위해 최선을 다하며 그 결과는 많은
사람의 부러움을 산다. 하지만 우리의 삶에 등수를 매길 수 있을까.

2008년 베이징 올림픽 때 유도 선수 왕기춘은 은메달을 목에 걸고 눈
물을 흘리면서 죄송하다는 소감을 밝혔다. 2004년 아테네 올림픽 금메
달리스트였던 이원희 선수를 이기고 당당하게 올림픽에 출전해 국민의
기대를 한 몸에 받았던 왕기춘 선수가 가졌을 부담감은 충분히 이해한

다. 부상 투혼 속에서 얻어낸 값진 결과였는데도 금메달을 따지 못해 아쉬움의 눈물을 흘렸던 왕기춘 선수의 모습은 여러 가지 생각을 하게 한다. 반면에 여자 펜싱 부문 최초로 올림픽 은메달리스트가 된 남현희 선수가 보여준 환한 미소는 아름다웠다. 상황에 따라 은메달의 의미가 달라질 수도 있지만 2등을 하고도 눈물이 나는 현실은 우리의 각박한 상황을 말해주는 듯하다.

한평생을 살아가면서 '나'는 무엇을 꿈꾸고 있는지 가만히 생각해보자. 행복은 성적순이라는 믿음을 갖게 되는 순간 '불행'이 시작된다. 전교 1등을 해도 다른 학교 전교 1등과 경쟁하기 때문이다. '이게 아닌데.'라고 생각하지만 《꽃들에게 희망을》의 애벌레처럼 우리는 정상에 오르기 위해 발버둥친다. 한 순간도 쉬지 않고 공부하고 스펙을 쌓기 위해 잠자고 꿈꿀 시간도 없다. 하지만 철학은 이런 현실에 대해 여전히 근본적인 질문을 던진다. 어떻게 살 것인가, 나는 누구인가?

철학자가 아닌 우리에게 철학은 학문의 대상이 아니라 삶에 대한 길잡이가 되어야 한다. 고등학교에서 오랫동안 학생들을 가르쳐 온 김보일의 《나를 만나는 스무 살 철학》은 청소년들의 삶에 대한 진지한 성찰을 담고 있다. 대개 고등학교를 졸업하면 타율과 억압에서 벗어나 자유를 누린다. 대학생이 되거나 사회에 진출하는 스무 살은 성인을 의미하는 동시에 자신의 삶을 스스로 책임져야 하는 나이로 볼 수 있다.

정작 가장 큰 문제는 대체 내가 누구인지, 내가 진정으로 바라는 것이 무엇인지 알 수가 없다는 것이다. 그 불확실성에 스무 살의 불안이 가지는 특성이 있다. 셰익스피어의 《리어왕》의 한 구절처럼 과연 '내가 누구인지 말할 수 있는 자는 누구인가?'Who is that can tell me who I am?' 자신의 정체성을 간명하게 요약해낼 수 있는 사람이 몇이나 되겠는가. 나는 나다. 그러나 정작 나는 내가 누구인지 알 수가 없다. 스무 살은 그런 나이다.

스무 살이 되어도 내가 누구인지 말해주는 사람은 아무도 없다. 물론 고등학교를 졸업한다고 해서 삶의 길이 저절로 펼쳐지는 것도 아니다. 저자는 이제 스무 살이 되는 청춘에게 보내는 메시지를 통해 자신의 삶을 살도록 권한다. 자신의 내면을 들여다보고 현실을 직시할 때 비로소 길이 조금 보인다. 때로는 불안하고 때로는 운명 앞에 좌절하기도 하겠지만 자신의 길을 뚜벅뚜벅 걸어야 한다. 혼자 걷는 길은 고독하다. 그 고독을 두 가지로 나누어 생각해보자.

솔리튜드는 삶에 빛과 자신감을 부여하고, 새로운 길을 열어주는 인큐베이터 역할을 한다면서 쓰다 가즈미는 '론리니스'를 어두운 고독이라고 하고, '솔리튜드'를 밝은 고독이라고 불렀다. 사회적 관계로부터 격리된 외로움을 수반하는 감정이 '론리니스'이며, 심신을 재생시키기 위해 본연의 자기다움을 찾고자 하는 긍정적인 고독이 '솔리튜드'다.

'론리니스loneliness'가 아닌 '솔리튜드solitude'를 즐기는 사람이 성공한다는 말에는 여러 가지 의미가 포함되어 있다. 우리에게 성공은 무엇일까. 스무 살이면 이제 막 사회에 나가 자기만의 인생을 시작할 나이다. 하지만 성공한 인생은 세속적인 의미의 사회적 성공과는 다를 수 있다. 저자는 세속적인 성공 신화에 대해 이렇게 말한다.

매스컴은 빌 게이츠나 정주영 같은 국내외 기업인들의 성공 신화를 배포하고, 박세리, 박지성, 김연아와 같은 유명 스포츠선수나 연예인들의 광고 수입을 들먹이며 그들의 경제적 성공을 대중들로 하여금 부러워하도록 만든다. TV 프로그램의 인터뷰는 그들의 성공 뒤에 얼마나 많은 땀과 눈물이 있었는지를 보여줌으로써 대중들로 하여금 성공은 개인의 문제임을 은연중에 강조한다.

말콤 글래드웰은 《아웃라이어》에서 진정한 아웃라이어는 없다고 선언한다. 성공은 개인의 노력뿐만 아니라 사회적 맥락, 개인적 상황 등 다양한 요소들이 결합되어 이루어진다. 스무 살은 성공을 위해 단단한 기초를 다지는 스펙 쌓기에 노력해야 하는 시기가 아니라 타인과 세상을 제대로 살펴볼 수 있는 눈을 키워야 하는 시기다.

내 삶의 주인이 되지 못하고 내가 원하는 삶이 무엇인지도 모른 채 일등만 부러워할 수는 없다. 내가 가진 것만 좋다고 여기는 것도 문제지만 여우의 신포도처럼 다른 이의 삶을 부러워만 할 수도 없다. 삶의 목적과 방향이 없다면 일등도 불행한 현실에서 모든 청춘은 불안할 수밖에 없다. 그러나 조금만 다르게 생각하면 세상에는 다양한 삶들이 존재한다. 돈과 명예와 권력을 탐하지 않아도 행복하고 보람 있는 인생을 사는 사람들이 얼마나 많은가.

막연한 불안과 상실, 욕망과 혼돈의 시기를 겪고 있는 스무 살에게 김보일이 보내는 애정어린 충고와 철학적 조언은 가슴을 열고 진지하게 경청할 만한 가치가 있다. 《나를 만나는 스무 살의 철학》에는 어렵고 복잡한 철학 개념이나 철학자들의 삶은 소개되어 있지 않다. 대신에 스무 살로 상징되는 사춘기에서 이십대 초반의 청춘들에게 삶에 철학이 왜 필요한가를 말해준다. 철학을 공부하라고 권유하는 책이 아니라 불안, 선택, 고독, 욕망, 행복, 성공, 사랑 등 우리가 현실에서 부딪치는 문제들에 대해 함께 고민하는 책이다. 성공을 위한 지침서, 자기 계발을 독촉하는 실용서가 아니라 철학적 사유와 고민 속에서 스무 살은 현재와 미래의 길을 찾을 수 있다. 스무 살의 불안은 '희망'의 다른 측면이라는 말을 기억해두자.

정신분석학자 라캉은 "지금 당신이 욕망하는 것이 진정으로 당신이 욕망하는 것인가?"라고 질문한다. 다른 사람이 원하는 것이 내가 원하는 것이라고 착각하는 것은 아닌가. 최신형 스마트폰과 MP3, 대한민국 1%라야 탈 수 있다는 자동차, 당신이 사는 곳이 당신을 말해준다는 아파트…… 나의 욕망은 어디에서 시작되었고 그 끝은 어디일까. 철학자 강신주는 ≪상처받지 않을 권리≫를 통해 우리의 '욕망'을 분석한다. 자본주의 사회에서 '돈'의 위력은 길게 말할 필요도 없다. 그러나 '돈'이 인간의 욕망을 해결할 수 있다는 생각은 착각에 불과하다. 우리는 자신의 진짜 욕망이 무엇인지 모른 채 부유함이나 허영을 과시하기 위해 상품을 구입하고 자신이 소유할 수 있는 상품의 가치로 자신의 욕망을 표현한다. 자본주의적 삶은 욕망까지도 돈으로 환산할 수 있다고 믿는 것은 아닌가.

우리가 사는 세상에 대한 이런 깨달음이야말로 우리가 상처받지 않고 살아갈 힘이 된다. 저자는 작가와 철학자를 짝지어 우리에게 격려와 위로의 말을 건네고 있다. 이 책에는 이상과 짐멜, 보들레르와 벤야민, 투르니에와 부르디외, 유하와 보드리야르가 등장하기 때문에 어렵고 딱딱하게 느껴질 수 있지만 청소년들도 충분히 읽을 수 있다. 돈과 욕망, 유행, 도박, 불안, 허영, 소비와 교환 등 현대사회의 면면을 쉽게 풀어내고 있어 두툼한 분량이지만 재미있게 읽힌다. 최근 주목받고 있는 강신주의 장점은 대상에 대한 정확하고 날카로운 분석 능력과 그것을 독자에게 쉽고 재미있게 전달하는 글쓰기 능력이다. 낯선 사람의 이름이 등장한다고 해서 겁먹을 필요는 없다. 저자의 친절한 안내를 받으면서 철학과 현대사회를 재미있게 들여다볼 수 있으니까.

21세기 첨단 사회를 살아가면서도 우리는 더 편리하고 안락한 생활을 원한다. 그러나 그러한 삶을 거부하는 사람들도 있다. 그대로 따라할 수는 없지만 헬렌 니어링과 스코트 니어링이 쓴 《조화로운 삶》을 살펴보자. 미국에서 대공황이 최악이었던 1932년, 뉴욕에서 버몬트 숲 속으로 들어간 두 사람은 독립적인 경제와 건강, 사회를 생각하며 바르게 살겠다는 목표를 다음과 같이 세웠다.

> 단순한 생활,
> 긴장과 불안에서 벗어남,
> 무엇이든지 쓸모 있는 일을 할 기회,
> 그리고 조화롭게 살아갈 기회.

> 단순함, 조용한 생활, 가치 있는 일, 조화로움은 단순히 삶의 가치만이 아니다. 그것은 조화로운 삶을 살려는 사람이라면 만족스러운 자연환경과 사회

환경에서 당연히 추구해야 할 중요한 이상이고 목표이다.

직접 집을 짓고 농사를 지으며 먹고 사는 문제를 해결하는 과정을 보여주는 이 책은 일벌레로 살아가며 더 많은 것을 원하는 현대인들에게 전혀 다른 삶의 방식을 제안한다. 노동 시간을 절반으로 줄이고 나머지 시간에는 책을 읽고 산책을 즐기며 대화를 나누는 삶은 어떨까. 시간을 관리해야 하고 경쟁에서 이겨야 하며 남들과 비교해서 더 많이 가져야 하는 삶이 반드시 행복하다고 할 수는 없다. 그렇다고 모든 사람이 물질 문명 사회를 등지고 살 수도 없다. 다른 이들과 전혀 다른 삶의 방식을 선택한 두 사람은 온몸으로 삶의 철학을 말하고 있다. 스코트 니어링과 그의 부인 헬렌 니어링의 삶은 21세기를 살아가는 우리의 삶을 되돌아보게 한다.

결국, 철학은 우리에게 삶의 목적과 방법을 고민하는 수단이어야 한다. 철학자가 아니더라도 모든 사람은 생각하고 판단하고 행동한다. 그 하나하나의 과정과 결과가 우리의 삶이 된다. 어떻게 살 것인가에 대한 답을 얻고 싶다면 철학에게 길을 묻고 스스로 그 길을 찾아 떠나야 한다. 그 길에서 만난 철학은 우리 삶의 동반자가 되어줄 것이다.

2장

함께 꾸는 꿈,
현실이 되다

책 읽기는 단순히 휴식이나 공상이 아니라 철저하게 '현실'에 바탕을 둔 적
극적인 행위다. 이 장에서는 청소년들이 피해갈 수 없는 '공부'에서 시작해
자기 계발, 상담과 심리, 미래 사회 그리고 진로와 직업에 관한 책들을 살펴
본다. 현실적인 문제를 해결해주는 책 읽기는 삶을 위해 선택이 아닌 필수
다.

'성공'이 아닌
'행복'을 위한 공부

《이것이 공부다》, 이한 지음, 민들레, 2012 ★★
《10대 너의 배움에 주인이 되어라》, 양희규 지음, 글담출판사, 2012 ★
《다른 십대의 탄생》, 김해완 지음, 그린비, 2011 ★★

조선 후기 실학자로 규장각 검서관을 지낸 이덕무(1741~1793)는 방안에 들어오는 햇빛을 따라 서안書案을 옮겨가며 책을 읽었다고 한다. 비록 서자라는 신분 때문에 벼슬길에 나서지 못했지만 벗들이 지어준 공부방에서 책에 파묻혀 살던 시절이 그에게 가장 행복한 시간은 아니었을까. 미하이 칙센트미하이가 말한 '몰입의 즐거움'을 완전하게 실현했던 이덕무를 대한민국의 고3 수험생과 비교해보자. 공부란 과연 무엇이며 어떻게 해야 하는 것인지 새삼스럽게 생각해볼 수 있는 대목이다.

2010년 통계청 조사에 따르면 우리나라 학생의 89%, 학부모의 93%는 "4년제 대학 이상의 학력은 갖춰야 한다."라고 생각한다. 그 이유는 당연히 '좋은 직장' 때문이다. 고교 졸업자의 83%가 대학에 진학하는 대한민국의 학력은 이미 세계 최고 수준이다. 그런데도 우리는 태어나는 순간부터 죽을 때까지 '공부'하라는 말을 지겹게 듣고 산다. 대한민국은 언제나 '열공' 중이다. 그런데 무슨 공부를 하고 있을까. 아니, 진짜 공부란 무엇일까.

수많은 옛 성현이 공부의 목적과 대상을 이야기해왔고 후세 사람들은 그 방법을 좇아 새로운 깨달음을 얻어왔다. 하지만 현실적으로 우리에게 공부는 '국영수' 중심이고 수능이 그 절정을 이루고 있다. 스무 살이 넘으면 각종 고시와 입사 시험이 또 한번의 운명을 결정짓는다. 그러나 진짜 공부가 무엇이고 어떻게 해야 하는가에 대한 문제는 심각하게 고민하지 않은 채 오로지 한 줄 서기 경쟁과 객관식 찍기 시험에 목을 맨다. 이 때문에 최근에는 다양한 수시 전형과 입학사정관제로 점수 경쟁에서 벗어나려는 노력을 하고 있다. 또한 서술형 평가의 도입, 절대평가 시행 등 제도적인 개선을 통해 과거의 문제점들을 조금씩 해결하려는 움직임이 보인다. 하지만 근본적으로 '왜' '어떻게' 살 것인가에 대한 진지한 성찰과 동떨어져 있는 지금의 교육으로는 먼 미래를 내다보기 어렵다.

점수를 잘 받기 위한 각종 '학습법'이 청소년 도서의 베스트셀러를 차지하고 있는 현실에서 이한이 진짜 공부가 무엇인지를 《이것이 공부다》를 통해 소개하고 있다. 제한된 시간 안에 정답을 잘 찾는 문제 풀이를 공부로 착각하는 학생들에게 이 책은 공부를 왜 하는지부터 따져 묻는다. 이한은 퀴즈 쇼에 불과한 공부가 아닌 문제 해결 방법을 익히고 창조적으로 생각하는 힘을 기를 수 있는 공부를 제안한다.

촛불이 문제 해결 체계요? 시험 문제를 푸는 비법이란 뜻인가요?

허당선생 문제라는 말은 여러 가지 뜻이 있지만, 우리 이야기에서 '시험 문제'는 잠시 잊기로 합시다. 우리는 문제라는 단어를 이렇게 정의하기로 해요. "문제란 인간의 삶 또는 세상의 작동과 관련된 것들 가운데 깊은 관심을 기울이게 되는 것으로, 규칙을 적용해서 타당한 답을 낼 수 있는 질문이다." 우리가 정의한 의미로 학교 시험에 나오는 문제 중 상당수는 진짜 문제라고 할 수 없지요.

촛불이 문제에도 진짜, 가짜가 있다는 말씀이세요?

허당선생 예를 들자면 '(A)불황이 왔을 때 부자 감세를 하면 정말로 경기가 빨리 회복될까?'는 문제라고 할 수 있지요. 하지만 '(B)한글을 발명한 조선 시대 왕은 누구인가?'는 문제라고 할 수 없습니다.

공부를 하는 이유는 물론 진짜 문제를 해결하기 위해서다. 하지만 우리는 때때로 (B)와 같은 문제를 풀기 위해 공부한다고 착각한다. 허당선생은 이렇게 공부의 목적과 방법에 대해 촛불이에게 차근차근 설명해준다. 학생들 대부분이 그렇듯 시험 성적에 연연하는 '촛불이'를 설득하는 '허당선생'을 통해 우리는 공부를 재발견하고 나를 바꾸는 공부 기술을 배울 수 있다.

사람들 대부분은 스무 살까지는 학교를 다니고 공부를 한다. 하지만 공부가 무엇인지 공부를 어떻게 해야 하는지는 제대로 배운 적이 없다. 그래서 저자는 단계별로 구체적인 공부 방법을 소개한다. 공부 기술 중에 하나인 '사각사각 모오옹~'을 배워보자.

허당선생 제가 생각하는 요령의 핵심을 의성어와 의태어로 표현하자면

'사각사각 모오옹~'입니다.

촛불이　사각사각 모오옹?

허당선생　필기구를 사용하여 리듬감 있게 필기하고, 머리로는 즐거운 몽상을 하면서 공부와 결합시킨다는 뜻이랍니다. 공부는 단순히 머리로만 하는 활동이 아니라 몸 전체의 느낌이 공부의 성격에 영향을 미치는 것 같아요. 특히 우리가 공부하는 내용을 노트에 적어가며 정리해야 한다면 아무래도 그 정리 활동 자체가 즐거워야 쉽게 지치지 않거든요. 직접 써보거나 그림으로 그려보고, 생각한 것을 다시 정리하는 활동이 즐겁게 느껴져야 한다는 겁니다. 하지만 자신이 노트에 직접 글을 쓰면서 신나는 리듬감을 느끼지 못한다면 그런 활동을 멀리하게 됩니다. 그러면 손으로 쓰는 과정이 꼭 필요하거나 집중해서 주의해야 할 때도 머릿속으로만 생각하고 눈으로만 글자들을 좇고 마는 거죠.

　　제대로 공부하기 위해서는 단계별로 수준을 높여가며 반복 연습이 필요하고 매듭짓기와 정리하기가 필요하다. 스스로 세상에서 문제를 찾아내는 방법과 그 문제를 해결하는 과정을 통해 허당선생은 촛불이에게, 아니 대한민국의 청소년에게 공부가 무엇인지 알려준다. 촛불이는 조금씩 공부 방법을 배우고 익혀가며 세상을 살아가는 가장 중요한 방법이 바로 공부라는 사실을 깨닫는다. 그러기 위해서는 나를 바꿔야 하고 나를 바꾸기 위해서는 책을 읽고 일상생활에서 시작할 수 있는 공부 기술을 익혀야 한다.

　　지금 이 순간을 즐기는 활동을 플로^{flow}, 미래를 대비하는 활동을 스톡^{stock}이라고 한다. 이 두 활동의 균형을 찾아가는 문제 해결 과정이 공부고 인생이다. 순간을 즐기거나 미래를 대비하거나 둘 중 하나를 선택하라는 말이 아니라 적절한 균형을 찾는 일이 중요하다는 뜻이다. 이 책은 바로 이 지점을 고민하게 한다. 점수 올리기 비법이 아니라 내 삶을 위한 진짜 공부에 대해 고민하는 시간을 가져보는 건 어떨까.

현실에는 문제가 있고 그 문제를 해결하기 위해서는 대안이 필요하다. 간디의 삶과 사상을 바탕으로 세운 대안학교 '간디학교'의 교장으로 낮에는 일하고 밤에는 공부하는 삶을 실천해온 양희규의 《10대, 너의 배움에 주인이 되어라》는 공부의 문제를 좀 더 구체화했다. 10대들의 질문에 답하는 형식으로 구성된 이 책에는 그들의 고민이 생생하게 담겨 있다.

배움은 질문에서 시작된다. 그런데 언젠가부터 학교에서 질문이 거의 사라졌다. 조선일보에서 학생들에게 수업 시간에 질문을 어느 정도 하느냐고 물은 결과, 40%가 넘는 응답자가 한 번도 안 한다고 답했다고 한다. 더 놀라운 사실은 응답자 중 45%는 수업 시간에 교사에게 질문을 하거나 교사의 의견과 반대되는 의견을 냈다가 꾸중을 듣거나 무시당한 경험이 있다고 답했다.

학교에서 제대로 된 '배움'이 이루어지는지 반성하는 데서 시작하는 이 책은 현실의 문제점을 해결하기 위한 진짜 공부 방법을 철학적으로 접근한다. 어렵고 딱딱한 이론이 아니라 실질적이고 구체적인 이야기를 바탕으로 대안을 제시하고 있어 고개를 끄덕이게 된다. 미래를 담보로 공부에 올인하라고 강요하는 현실적 문제에 대해 이 책은 그 문제 해결의 실마리를 찾는 노력의 시작이라고 볼 수 있다. 그렇다면 우리는 왜 공부를 하는 것일까.

오늘날 많은 현대인은 행복에 객관적인 기준이 있다고 믿지 않는다. 행복은 상대적이며 개인의 주관적인 취향에 달려 있다고 믿는다. 하지만 성현들은 행복에 객관적인 기준이 있다고 한다. 즉 누구나 행복하기 위해서는 지·정·의, 즉 지혜·사랑·선한 의지 등이 반드시 필요하다는 것이다. 과연 이 요소들이 없이 행복할 수 있을까?

2011년 OECD^{경제협력개발기구}가 발표한 국가별 어린이·청소년 행복 지수를 보면 대한민국은 65.78로 23위다. 공부를 하는 이유뿐만 아니라 우리가 사는 이유는 행복을 위해서다. 하지만 대한민국의 10대를 행복하다고 생각하는 사람은 많지 않다. 그 이유를 알면서도 고치지 않는 이유는 무엇인가. 근본적인 이유와 해결 방법은 우리 사회 전체가 노력해야겠지만 10대 스스로 먼저 찾아 나서야 한다. 이 책을 통해 공부 스트레스, 배움에 대한 염증, 학교생활, 공부 방법, 대학, 전공 등에 대해 함께 고민하고 생각해보자.

여러 가지 이유로 내년 7만 명에 이르는 학생들이 학교를 떠나고 있다. 이렇게 심각한 문제를 고민하기 전에 학교를 떠난 중졸 백수 김해완의 《다른 십대의 탄생》은 새로운 시각을 열어준다. 학교 교육을 거부하고 학교를 떠나 살아가는 해완이는 공부에 대해 이렇게 이야기한다.

나는 공부가 다른 삶을 살게 한다는 말을, 앎이 곧 자유라는 말을 믿는다.

이것은 거창한 것이 아니라 내가 발 딛고 있는 소박한 삶에서 나온 믿음이다. 맨 처음 니체를 읽을 때, 나는 1년 넘게 지속되는 내 무기력증의 원인을 직시했다.

인문학 분야의 책을 스스로 읽고 생각하며 글쓰기를 실천하는 해완이의 이야기는 우리가 잃어버린 진짜 공부가 무엇인지 다시 한 번 생각하게 한다. 책 속에서 자신의 문제를 발견하고 공부하는 즐거움을 깨달아 가는 과정이 우리의 현실과는 많이 다르다. 이 책은 학교 교육에 대해 고민하는 청소년들에게도 작은 희망의 불씨를 건네준다.

김해완은 "랑시에르는 배움에는 어떤 체계도, 유식과 무식의 구별도 없다고 말한다. 스승의 역할은 지식의 전달이 아니라 무지한 자의 배움에 대한 의지를 지속시키고, 그가 자기 힘으로 배울 수 있다는 사실을 깨닫게 하는 것이다."라는 말을 통해 진짜 공부에 대해 깊이 고민했다고 한다. 학교를 떠나 교육과 사회, 사람과 세상에 대해 쓴 글들은 그대로 우리를 비추는 거울이다. 교사나 학생이나 삶은 늘 배움의 과정이다. 배움을 멈추지 않는 한 교사와 학생은 배움을 추구하는 자로서 동등한 동료가 되어야 하지 않을까 싶다.

진짜 공부와 가짜 공부가 따로 있는 것은 아니다. 다만 스스로 배움의 목적과 대상과 방법이 조금씩 다를 뿐이다. 이 과정에서 우리는 학생과 교사의 역할을 고민할 필요가 있다. 학교 밖에서도 스스로 공부하며 세상 속의 문제를 지혜롭게 해결할 수 있다면 공부는 학교에서만 하는 것이 아니라는 깨달음을 얻을 수 있다. 고수들에게 배운 진짜 공부는 우리의 삶에 세속적인 '성공'이 아닌 진정한 '행복'을 준다.

자기 혁명을 위한
프레임의 전환

《프레임》, 최인철 지음, 21세기북스, 2007 ★★
《아웃라이어》, 말콤 글래드웰 지음, 노정태 옮김, 김영사, 2009 ★★
《시골의사 박경철의 자기혁명》, 박경철 지음, 리더스북, 2011 ★★★

서양 동화에 등장하는 '핑크대왕 퍼시'는 핑크색을 너무 좋아해서 입는 옷은 물론이고 먹는 음식까지 모두 핑크색이다. 퍼시는 자신의 소유물뿐만 아니라 성 밖에 살고 있는 백성들의 물건도 전부 핑크색으로 바꾸도록 명령하고 심지어 숲 속의 나무와 동물의 털까지도 핑크색으로 칠해버린다. 그러다 고개를 들어 푸른 하늘을 보고 절망한다. 고민 끝에 자신의 스승에게 묘책을 찾아달라고 부탁한다. 어떻게 푸른 하늘을 핑크색으로 바꿀 수 있을까. 스승은 며칠을 고심하다가 작은 선물을 준비한다. 그 선물은 바로 핑크색 안경이다. 안경을 끼자 푸른 하늘은 핑크색으로 보인다. 온 세상을 핑크빛으로 볼 수 있는 안경이 퍼시를 행복하게 한다.

사람들은 한여름 밤 불빛을 향해 미친 듯이 달려드는 부나방처럼 '성공'을 향해 달린다. 어떤 삶이 성공한 삶인지 성공의 목적이 무엇인지 깊이 생각하지 않는다. 오로지 경쟁에서 이기기 위해 자신을 채찍질할 뿐이다. 돈에 미치라는 '재테크', 성공을 위한 '자기 계발', 마약 같은 '행복론', 점수 올리는 '학습법' 등이 차고 넘치는 세상이다. 이런 현상은 현대 사회를 살아가는 사람들의 욕망과 불안을 반영한다. 하지만 이런 책은 성공의 문제를 근본적으로 해결해주지 못할 뿐 아니라 스스로의 삶을 거시적으로 바라볼 수 있는 눈을 키워주지도 못한다.

성공 비법을 전수하는 자기 계발서들은 진심으로 원한다면 누구나 성공할 수 있으니 최선을 다해 끊임없이 노력하라고 주장한다. 성공하지 못하거나 실패하면 개인의 게으름과 노력 부족 때문이라고 질책한다. 모두 개인의 탓으로 돌리면 문제가 해결될까. 작은 실수와 실패조차도 인생의 과정으로 받아들이지 못하는 부작용은 자기혐오로 이어지고 끝없이 타인과 자신을 비교하게 된다. 성공한 삶을 위해 우리에게 정말 필요한 것은 타인의 욕망이 아니라 내 욕망을 확인하는 일이다. 내 안의 변화와 행복하게 사는 방법에 대한 고민은 바로 나 자신을 위한 삶의 시작이다. 다른 사람과 나를 비교하는 것이 아니라 나를 나 자신과 비교하며 성장하고 변화하는 과정이야말로 행복한 삶의 태도이다. 진정한 행복을 위한 자기 계발은 내 안의 변화에서 시작되며 그것은 세상을 다른 관점으로 바라볼 수 있는 시각에서 시작된다.

'세상을 바라보는 마음의 창'을 의미하는 《프레임》은 생각의 변화를 이끌어주고 관점의 중요성을 일깨워준다. 최인철은 "나는 세상을 강자와 약자, 성공과 실패로 나누지 않는다. 나는 세상을 배우는 자와 배우지 않는 자로 나눈다."라는 벤저민 바버의 말로 이 책을 시작한다. 끊임없는 배움의 자세를 갖고 있다면 세상의 모든 자기 계발서는 구체적인 방법론에 불과하다. 프레임을 바꾸면 세상이 달리 보이고 삶의 목적과 방법도 달라진다. 자기 계발은 결국 관점의 변화에서 시작한다. 어떤 삶을 꿈꾸는지에 대해 깊이 고민해보고 사람들의 생각과 행동 그리고 세상에서 벌어지는 일들을 어떻게 바라볼 것인지가 중요하다. 남들과 똑같은 프레임으로는 근본적인 자기 삶의 변화가 불가능하기 때문이다. 우선 자신의 프레임부터 확인해야 한다.

자기 프레임을 과도하게 쓰다 보면 '나는 남들을 잘 알고 있는데 남들은 나를 잘 모른다'는 착각을 하게 된다. 자신은 결코 치우침 없이 객관적으로 다른 사람을 바라보지만, 다른 사람들은 자신을 있는 그대로 보지 않고 끊임없이 오해한다고 생각한다. 나는 타인에 의해 끊임없이 오해받고 왜곡당하고 있지만 '나는 너를 잘 알고 있다'고 믿는다.

모든 사람은 당연히 자신의 프레임으로 타인을 판단한다. 그래서 남들은 날 잘 모르지만 나는 남들을 잘 알고 있다고 생각한다. 사람은 누구나 단순하게 혹은 쉽게 자신의 프레임으로 다른 사람을 판단한다. 사물이나 사람 또는 세상을 바라보는 프레임이 어떤지 알게 되면 변화가 일어난다. 단단한 고정관념 대신 유연한 사고가 나를 다른 사람으로 만들어준다. 생각을 바꾸고 행동을 바꾸면 자신이 바라는 삶을 살 수 있다. 흔히 말하는 성공한 삶도 작은 프레임의 변화에서 시작된다.

사람은 누구나 성공한 삶을 꿈꾼다. 돈과 권력을 갖기 원하며 명예를 얻고 싶어 한다. 그것이 어떤 '의미'가 있는지에 대해서는 깊이 생각하지 않는다. 그것을 얻을 수 있는 '방법'에 대해서만 골몰한다. 하지만 자신의 프레임을 리프레임하기 위해서는 궁극적으로 방법보다 의미를 먼저 생각해야 한다. 그래야 자기 변화와 실천 의지가 생긴다. 상위 수준의 프레임은 'Why'를 묻지만 하위 프레임에서는 'How'를 묻는다. 최인철은 상위 수준의 프레임을 바꾸기 위한 조언과 충고를 아끼지 않는다. 단순히 심리적 오류를 지적하고 관점을 바꾸라는 요구가 아니라 지혜로운 사람이 되기 위한 프레임을 직접 제시한다.

인지심리학 분야에는 '10년 법칙'이라는 규칙이 존재한다. 어떤 분야에서건 전문성을 획득하기 위해서는 최소한 10년 이상 부단한 노력과 집중력이 필요하다는 법칙이다. 우리가 천재라고 알고 있는 사람들 중 상당수는 타고난 천재성이 아니라 우리의 상상을 뛰어넘는 집중과 반복의 산물임을 기억하라. 프레임을 바꾸기 위한 리프레임 작업이 바로 이와 같다. 한 번의 결심으로 프레임은 쉽게 바뀌지 않는다. 그것이 습관으로 자리 잡을 때까지 리프레임 과정을 끊임없이 반복해야 한다.

그 프레임의 변화는 방법을 안다고 해서 해결되는 것이 아니라 오랜 시간 동안 실천하는 과정에서 자연스럽게 얻게 되는 결과다. 말콤 글래드웰의 《아웃라이어》는 그 실천과 변화의 과정에 대해 이야기한다. 아웃라이어의 사전적 의미는 '본체에서 분리되거나 따로 분류되어 있는 물건' 혹은 '표본 중 다른 대상들과 확연히 구분되는 통계적 관측치'다. 이 말은 특별한 성공을 거둔 사람을 의미한다. 잘 알려진 '1만 시간의 법칙'을 통해 노력하지 않는 천재는 없다는 평범한 진리에서 출발해보자. 1만 시간은 대략 하루 세 시간, 일주일에 스무 시간씩 10년간 연습한 것과 같다.

　　성공에 반드시 필요한 기회가 늘 우리 자신이나 부모에게서 오는 것은 아
니다. 그것은 우리가 살고 있는 시대로부터 온다. 역사가 우리에게 보여주는
특정한 시간과 공간 속의 특별한 기회에서 오는 것이다.

　그렇게 연습하는 동안 기회가 찾아온다. 준비되지 않은 사람에게는 기
회도 없다. 기회가 와도 기회인 줄도 모르거나 기회를 잡지 못한다. 하지
만 모든 성공의 열쇠는 개인이 쥐고 있을까. 흔히 개인의 뛰어난 능력과
피나는 노력으로 '성공'을 거머쥘 수 있다고 생각하지만 성공한 사람들
은 정말 운도 좋은 사람들이다. 성공은 여러 가지 기회와 문화적 유산이
결합된 우연의 결과물이기 때문이다.

　　슈퍼스타 변호사와 수학 천재, 소프트웨어 기업가는 얼핏 우리의 일상적인
경험에서 벗어난 존재처럼 보인다. 하지만 그렇지 않다. 그들은 역사와 공동
체, 기회, 유산의 산물이다. 그들의 성공은 예외적인 것도 신비로운 것도 아니
다. 그들의 성공은 물려받거나, 자신들이 성취했거나 혹은 순전히 운이 좋아
손에 넣게 된 장점 및 유산의 거미줄 위에 놓여 있다. 이 모든 것은 그들을 성
공인으로 만들어내는 데 결정적인 요소였다. 아웃라이어는 결국, 아웃라이어
가 아닌 것이다.

　이 말은 맹목적인 '성공 신화'를 꿈꾸어서도 안 되지만 실패한 사람들
이 자기 위안을 삼아서도 안 된다는 말이다. 말콤 글래드웰은 성공의 요

인을 후천적인 노력과 선택의 용기에 역사와 공동체, 기회, 유산 등이 복합적으로 작용한 것으로 보면서 '아웃라이어는 결국, 아웃라이어가 아닌 것'이라고 외친다.

말하자면 성공은 삶에 대한 프레임의 변화를 통해 삶의 목표와 방법 그리고 태도를 달리한 후 끊임없는 노력을 기울인 결과이며 다양한 환경적 요소와 우연이 결합되었기 때문에 가능하다. 성공한 삶에 대한 진지한 성찰은 자기 계발의 전제가 되어야 하며 그것은 곧 내가 몸담고 있는 세상에 대한 관심과 고민에서 출발한다.

《시골의사의 아름다운 동행》으로 인간과 삶에 대한 따뜻한 감성을 보여준 박경철은 독서광으로 유명하다. 그는 책을 통해 끊임없이 자신의 프레임을 바꿔 나가는 사람이다. 박경철은 진지하게 삶을 돌아보고 진짜 성공을 거둔 삶이 가능했던 방법과 이유를 공개한다. 그는 폭넓은 인문학적 소양과 사회에 대한 통찰력이 밑바탕이 된 《시골의사 박경철의 자기혁명》을 통해 젊은이들에게 계발이 아니라 혁명을 권한다. 어떤 혁명이든 시작은 자기 자신에 대한 믿음이다.

절대 잊지 말자. 우리의 내면에는 모두 창의성의 씨앗이 자라고 있다. 다만 그 씨를 틔우기 위해서는 다양한 경험과 독서, 공상을 통해 창의성이 자랄 토양을 기름지게 가꿔야 한다. 또 몸으로 실천하는 행동을 통해 싹이 돋아날 수 있는 기회를 마련해야 한다.

내 안의 씨앗을 키우고 움 틔우는 과정은 경이롭다. 그 경험은 자율적인 사람으로 거듭나게 하고 삶의 주인으로 만들어준다. 이 책은 철학자의 이성적 판단력으로 세상을 바라보고 시인의 따뜻한 감수성으로 사람을 대하고 혁명가의 뜨거운 열정으로 자신의 삶을 변화시킬 수 있는 방법에 대해 이야기한다. 자신을 돌아보는 것에서 출발해 세상과 대화하고 끊임없는 배움과 성장을 통해 미래를 준비하는 일이야말로 주체적으로 삶의 주인이 되는 길이다.

'시간이 없다'는 말은 위선이다. 시간은 늘 충분하다. 단지 우리가 무언가를 포기하지 않기 때문에 새로운 것에 도전할 시간이 없는 것이다. 무언가 새로운 도전을 꿈꾼다면 잠을 희생하든 놀이를 포기하든 달콤하지만 의미없는 일들을 포기하고 새로운 시간을 만들어서 충분히 준비해야 한다.

매일 반복되는 일상에서 시간이 없다는 말은 가장 편리한 변명이다. 시간의 노예로 살아가는 현대인들이 바쁜 일상을 당연하게 여긴다면 우리의 삶은 어디로 흘러갈까. 한순간에 나 자신이 다른 사람으로 변하지는 않는다. 조금씩 자신을 변화시키고 삶을 가꾸어가는 과정이 인생이다. 그 삶의 변화에 대해 박경철은 이렇게 이야기한다.

변화는 스스로 변화하는 사람에게만 모습을 드러내는 무지개와 같다. 매일 스스로 변화해 어제와 다른 오늘, 오늘과 다른 내일, 아침과 다른 저녁을 맞는 사람에게 변화하는 패러다임 혹은 세상은, 속속들이 들여다보이는 느린 장면이 된다. 하지만 모니터 앞에 앉아 습관처럼 연예 기사나 살피면서 무의미한 논쟁을 벌이고, 매일 갖는 술자리에서 아무도 주목하지 않는 한탄만 늘어놓는 사람에게는 '번쩍!' 하고 지나가버리는 번갯불처럼 실체를 보여주지 않는다.

안정된 직업을 갖고 돈을 많이 벌어 편안하게 사는 것이 성공한 삶이라고 할 수는 없다. 청소년기의 자기 계발은 삶에 대한 진지한 성찰과 사람과 세상에 대한 다양한 관점을 갖추려는 노력부터 시작해야 한다. '더불어 함께' 사는 지혜를 얻고 스스로 배우고 성장하는 즐거움을 맛볼 수 있는 것은 청춘의 특권이다. 성공의 프레임은 수능 점수와 대학 간판으로 해결될 수 없다. 진정한 아웃라이어가 되기 위한 자기 혁명은 방법이 아니라 태도의 변화에서 비롯된다.

10대는 여전히
아프고 외롭다

《청소년을 위한 정신 의학 에세이》, 하지현 지음, 해냄출판사, 2012 ★★
《십대라는 이름의 외계인》 김영아 지음, 라이스 메이커, 2012 ★
《너, 외롭구나》, 김형태 지음, 예담, 2011 ★★

북한의 김정은이 '미친 중2'가 무서워 남침을 못한다는 우스갯소리가 있다. '미친 중2'는 중학교 2학년쯤 찾아오는 사춘기에 접어든 10대를 일컫는 말이다. 사춘기는 성인이 되는 과정에서 누구나 겪어야 하는 성장통인데, 정신적으로 방황하는 10대에게는 때로 감당하기 힘든 고통의 시간이 되기도 한다. 성적, 외모, 친구, 가족, 진로, 이성 등 다양한 문제 상황과 부딪치지만 해결 방법을 쉽게 찾을 수가 없다. 사춘기는 사람과 세상을 바라보는 자기만의 관점이 생길 때까지 불면의 밤을 숱하게 지새워야 하는 운명의 시기이기도 하다.

10대의 뇌를 지속적으로 관찰한 결과 두정엽, 측두엽 등이 성인 이상으로 커졌다가 작아지는 현상이 확인됐다. 영국의 과학 잡지《네이처 뉴

로사이언스》에 발표된 이 놀라운 결과는 10대의 뇌가 정상에서 벗어나 있음을 과학적으로 증명하고 있다. 말하자면 전두엽이 복잡하게 변화하는 10대는 합리적이고 어른스러운 태도를 보여주지 못하는 것이 오히려 정상이라는 뜻이다. 흔히 겁이 없는 사람에게 "너 간이 부었구나."라고 말하는데 사춘기에게 "너 뇌가 부었구나."라고 하면 과학적인 말이 된다. 이집트 국왕 프톨레마이오스 5세의 대관식을 기념하여 기원전 196년에 작성된 '로제타석Rosetta Stone'에도 "요즘 아이들은 버릇이 없고 못됐다."라는 말이 새겨져 있다. 어느 시대의 어른이든 자신들이 이미 경험했던 10대 시절을 잊었기 때문이 아닐까.

그렇다고 해서 10대의 모든 생각과 행동에 면죄부를 주고 지극히 정상적인 성장 과정이라고 넘길 수는 없다. 사춘기의 방황과 괴로움을 넘어 정신 건강에 이상 현상이 발생한 것일 수도 있기 때문이다. 정상적인 생활이 불가능할 정도로 영혼이 아픈 사람들은 치료를 받아야 하지만 스스로 병원을 찾는 일은 쉽지 않다.

《청소년을 위한 정신 의학 에세이》는 이런 현상들에 대해 청소년의 눈높이에서 설명해준다. 정신건강의학과 전문의 하지현은 의학적인 관점으로 청소년들의 뇌를 들여다본다. 이 책은 정신건강의학과 의사가 바라보는 세상과 인간의 마음, 정신 병리에 관한 이야기다. 청소년들이 가질 법한 궁금증과 호기심을 해결할 수 있어 청소년뿐만 아니라 부모와 교사의 입장에서도 유용하게 읽을 수 있다.

정신건강의학과에서 말하는 '정상normality'은 무엇일까? 세계보건기구WHO는 정상성을 "신체적, 심리적, 사회적으로 완전히 잘 지내는 상태state of well-being"라고 정의한다. 정신건강의학적 관점에서는 "한 사람의 행동이나 성격적 특성이 전형적이거나 적절한 표준에서 벗어나지 않아서 받아들일 만한 수준"이라고 말한다.

근대 이전부터 논란이 되었지만 '정상'에 대한 기준은 제각각이다. 그래서 어느 정도 불안하고 우울해야 치료를 받아야 하는지 가늠하기 어렵다. 이 정의에 따르면 건강하지 못하고 평균에서 벗어나 있는 상태가 비정상이라는 뜻인데 하지현은 정상적인 삶을 살기 위해 노력하는 과정이 중요하다고 말한다. 그러기 위해서 먼저 프로이트의 의식과 무의식, 뇌의 역할에 관해 자세히 알아야 한다.

프로이트는 가장 고전적인 정신 분석 이론을 수립한다. 과거에 경험했던 것 중에 의식적으로 용납하기 힘들어서 상처가 된 기억이 있다면, 그 기억은 너무 아프고 괴롭기에 의식 깊숙한 무의식의 영역에 갇혀버린다. 이는 완전히 사라지지 않고 무의식에 가라앉은 채, 다양한 형태로 의식 위로 올라오려 하거나 의식 세계에 영향을 미친다. 그 결과, 의식 표면에 감정이나 환상이라는 변형된 상태로 나타나 사람의 의식과 행동에 영향을 미쳐 '증상'을 형성한다. 그러므로 무의식에 가라앉아 보이지 않는 기억을 자유 연상을 통해 끄집어내어 현재의 기억과 재통합하도록 유도하면 결과적으로 증상이 사라진다는 것이다.

다윈과 마르크스와 더불어 인류의 삶에 큰 영향을 미친 사람 중 한 명이 프로이트다. 인간의 정신은 보이지도 않고 알 수도 없는 무의식의 세계가 있다. 프로이트는 정신 분석을 통해 우리에게 자신의 생각과 행동을 돌아보게 한다. 이론적인 틀을 이해하는 건 중요하지 않다. 인간의 정신과 뇌를 이해해야 '증상'을 이해할 수 있다. 흔히 말하는 정신병은 유전적 요인이나 환경적 요인 때문에 발생한다. 감기에 걸리면 약을 먹고 건강해질 수 있듯이 정신병도 본인의 노력과 치료에 따라 건강하게 회복될 수 있다. 이 책은 정신병의 원인과 증상뿐만 아니라 대책까지 조언한다. 가장 흔한 우울증에 대해 하지현은 이렇게 말한다.

우울함은 내면을 평가하고 실수를 막아주지만, 어두운 본성에 사로잡히면 삶의 만족과 행복에서 점점 멀어진다. 선택은 누가 해주는 것이 아니다. 나중에 "왜 이 길로 가라고 그랬어?"라고 울면서 얘기해봤자 소용없다. 남의 인생을 대신 살아주는 사람은 없다.

우울함의 동굴에서 벗어나라는 충고는 사춘기를 겪는 청소년 대부분에게 해당할 것이다. 이 책은 정신병의 기준을 융통성, 스트레스, 우울증, 망상, 중독, 동성애 측면에서 이야기한 후에 자살, 공황장애, 강박 장애, 인터넷 중독, 도박 등의 증상과 예방법을 알려준다. 책을 읽다 보면 우리가 일상생활에서 겪는 마음의 상태를 알게 된다. 혹시 나도 정상에서 벗어난 것이 아닌가 싶은 생각이 들기도 한다. 하지만 그 증상을 정확하게 이해하고 원인을 파악하면 자연스럽게 생각과 삶의 태도를 점검할 수 있다.

의사가 아닌 심리학자의 입장에서 쓴 《십대라는 이름의 외계인》은 폭넓은 10대들의 이야기를 담고 있다. 특히 부모와의 갈등은 10대가 겪는 가장 심각한 문제일지도 모른다. 그것은 10대뿐만 아니라 부모의 입장에서도 마찬가지다. 김영아는 "나는 나쁜 엄마였다."라는 고백으로 글을 시작한다. 공부 잘하고 모범생인 딸과 전형적인 사춘기를 겪는 아들을 키우는 작가의 이야기에 공감이 간다. 엄마의 입장에서 자신의 경험을 이렇게 털어놓기 때문이다.

> 나는 어른이 되고, 엄마가 되어서까지도 대화하는 법을 알지 못했다. 대화를 청하지 못하고 받아주지 못한다는 것은, 상대방의 외로움을 이해할 준비가 되지 못했다는 것이다. 나는 나중에서야 내가 얼마나 오랫동안 내 사랑하는 아들, 딸과 내가 만나는 다른 사람들을 외롭게 했는지 깨달았다. 그리고 그 이유는 모두 내 외로움에서 비롯되었다는 사실도.

부모가 된다고 해서 저절로 자녀들과 대화하는 법을 알게 되지는 않는다. 상대방의 이야기에 귀 기울이고 공감하기 위해서는 열린 마음이 필요하다. 사춘기 청소년과 부모의 관계도 마찬가지 아닐까. 김영아는 그렇지 못한 이유를 '외로움'에서 찾고 있다. 사춘기 아이들만큼 부모도 외롭다는 말이다. 사춘기를 겪는 10대만 힘들고 괴로운 것이 아니라 어른이 된 부모도 외롭기 때문에 대화가 힘들다. 그렇다고 해서 서로 이해하지 못하고 외계인처럼 살 수는 없다. 친구 사이도 마찬가지지만 한번 어긋난 가족 간의 관계도 쉽게 회복되지 않는다. 영원히 남이 될 수 없는 부모와의 관계는 말할 필요도 없다.

처음부터 잘못된 것은 없다. 그리고 '잘못하고 싶은' 사람도 없다. 누구나 잘하고 싶고, 인정받고 싶고, 능숙해지고 싶다. 그러려면 서투르다는 것을 인정해야 한다. 처음엔 누구나 서툴다. 십대라는 이름의 아이도, 부모라는 이름의 어른도, 제 역할을 훌륭하게 해내기란 참 쉽지가 않다. 하지만 그렇게 어려움과 부딪히면서 자신을 알아나가고, 자신의 역할을 다해내기 위해 노력하는 일. 그 마음 자세가 되어 있다면 반은 온 것이다. 자신이 잘못하고 있다는 것조차 알아채지 못하고 끝까지 고집만 피우는 것, 진짜 문제는 거기에 있다.

한참을 생각하게 하는 이야기다. 부모도 사춘기 자녀들도 모두 상처를 주고받는다. 어느 한쪽이 '고집'을 피우면 소통은 불가능하고 대화는 단절된다. 누구나 겪지만 아무도 이해하기 어려운 '10대'를 위해 치유심리학자 김영아는 실제 사례를 중심으로 이야기를 풀어간다.

가출하고 싶은 마음, 쿨한 척하지만 외로운 마음, 공부하기 싫은 마음, 이성을 사랑하고 싶은 마음에 대해 10대와 부모의 생각은 차이가 많다. 이 책은 그들이 겪는 어려움이 어떤 것인지 실제 사례를 통해 자세하게 분석한다. 청소년들을 오랫동안 상담하면서 쌓은 노하우가 고스란히 담겨 있고 그 문제를 해결하는 과정을 보여주기 때문에 부모와 함께 읽으면 좋다. 심리학적 관점으로 10대를 이해하는 일은 비교적 쉬워 보이지만 막상 내 자녀의 마음과 처지를 제대로 헤아리는 것은 쉬운 일이 아니다. 이 책은 머리와 가슴이 따로따로인 부모와 그들의 아이에게 작은 위로를 건넨다.

한편, 10대를 지나 20대가 된다고 해서 모든 문제가 해결되는 것은 아니다. 혼란스럽게 좌충우돌하기는 마찬가지다. 10대든 20대든 방황하는 청춘의 특징은 외로움이다. 사랑하는 가족이나 친구가 해결해줄 수 없는 실존적인 고민에 빠지기도 하고 출구가 보이지 않을 것 같은 문제 때문에 세상에 혼자인 것 같은 외로움을 느낀 적이 있다면 김형태의 조언을 들어보자. 《너, 외롭구나》는 바로 이런 상황에 놓인 청춘들의 카운슬링을 모아놓은 책이다.

정말 궁금한 것은, 누가 당신을 이렇게 겁쟁이로 만들었나요? 마치 몸은 없고 머리만 있는 인간들처럼, 해보지도 않고 미리 결과를 예측해서 포기하고, 선택하고 행동하는 것을 그토록 두려워하고, 젊디젊은 사람들이 먹고사는 문제나 고민하고……. 대체 왜 이렇게 됐습니까. 화가도 꿈꾸고 로커도 꿈꾸었다면 그것을 실천하지 못하게 누가 막았습니까? 누가 '직업적으로 성공할 자신 없으면 시작도 하지 말라'고 가르쳤습니까.

따뜻한 위로와 격려만 주는 사람보다 때로는 이렇게 따끔한 충고와 분명한 목소리를 들려주는 사람에게 기대고 싶을 때가 있다. 꿈 많은 10대 시절을 거쳐 원하는 대학에 입학했지만 자신의 꿈을 포기하고 현실과 타협하고 싶다는 청춘에게 김형태는 겁쟁이라고 이야기한다. 누군가의 고민을 들어주고 조언을 해줄 수 있는 사람은 많지 않다. 특별한 자격이 있다는 말이 아니라 그만큼 사람과 세상에 대해 깊이 고민하고 자신의 삶을 주체적으로 살아가는 사람이 드물다는 뜻이다. 이 책의 저자 김형태는 자칭 무규칙 이종 예술가다. 인디밴드의 리더이고 연극배우이며, 공연 기획, 무대 디자인 등 다양한 분야에서 종횡무진하는 사람이다. 그 다양한 경험들은 카운슬러로서 좋은 조건이다. 고정관념에 사로잡혀 있거나 자신의 생각만 옳다고 주장하는 사람이 다른 사람의 멘토가 되기는 힘들기 때문이다.

돈이 없으면 노력과 지혜가 필요합니다. 노력과 지혜는 돈과 무관하지만, 돈이 없는 사람은 노력밖에 할 게 없습니다. 다시 말하지만, 미성년자일 때의 가난은 어른들의 인생일 뿐입니다. 그것 때문에 내 인생의 가능성이 한계에 부딪힌다는 것은 핑계입니다. 돈이 없었으므로 더 노력해야 했던 불행한 소년은 어른이 되어, 돈이 있어서 노력하지 않았던 사람보다 여러 면에서 훌륭합니다.

자신의 경험을 풀어내기도 하고 때로는 실제 사례를 들어가며 진정성 있는 상담이 이어진다. 돈이 없는 청춘에게는 '부끄러움'이 아니라 '노력'을 제안한다. 사람들은 얼마나 많은 고민을 하며 살아갈까. 진학, 외모, 취업, 사랑 등 헤아릴 수도 없다. 그것은 10대뿐만 아니라 20대도 마찬가지고 부모들도 마찬가지다. 그때마다 누군가에게 묻고 답을 구할 수 있다면 얼마나 좋을까. 나와 비슷한 고민을 하는 사람들의 이야기는 분명 위로가 된다. "너, 외롭구나."라는 한마디 위로는 백 마디 충고와 잔소리보다 힘이 세다. 이 책의 제목은 그런 의미다.

김형태는 청춘이 던지는 수많은 질문에 대해 솔직하고 실질적인 조언을 아끼지 않는다. 뻔한 이야기와 교훈적인 내용으로 막연한 용기를 주지도 않는다. 귀 기울여 들어주고 어떤 생각과 행동이 필요한지 구체적으로 말해주는 저자의 이야기에는 진심이 담겨 있다.

어른들은 시간이 지나면 추억이라는 이름으로 청춘을 이야기한다. 하지만 그 시절의 한가운데 놓인 청소년에게는 가장 고통스럽고 힘겨운 시간이다. 그 시간을 견디기 위해서는 자기 자신에 대한 사랑과 다른 사람의 이야기를 들을 수 있는 귀가 필요하다. 스스로에 대한 자신감, 미래에 대한 꿈과 희망은 더 말할 필요도 없이 청소년이 누릴 수 있는 특권이다.

현실에 발 디뎌야
미래가 보인다

《이것은 왜 청춘이 아니란 말인가》, 엄기호 지음, 푸른숲, 2010 ★★
《4천원 인생》, 안수찬 외 지음, 한겨레출판, 2010 ★★
《3차 산업혁명》, 제러미 리프킨 지음, 안진환 옮김, 민음사, 2012 ★★★

고3 담임을 할 때의 일이다. 영기(가명)는 아침부터 7교시까지 정신없이 잠만 잤다. 학기 초에 개인 상담을 하며 이제 정신 차리고 사회에 나갈 준비를 해야 하지 않느냐며 말을 건넸다. 하지만 영기는 부모님이 돌아가신 후 복잡한 사정으로 24시간 편의점에서 새벽까지 일을 해야 먹고 살 수 있는 형편이었다. 혼자 살면서 생계를 꾸려가며 고등학교를 마쳐야 하는 영기에게 대학 진학은 사치일 뿐 아니라, 오늘 일하지 않으면 당장 내일 굶어야 하는 현실이었다. 체계적인 직업 교육을 받을 시간도 없고 차근차근 미래를 준비할 만한 마음의 여유도 없는 영기에게 무슨 말을 했었는지 모르겠다.

고등학교를 졸업하고 성인이 되면 대한민국의 청소년은 대학에 진학하거나 직업 전선에 뛰어들지만 어느 쪽이든 장밋빛 미래를 보장해주지는 않는다. 대학에 가면 그때부터 전공과 취업 등 고민의 방향이 달라지고 바로 사회에 진출할 경우에는 고졸이라는 학력의 벽에 부딪힌다. 고등학교를 졸업하기 전까지는 '노동자'라는 말을 꺼리지만 현실은 비정규직 노동 현장에서 생계를 유지하거나 학비를 마련하기 위해 동분서주한다. 대부분의 사람들이 노동자로 살아가는데도 학교에서는 그 문제를 심각하게 고민하거나 따로 가르쳐주지 않는다. 하지만 우리에게 노동은 생활이며 가장 보편적인 현실이다.

우선 대학에 입학해 푸른 꿈에 젖어 있을 것 같은 대학생들의 삶을 들여다보자. 그들은 억압된 틀을 강요당하던 고등학생 신분을 벗어나 학문과 사상의 자유를 만끽할 수 있는 대학생이 되어 행복할까. 엄기호는 그렇지 않다고 말한다.《이것은 왜 청춘이 아니란 말인가》는 한줄 서기 경쟁 교육의 극단적인 결과를 여과 없이 보여준다. 요즘 대학생은 어떤 생각을 하며 어떤 고민을 하고 있을까. 청춘의 푸른 꿈과 미래에 대한 희망으로 가슴 두근거리는 대학 생활을 하고 있을까. 어두운 현실에 대해 학생들과 함께 고민하는 저자는 이렇게 말한다.

나는 인간은 삶에 대해 새로운 질문이 많아질수록 세상을 새롭게 살아갈 용기가 더 많아지는 존재라고 믿는다. 질문과 함께, 질문에서 인간은 새로운 것을 시작할 수 있다. 새롭게 시작할 용기만 있다면 인간은 새로운 사회와 세상을 만들 수 있다. 그것이 내가 학생들과 함께 나눈 위로이자 희망이며 격려이다.

저자가 대학생들을 가르치는 선생님이기 때문에 젊은이들의 고통이 더 아프게 전해지는지도 모른다. 고등학교를 졸업한 청춘들에게 희망이 없다는 것은 상상할 수도 없다. 하지만 현실은 만만찮다. 이 책은 학벌 중심 사회인 대한민국의 현실을 그대로 드러낸다. 지성인이 아니라 '잉여'가 되어버린 대학생의 현실은 80%가 넘는 대학 진학률을 자랑하는 우리 사회의 적나라한 자화상이다.

대학에 들어갈 때까지만 모든 걸 참고 견디라는 부모님이나 선생님의 말을 어떻게 받아들여야 할까. 대학생이 되고 사회에 나가면 어떤 현실이 기다리고 있는지 먼저 생각해보아야 한다. 스스로를 잉여라고 생각하는 '대학생'의 현실은 고등학교와 다를 바 없다.

등록금만 있으면 이제는 누구나 대학을 갈 수 있다. 대학 입학 정원이 고등학교 졸업 정원을 넘어선 지 오래다. 대학을 가는 목적과 이유가 불분명하고 학벌 위주의 사회 구조가 단단하다면 선택의 여지가 없을지도 모른다. 그렇다고 해서 맹목적으로 한 줄 서기에 동참해야 할까. 엄기호는 청춘에게 용기를 주문한다.

정답만을 추구하는 공동체에서는 새로운 것을 발견할 수 없다. 낯선 것들에 대한 환대를 통해 교실이라는 공동체는 쇄신된다. 그리고 낯선 것을 환대하기 위해서는 무엇보다 낯선 것으로부터 오는 위험을 각오할 '용기'가 필요하다.

교육, 가족, 사랑, 소비, 돈, 열정이라는 키워드로 20대를 분석한 후에 내린 결론이다. 모든 문제를 개인의 노력과 게으름 탓으로 환원한다면 우리 사회는 아무 문제도 없는 것처럼 보인다. 누구나 노력하면 잘살 수 있는 공정한 사회로 보이기 때문이다. 하지만 교실 밖을 벗어난 순간 현실은 생각보다 냉정하고 미래는 불투명하다. 10대에게 막연한 희망 고문으로 현실을 왜곡할 수는 없다. 조금 더 객관적으로 '지금-여기'의 문제를 인식하고 대안을 고민할 수 있도록 배려하는 것이 기성세대의 역할이 아닐까. 이 책은 그런 의미에서 20대를 준비하는 10대는 물론 우리 사회의 미래는 '청춘'이라고 생각하는 모든 사람이 함께 고민해야 한다. 실제 대학생들의 목소리가 직접 드러나기 때문에 그들과 함께 생활한 저자의 이야기가 들을 만하다.

거시적인 안목을 기르기 위해 앨빈 토플러의 《부의 미래》를 읽는 것도 중요하지만 우선 《4천원 인생》을 통해 구체적인 삶을 먼저 들여다보는 것이 현실적이다. 이 책이 나온 2010년 당시 법정 최저임금은 시급 4,110원이었다. 제목에서 알 수 있듯이 시급 4,000원에서 벗어나지 못하는 사람들의 일을 직접 체험하기 위해 네 명의 기자가 나섰다.

갈빗집의 아침은 청소와 함께 시작된다. 오진 10시부터 밤 10시까지가 근무 시간이다. 오전 9시 40분에 출근하든, 10시 정각에 도착하든 옷만 갈아입으면 바로 업무 시작이다. 이때부터 직원들은 점심시간이 다가오기 전까지 온갖 일을 찾아내 해치워야 한다. 그렇지 않으면 바쁜 시간에 허둥대 더 피곤해진다. 청소는 크게 빗자루질과 대걸레질, 손걸레질, 화장실 청소, 이렇게 네 가지로 나뉜다. 첫날, 옷을 갈아입기가 무섭게 청소에 투입됐다.

임지선 기자는 취업 첫날을 이렇게 기록한다. 식당에 가면 쉽게 부르는 호칭 "아줌마!"는 식당 노동자들을 파블로프의 개처럼 즉각 반응하게 한다. 노동 현장에 직접 뛰어든 네 명의 기자는 각각 식당에서 일하는 아줌마, 마트에서 고기 파는 아저씨, 외국인 노동자가 대부분인 가구 공장 노동자, 중소기업 생산라인 조립공으로 일한다. 현장에서 온몸으로 기자들이 전하는 이야기는 가장 생생한 삶의 현장을 보여준다. 그들의 이야기는 학교에서 공부를 열심히 해야 돈을 많이 벌 수 있고 그래야 행복하게 살 수 있다는 지독하게 단순한 삶의 원리만 배운 사람들에게 충격을 준다. 열심히 일해도 가난에서 벗어날 수 없는 사람들의 이야기는 내 부모 혹은 형제의 이야기이며 청소년들이 교문 밖에서 만나야 할 노동의 현실이기 때문이다.

하루 종일 고기를 구워 쉿소리로 말하던 영희의 성대가 그때만큼은 촉촉이 젖었다. "제 꿈은요." 집이 있고, 차가 있고, 통장에 1,000만 원이 들어 있고, 빵집을 하면서 한 달에 200만 원을 버는 것이다. "월 200이면 행복하겠어요." 그들의 행복은 상류 계층과는 상관이 없었다. 나라가 돌아가는 사정에도 별로 영향을 받지 않았다. 적어도 그들의 상상 속에서 행복은 직선이었다. 돈을 모아 가게를 내어 또 돈을 버는 것이다. 월 200만 원이면 행복한 그들이 증오와 분노를 품지 않아 참 다행인 부자들이 한국에는 많다.

안수찬 기자가 마트에서 만난 영희의 꿈 이야기다. 한국노동연구원 보고서(2008)에 따르면 2004년 고등학교 졸업자의 44.3%가 임시직, 38.7%가 일용직에 취업했다. 2년제 대학 졸업자 가운데 임시직을 얻은 경우도 50.1%나 됐다. 4년제 대학을 졸업해도 51.1%가 임시직이라는 조사 결과는 우리 사회의 단면을 보여준다. 좋은 일자리를 얻기 위해 무한 경쟁에서 살아남는 방법을 배워야 할까. 아니면 더불어 함께 사는 지혜를 배우며 사회의 구조적인 모순을 이해하고 고민해야 할까. 우선은 현실의 모습을 정확하게 이해할 필요가 있다. 현실은 이렇게 우울하지만 희망을 버릴 수는 없다.

한 달은 안산 시내버스 노선을 다 외기도 부족한 기간입니다. 하지만 그 기간 일을 하며, 임금을 시급 5,000원, 1만 원으로 올리는 일도 중요하지만 빈곤 노동이 유전만은 되지 않는 내일을 모색해주는 사회가 더 절실함을 충분히 봅니다. 부르길 '희망'이라 하는, 그것만이 오늘 살아야 할 이유가 될 테니까요.
'이성으로 비관하되 의지로 낙관하라.' 따위 얘긴 제 주제에 못하겠습니다. 다들 다치지 말고 스트레칭도 좀 하시고 요령도 부려가며 내일도 건강하게 출근하세요. 찬바람 붑니다. 라인이 수만, 수십만 바퀴를 돌면 다시 봄바람이 오겠지요.

55R 라인 9번에서 일했던 임인택 기자의 취재 후기가 가슴 뭉클하다. 차가운 현실을 견디게 하는 유일한 '희망'이 단순한 희망고문이 되지 않도록 해야겠다. 청소년에게는 현실을 직시하고 새로운 미래를 꿈을 꿀 수 있는 권리가 있기 때문이다.

구체적인 현실을 들여다보고 난 후에는 고개를 들고 조금 멀리 내다볼 필요가 있다. 《노동의 종말》, 《육식의 종말》 등으로 인간의 미래 사회를 깊이 고민해온 리프킨의 《3차 산업혁명》은 전 지구적 차원에서 인류의 삶을 이야기한다. 리프킨은 우리가 석유 시대와 그에 기반한 2차 산업혁명의 종반전에 접어들었기 때문에 새로운 산업 모델로 옮겨가지 않으면 문명의 종말까지 감수해야 한다고 경고한다. 그는 "1차 산업혁명이 빽빽한 도심과 공동주택, 연립주택, 초고층 빌딩, 다층 공장 등을 발달시켰고 2차 산업혁명이 편평한 교외 주택지와 공업단지 등을 생성했다면, 3차 산업혁명은 현존하는 모든 건물을 주거지와 미니 발전소 역할을 동시에 수행하는 이중 목적 공간으로 만들 것이다." 그러면서 "3차 산업혁명은 인간의 욕구라든지 경제활동을 지배하는 가정에 관하여 완전히 다른 시각을 제시한다. 이 새로운 경제 패러다임의 분산적이고 협업적인 특성은 시장의 사유재산 관계를 매우 중시했던 과거의 관점을 근본적으로 재고하게 만든다."라고 말한다.

화석연료를 토대로 한 중앙집권적이고 계획적인 기계 산업은 환경을 고려한 재생 에너지 중심 산업으로 전환되어야 한다. 대체에너지에 대한 관심은 도덕적인 문제를 떠나 이제는 생존의 문제가 되었다. 수평적으로 권력이 분산되고 협업을 통한 상생의 경제 모델을 준비해야 하는 것이 우리가 당면한 현실이다. 이 문제는 세계 각국의 경제, 정치 지도자들에게 받아들여지고 있으며 미래 사회를 준비해야 하는 우리에게도 다양한 측면에서 참고할 만한 이야기다.

21세기는 네트워크의 시대다. 내가 일하고 살아가야 할 우리 사회를 구체적이고 현실적으로 들여다보고 미래 사회를 고민할 필요가 있다. 우리는 조금 더 다양하게, 그리고 조금 더 깊이 있게 주위를 살펴보고 먼 미래를 준비해야 하지 않을까.

행복한 삶을 위한
나의 일!

《나는 무슨 일 하며 살아야 할까?》, 이철수 외 지음, 철수와영희, 2011 ★★
《성적은 짧고 직업은 길다》, 탁석산 지음, 창비, 2009 ★
《세상을 바꾸는 천개의 직업》, 박원순 지음, 문학동네, 2011 ★★

거창고등학교 '직업 선택의 십계' 중에 "부모나 아내나 약혼자가 결사반대를 하는 곳이면 틀림이 없다. 의심치 말고 가라."라는 내용이 있다. 현실적인 관점에서 "어느 대학 어느 학과에 갈 것인가는 일단 성적이 나온 다음에 생각하면 돼. 성적이 좋을수록 신댁의 폭이 넓으니까 성적을 올리는 것이 최우선이야."라는 조언을 들어본 적이 있을 것이다. 부모님이나 선생님의 생각을 의심 없이 받아들인다면 역설적으로 인생은 고난의 가시밭길이 되기 쉽다는 뜻이다. 자신의 흥미와 적성을 고려하지 않고 선택한 전공은 불행의 시작이기 때문이다. 전공 선택과 진로 탐색을 수능 이후로 미루는 우리의 현실은 너무 위험하고도 무책임하다. 즐겁고 행복하게 사는 방법 가운데 하나는 자신에게 맞는 직업을 선택하는 것이다. 더 늦게 전에 고민을 시작해야 한다.

여름 휴가를 어디로 갈 것인지, 혹은 어디를 들러 어떻게 갈 것인지, 어디서 자고 무엇을 먹을 것인지 준비하는 과정은 즐겁고 행복한 일이다. 서너 달 전부터 알아보기 시작해 차근차근 정보를 얻고 다른 곳과 비교하며 휴가를 기다린다. 그런데 인생에서 가장 중요한 진로와 직업을 고민하는 데 우리가 들이는 노력과 시간은 얼마나 될까. 성적이 모든 것을 결정해줄 것이라는 잘못된 믿음은 정말 위험하다.

전국 RC카 대회 우승자에게 비결을 묻자 이렇게 대답했다. "저는 아침에 일어나면 회사에 가고 싶어서 가슴이 두근거려요." 평범한 회사원인 우승자가 어느 신문 인터뷰에서 한 말이다. 공자의 "知之者不如好之者(지지자불여호지자) 好之者不如樂之者(호지자불여낙지자)"라는 말이 떠오른다. 머리 좋은 사람이나 노력하는 사람도 즐기는 사람은 이길 수 없다는 뜻이다. 이 우승자는 30대 후반 고졸 학력이었다. 국내 유명 대학의 석·박사팀을 모두 물리치고 우승을 했다는 사실이 중요한 게 아니라 자신의 일을 충분히 즐기며 산다는 점이 감동적이었다. 하는 일이 즐겁고 그 일을 통해 보람을 느낄 수 있다면 행복한 사람이 아닐까. 진로와 직업이 인생에서 얼마나 중요한지 깨닫게 되는 이야기다.

혁신의 아이콘 스티브 잡스는 철학과를 중퇴했지만 IT업계의 신화가 되었고 의대를 졸업한 안철수도 전공과 먼 길을 걷고 있으며, 법학을 전공한 황병기는 가야금 연주와 작곡으로 명성을 얻었다. 우리의 삶은 예측할 수 없을 만큼 빠르게 그리고 다른 방향으로 변해간다. 그렇게 변해가는 원인은 무엇일까. 자신이 잘할 수 있는 일과 하고 싶은 일 사이에서 고민하고 있는가. 아니면 오로지 성적으로 전공과 진로를 결정할 생각인

가. 진로와 직업에 대한 패러다임을 바꾸지 않는다면 공부가 즐겁지 않고 미래에 대한 꿈과 희망도 분명하지 않다. 더구나 진짜 내가 원하는 일이 아니라 다른 사람들이 권하는 일이라면 가슴 두근거리는 행복과는 점점 멀어진다.

돈을 많이 버는 일이 최고의 직업이라고 생각하면 사실 진로와 직업은 큰 고민거리가 아니다. 하지만 직업이 곧 사람을 말해주는 경우가 많기 때문에 진로와 직업의 선택은 인생에서 가장 중요한 고민이다. 사람은 자기가 하는 일의 관점에서 생각하고 판단하며 살아간다. 어떤 직업을 갖느냐에 따라 세상을 바라보는 프레임이 달라지기 때문이다. 어떤 일에 대한 의견을 물었을 때 직업 혹은 직종별로 유사한 답을 하는 경우가 좋은 사례다.

길담서원에서 '일'을 주제로 청소년 인문학 교실을 열고 그 강의내용을 엮어 낸 책 《나는 무슨 일 하며 살아야 할까?》는 진로와 직업에 대한 근본적인 질문에 답하고 있다. 더 넓고 다양한 관점에서 자신의 미래를 고민하기 위해 다섯 명의 강사가 들려주는 '일'과 관련된 이야기를 들어보자. 먼저 농부 판화가 이철수는 상상할 수 있는 모든 일이 직업이 될 수 있다고 말한다.

여러분이 상상할 수 있는 모든 것이 직업이 될 수 있습니다. 직업의 종류 속에 아직은 포함되지 않은 일이라도 여러분이 상상할 수 있는 일이라면, 그걸 자신의 직업으로 삼아도 좋겠다는 생각을 해봅시다. 미기록 직업을 발견하는 첫 번째 사람이 되면 행복하지 않을까요? 제가 더 자유롭게 살기를 기대한다는 것은 그런 이야기입니다. 우리 아이들한테 그랬듯이 여러분에게도 그런 기대를 합니다. 더없이 자유롭게 자신의 일을 선택할 수 있으면 좋겠어요.

매년 학기 초에 희망하는 진로를 조사해보면 학생들이 원하는 직업은 스무 개를 넘지 않는다. 세상은 눈부시게 발전하고 변해가는데 왜 청소년들이 희망하는 직업은 바뀌지도 않고 몇 가지로 모아질까. 더구나 안정된 직장을 원하는 사람은 '공무원'이 장래 희망이라고 말한다. 어떤 일을 하면서 어떤 사람이 되고 싶다는 꿈이 아니라 평생 먹고살 수 있는 도구를 갖고 싶은 마음이다. 아마도 우리 사회의 현실과 거리가 멀지는 않은 것 같다.

하지만 하고 싶은 일을 찾고 스스로 자신의 진짜 욕망을 확인하며 새로운 일에 도전하는 사람이 아름답지 않은가. 비록 시작은 아주 작고 보잘것없을지 모르지만 한 분야의 전문가가 되고 그 일을 즐길 수 있다면 행복한 사람이다. 인권 운동가인 배경내는 '청소년 노동'에 대해 이야기한다. 인권 측면에서 청소년들의 노동이 얼마나 어렵고 고단한지 살펴보고 최소한의 권리를 알려준다. 무엇보다도 청소년들이 일할 수밖에 없는 이유를 먼저 살펴봐야 한다.

최근에 청소년 노동이 늘어나는 이유도 '노동 빈곤' 문제와 연결이 되어 있습니다. 노동 빈곤이라는 게 도대체 무슨 말일까요? 아무리 열심히 일해도 가난에서 벗어날 수 없다는 얘기지요. 최근 노동 빈곤층이 계속 확산되면서 교육비나 생활비 등 부모의 뒷바라지를 기대하기 힘든 청소년이 늘고 있습니다. 그러다 보니 휴대 전화비, 교통비라도 보태려고 일자리를 찾는 청소년도 느는 것이지요.

가난하다는 이유만으로 청소년들이 일을 하는 건 아니다. 다양한 문화적 욕구와 간접적인 사회 경험을 해보고 싶은 생각 때문이기도 하다. 공부를 잘해서 지식인이 되면 노동이라는 말과 전혀 무관하게 살게 될까. 그렇지 않다. 나와 내 가족만 잘 먹고 잘 살면 그만이라는 이기적인 생각으로 일을 하거나 남들보다 편하고 쉽게 돈을 벌기 위해 직업을 선택하는 사람은 결코 행복할 수 없다. 남들보다 많이 공부하고 똑똑한 사람들, '지식인'이라고 하는 사람도 나름의 책임과 의무가 있다. 노동문제 전문가 하종강은 사르트르의 말을 인용해 이렇게 말한다.

사르트르는 프랑스의 훌륭한 철학자이자 문인인데 그가 프랑스 사회에서 전개했던 '지식인 논쟁'이라는 게 있어요. 지식인에 대해 정의하기를 "자신과 관계없는 문제에 상관하는 사람, 세계의 문제를 자신의 문제로 고민하는 사람, 자신의 학문적 명성을 인간의 이름으로 사회와 기존 권력을 비판하기 위해 사용하는 사람"이라고 했지요.

자신의 행복만 추구하는 것이 아니라 주변의 소외된 사람들의 문제 등에도 관심을 갖고 발언하는 사람이 지식인이라는 뜻인데 우리 사회는 이런 공감대가 상당히 부족해요.

한울노동문제연구소에서 민주노총으로, 또 다른 곳으로 직장을 옮길 때마다 월급이 계속 줄어드는 변호사 이야기를 하면서 하종강은 진짜 '지식인'이 무엇인지 설명한다. 우리가 세상에 나가 직업을 갖고 일을 한다는 것은 사회 전체에서 어떤 역할을 한다는 뜻이다. 그래서 어떤 일을 하며 살아야 할까라는 질문에는 조금 더 깊은 고민과 성찰의 시간이 필요하다.

이 책은 청소년에게 유용한 정보를 제공하며 매우 현실적인 내용을 담고 있다. 인류의 역사와 경제, 그리고 사회적 관점으로 인간의 노동을 살펴보고 내가 이 사회에서 어떤 역할을 하며 살아갈 것인지에 대한 고민을 하는 것은 진로와 직업을 선택하기 위한 바탕이다. '일'에 대해 인문학적 관점으로 접근하는 이 책은 성적으로 내 삶이 결정된다는 생각을 바꿔준다. 조금 다른 관점으로 세상을 바라보며 청소년들의 목소리도 담고 있기에 공감이 간다.

철학자 탁석산은 제목에서부터 《성적은 짧고 직업은 길다》라고 말한다. 서울대 자연계열에 입학했지만 중퇴하고 영어를 전공한 후 대학원에서 철학을 공부한 저자의 실제 경험은 이 책의 제목을 간접적으로 설명한다. 직업 선택의 과정에서 가장 큰 고민인 "하고 싶은 일이 없어요."에서부터 생각해보자. 그냥 놀고먹고 싶은 아이들에게 '직업'의 중요성을 힘주어 말하고 '진로'를 고민하라는 말은 마음에 닿지 않는다. 이런 아이들에게 탁석산은 직업의 선택 기준을 제시하고 그것을 위해 무엇을 준비해야 하는지 일러준다.

직종이 아니라 돈 버는 것을 우선 목표로 삼더라도 세 가지를 고려해야 하는 것은 마찬가지입니다. 시간보다 돈을 택한다고 합시다. 그런 다음에 홀로/조직의 기준을 적용해봅시다. 혼자 하는 것이 더 좋다면 전통적 직업 가운데 개업 의사나 개업 변호사 따위를 생각해볼 수 있습니다. 자신의 점포를 가지고 장사를 하는 것은 전통적 직종과 달리 시류에 민감합니다. 따라서 모험을 즐기는 마음까지는 아니더라도 감수하겠다는 자세가 필요합니다. 떡볶이 가게를 해서 돈을 모으는 사람도 있고, 동네에서 과일을 팔아 조그만 건물을 사는 사람도 있습니다. 더 큰돈을 벌고 싶으면 어디엔가 들어가 일을 배우는 편이 좋습니다. 하지만 회사나 가게에 들어가 종업원으로 일하는 것은 나중에 독립하기 위한 준비 단계이므로 홀로 한다는 기준을 저버린 것은 아닙니다. 이것은 돈/시간 중 돈을, 안정/모험 중 모험을, 홀로/조직 중 홀로를 택한 경우입니다. 돈, 모험을 택하고 조직을 택한다면 회사에 들어가 높은 자리에 오르는 것이 효율적일 것입니다.

'돈 vs 시간', '홀로 vs 조직', '안정 vs 모험' 등 세 가지 기준으로 우선 나에게 맞는 직업을 선택하라는 탁석산의 이야기는 매우 구체적이다. 세속적으로 돈과 명예와 권력을 얻는 비법을 소개하는 게 아니라 자기 삶의 주인이 되어 행복한 인생을 통해 궁극적으로 타인과 사회에 도움이 되는 일을 이야기한다. 자신이 하는 일에서 보람과 행복을 얻기 위해서는 '무엇'이 아니라 '어떻게'에 초점을 맞춰야 한다는 말에서부터 진로와 직업 선택의 고민이 시작되어야 한다.

그러고 나면 이제 본격적으로 구체적인 직업 선택의 고민이 남는다. 자칭 소셜 디자이너 박원순은 《세상을 바꾸는 천개의 직업》을 통해 낯선 직업 천 개를 추천한다. 변호사, 시민 활동가, 사업가 등 다양한 직업으로 사회에 기여해온 박원순은 교사와 공무원이 학부모와 학생들의 직업 선호도 1, 2위를 다투는 우리의 현실을 비판적으로 꼬집는다. 세상에 나가 다양한 일을 해보고 역동적인 꿈을 꿔야 할 나이에 직업의 안정성만을 고민한다면 10대의 몸으로 60대의 사고방식을 갖고 있는 것이다. "발칙한 돌연변이로 거듭나라."라는 그의 충고는 '내 인생의 CEO'가 되라는 충고만큼 당연한 말이다.

포장재가 갈수록 화려해지고 있다. 감각적인 디자인을 선호하는 소비자들이 늘어나면서 포장도 제품의 경쟁력이 되고 있는 것이다. 문제는 그 수많은 포장재가 본래의 역할을 다하고 나면 쓰레기로 전락한다는 것이다. 실제로 도시 쓰레기의 80%가 포장 폐기물이라고 한다.

착한 포장 전문가는 포장재에 관한 새로운 대안을 제시한다. 포장재를 한번 쓰고 버리는 소모품이 아니라, 재활용과 재사용이 가능한 기능성 제품으로 변신시키는 것이다.

벌써 누가 시작했을지도 모를 일이다. 밥벌이에만 목숨 걸지 말고 희망을 걸어보라는 박원순의 이야기는 새겨들을 만하다. 정말로 세상은 다양하고 발칙한 돌연변이를 원한다. 'Best'가 아니라 'Unique'한 사람이 필요한 시대다. 박원순은 싱글족을 위한 심부름 센터 대표, 이혼 플래너, 나눔 식당 운동가, 책 사냥꾼, 소셜 펀딩 전문가, 비영리 조직 사회 공헌 전문가 등 이루 헤아릴 수 없는 직종을 제시하며 다양하게 상상하고 도전하라고 조언한다. 서울 시장이 되어서도 여전히 새로운 아이디어로 세상을 디자인하고 있는 저자의 이야기는 단순한 직업 선택의 고민이 아니라 새로운 삶을 꿈꾸는 사람에게도 꼭 필요한 충고로 가득하다.

미래를 내다보는 안목, 현실에 안주하지 않는 도전 정신 그리고 돈을 벌 수 있는 방법을 함께 고민한 결과가 이 책에는 다양하게 소개되어 있다. 맨손으로 시작할 수 있거나 상상력만으로도 세상을 바꿀 수 있는 직업은 무궁무진하다. 다만 우리에게 필요한 것은 새로움에 대한 도전과 용기다. 이 책을 통해 다섯 손가락 안에 꼽을 수 있는 평범한 직업이 아닌 그 너머의 세계를 고민해보고 새로운 일을 찾아보는 건 어떨까.

　일의 노예가 되는 것도 문제지만 일하는 즐거움을 찾지 못하는 것은 더욱 심각하다. 자신의 흥미와 적성을 고려하여 능력과 상황이 조화를 이룬다면 우리의 삶은 더욱 풍요로워진다. 초고령 사회를 앞둔 우리에게 평생 직장보다는 인생을 이모작할 수 있는 준비도 필요하다. 좀 더 멀리 내다보고 미래를 준비하는 사람만이 행복한 삶을 꿈꿀 수 있다.

3장

읽기와 쓰기로
삶의 행복을 찾다

책 읽기는 최종 목적지는 글쓰기다. 저자의 이야기를 듣는 수동적인 자세에서 벗어나 적극적이고 능동적인 글쓰기로 나아갈 때 책은 내 삶에서 가장 소중한 친구이자 멘토의 역할을 할 것이다. 이 장에서는 책 읽기와 글쓰기 방법에 대한 고수들의 조언을 들어본다.

좋은 책이란
다른 좋은 책을 읽게 하는 책

《책 읽는 책》, 박민영 지음, 지식의숲, 2005 ★★
《책읽기의 달인, 호모 부커스》, 이권우 지음, 그린비, 2008 ★
《교양인의 행복한 책읽기》, 정제원 지음, 베이직북스, 2010 ★★★

책이라는 프레임으로 사람을 구분하면 책을 읽는 사람과 읽지 않는 사람으로 나눌 수 있다. 세상에서 가장 무식한 사람은 책을 읽지 않는 사람이라고 하는데 그보다 더 무서운 사람이 바로 책을 딱 한 권만 읽은 사람이다. 차라리 자신의 무지를 깨달은 사람은 겸손해지지만 자기가 아는 세계가 전부라고 생각하는 사람은 무서운 신념을 갖기 때문이다. 소설가 김훈은 "신념이 굳은 자, 자신이 정의롭다고 확신하는 자들을 믿지 않는다. 오히려 의문이 가득한 자를 신뢰한다."라는 말로 반성적 사고의 중요성을 강조했다.

책을 읽는 사람들이 가장 경계해야 할 지점이 바로 여기다. '이것이다!'라는 확신을 갖고 자신의 신념을 굳혀가는 게 아니라 끊임없이 의심하고 스스로 질문을 하는 과정이 책 읽기다. 카프카는 정수리에 찬물을 끼얹는 것처럼 통찰을 주지 않는 책은 읽을 필요가 없다고 했다. 우리가 이렇게 다양한 분야의 책을 읽고 전체와 부분을 함께 고민할 수 있는 눈을 가지려면 끝없이 호기심을 가져야 한다.

책을 읽다 보면 어느 순간 궁금해질 때가 있다. 왜 내가 책을 읽고 있는지, 내가 책을 제대로 읽고 있는지, 아니면 도대체 이 책은 어떻게 읽어야 할지 등등의 의문이 생긴다. 이럴 때는 고수의 조언이 필요하다. 어느 분야나 마찬가지지만 책 읽기에도 남다른 눈을 가진 고수들이 많다. 좋은 책을 골라내고 특정 분야에 얽매이지 않으며 고전과 신간을 넘나드는 솜씨가 예사롭지 않은 사람들이 고수다.

그들은 서평가, 북 칼럼니스트, 출판 평론가로 불리기도 한다. 물론 일정한 직업을 가지고 있으면서 책 읽기 삼매경에 빠져 있는 재야의 고수들도 곳곳에 숨어 있다. 장정일이나 장석주 같은 고수들이 눈에 보이기 시작하고 그들에게 책 읽는 방법을 배우고 그들의 서평을 읽으며, 책 속에서 또 다른 책을 만나는 즐거움을 얻기 시작했다면 당신은 이미 고수의 길로 접어든 독서가이며 활자 중독증 환자일 가능성이 높은 사람이다.

아직 고수를 만나지 못한 사람, 어떤 책을 소개해도 관심이 없고 도대체 왜 책을 권하는지 모르겠다고 말하는 사람, 이제 막 손에 책을 들고 행복한 책 읽기를 계속하고 싶은 사람이라면 책에 대한 책을 읽어보기 바란다. 수많은 고수의 책을 일일이 열거할 수는 없고 난이도와 분량 등을 고려해서 가볍고 재미있게 읽을 수 있는 책을 몇 권 소개한다. 부디 이 책들을 통해 끝없이 이어진 책의 숲에서 또 다른 책을 만나고 그렇게 이어진 길을 걸어가면서 진정한 책 읽기의 즐거움과 새로운 삶의 길을 스스로 찾았으면 좋겠다. 어쩌면 책 읽기는 고급문화를 향유하기 위한 수단도 아니고 교양을 쌓기 위한 도구도 아니다. 책은 그 자체로 가장 큰 지적 즐거움을 주는 대상이며 타인과 세상을 접속하기 위한 필수적인 네트워크다. 책을 읽는 행위는 능동적인 자기 변화의 시작이며 주체적으로 자기 삶의 주인이 되기 위한 가장 좋은 방법이다.

박민영의 《책 읽는 책》은 적당한 분량과 판형 그리고 짧은 글들이 이어지기 때문에 곁에 두고 틈날 때마다 조금씩 읽기 편하다. 제목에서 짐작할 수 있듯이 이 책은 초보 독자들이 책을 좀 더 깊이 있게 읽을 수 있도록 도와줄 뿐만 아니라 책을 읽는 방법까지 상세하게 소개하고 있다. 이론적인 접근이나 체계적인 방법론이 아니라 저자의 실제 경험을 통해 얻은 살아 있는 체험 수기에 가깝다. 그래서 이 책을 읽는 독자는 고수의 독서법을 통해 자신만의 방법을 만들어갈 수 있는 자신감을 얻을 수 있다. 박민영은 "나는 본래부터 책을 좋아했던 사람이 아니다."라는 자기 고백으로 이 책을 시작한다. 하지만 책의 중요성을 인식하는 순간 모든 것이 달라진다. 세상에 저절로 이루어지는 게 있을까. 책도 마찬가지다. 어느 정도 노력이 필요하다. 시간이 없다는 둥 책 살 돈이 없다는 둥 핑계는 이제 그만두자.

키케로는 "방에 책이 없는 것은 몸에 정신이 없는 것과 같다."라고 했다. 자신의 경제적 사정에 맞게 매달 책값으로 일정액을 정하라. 그리고 책을 구입하라. 대체로 책은 몸을 즐겁게 하는 어떠한 비용보다도 저렴하다. 책을 사는 것은 가장 저렴한 비용으로 자신을 가치 있게 만드는 가장 합리적인 방법이다.

매월 스마트폰 요금을 내기 위해 아르바이트까지 하지만, 책을 사기 위해 아르바이트를 한다는 이야기는 들어본 적이 없다. 그 둘을 비교하는 건 무리겠지만 책이 그만큼 하찮은 대상이어서도 안 된다. 사실 세상에서 가장 싼 게 바로 책이다. 합리적으로 자신의 가치를 높이는 방법을 거부하지 말자. 박민영은 비효율적인 독서를 하다가 책 읽는 방법을 터득한 이후에는 거의 독서 빅뱅에 가까울 정도로 그 능력이 향상되었다고 한다. 도대체 그 비법이 무엇인지 궁금한 사람이라면 절반쯤 성공한 사람이다. 나머지 절반은 이 책을 읽으며 책 읽는 즐거움, 책 읽는 생활, 책 고르는 지혜, 책 읽는 지혜 등 50여 가지의 비법을 전수받아보자. 그중 하나를 소개한다.

> 책을 선택하는 가장 좋은 전략 중 하나는 시간의 검증을 받은 책을 고르는 것이다. 시간의 도움을 받으면 아무리 많은 신간들이 쏟아져 나온다고 해도 걱정할 것이 없다. 출간된 후, 1년 뒤에도 팔리는 책은 그 절반이요, 2년 뒤에도 팔리는 책은 또 그것의 절반이 되지 않기 때문이다. 10년이 지난 후에도 읽히는 책은 한 해 동안 발간된 책 중에서 겨우 십여 종도 안 될 것이다.

별거 아닌 듯싶지만 고수들은 나름의 방법으로 책을 고르고 읽고 소화하고 활용한다. 박민영은 스테디셀러를 권장한다. 특별히 좋아하는 작가의 신작이거나 꾸준하게 읽어온 작가의 책이라면 모를까 베스트셀러 순위에 목매다 보면 최신 인기가요 순위에 오른 노래만 듣는 것과 같다. 그렇게 좋은 책을 읽다 보면 어느덧 독서가로 거듭날 것이다. 진정한 독서가는 자신의 삶을 주체적으로 살 수 있는 사람이다. 그리고 책을 통해 나를 읽을 줄 아는 사람이다.

독서가는 독서 행위에서 책을 '매개'로 삼을 뿐 '주체'로 삼지 않는다. 독서가는 자기 자신을 주체로 삼는다. 인간의 사유가 언어를 중심으로 이루어지기 때문에 독서가는 언어의 성찬인 책을 읽는 것일 뿐이다. 진정한 독서가에게 모든 책은 참고 문헌일 뿐이며, 책에 있는 텍스트를 발견하는 데 목적이 있는 것이 아니라, 그것을 참고로 하여 자기 내부의 텍스트를 발견하는 것이 목적이 된다.

너머학교의 '열린교실' 시리즈나 도서출판 우리학교의 '토론학교' 시리즈, 책세상의 '개념사' 시리즈 등 청소년들에게 유익한 기획 시리즈가 많다. 그중에서 이권우의 《책읽기의 달인, 호모 부커스》를 살펴보자. 이 책은 그린비의 '인문학 인생 역전 프로젝트' 시리즈 중 한 권으로 책을 처음 읽는 사람들에게 책의 유용성과 책을 읽는 방법을 설명한다. 책 읽기의 달인이라는 부제처럼 이 책은 누구나 달인이 될 수 있다고 말한다.

이제 더는 책 읽기의 가치를 목청 높여 말하지 않는 시대가 왔으면 좋겠습니다. 너무나 당연한 것을 당연하다 말하는 것도 힘들고, 당연한 것이 현실이 되지 않으면 상처받는 사람들이 많아지게 마련입니다. 세상이 변하면 변할수록, 장담하건대, 책 읽기의 가치는 더 높아질 것이며, 책 읽는 사람이 세상의 주인 될 가능성이 커질 게 분명합니다.

저자는 책의 중요성을 역설적으로 말하고 있다. 책 읽기의 가치를 말할 필요도 없는 시대는 올까. 빛의 속도로 변화하는 세상, 어디서나 빠름이 승부를 좌우하는 사회에서 우리는 왜 책 읽는 인간 '호모 부커스'가 되어야 할까. 현실에 만족하는 사람은 책을 읽을 필요가 없다. 지금 이대로 행복한 사람은 호모 부커스가 될 수 없다.

책 읽기는 기본적으로 혁명이다. 지금 이곳의 삶에 만족한다면 새로운 것을 꿈꿀 리 없다. 꿈꿀 권리를 외치지 않는 자가 책을 읽을 리 없다. 나를 바꾸려 책을 읽는다. 애벌레에서 탈피해 나비가 되려 책을 읽는다. 세상을 바꾸려 책을 읽는다. 우리의 삶을 억압하는 체제를 부수고 새로운 공동체를 이루려 책을 읽는다. 그러하길래 책 읽기는 불온한 것이다. 지배적인 것, 압도적인 것, 유일한 것, 의심받지 않는 것을 희롱하고, 조롱하고, 딴죽 걸고, 똥침 놓는 것이다.

책 읽기의 중요성은 아무리 강조해도 지나치지 않다. 다만 이 책은 그 목적과 방법을 모르겠다고 하는 사람을 위한 책이다. 변화를 꿈꾸고 나를 바꾸려는 생각이 없다면 책 읽기도 결국 탁상공론에 불과한 무용지물이다. 신나고 즐거운 책 읽기는 끝없는 호기심을 갖게 하며, 한곳에 머물지 않고 움직이고 변화하려는 사람들에게 늘 새로운 길을 밝혀준다. 전문가의 책 읽기 비법을 한 권의 책으로 만나볼 수 있으니 책 한 권은 또 얼마나 저렴한가.

깊이 있는 독서의 즐거움을 알고 싶다면 정제원의 《교양인의 행복한 책읽기》를 읽어보자. '나는 누구인가', '지식을 어떻게 확장하는가', '작가는 누구인가'라는 세 가지 주제로 한 책 이야기는 차례만 봐도 배가 부르다. 한 권의 책을 중심으로 각각 한 가지씩의 독서 전략을 풀어내고 있는데 읽을 만한 책을 추천받는 즐거움과 동시에 각각의 주제에 대한 깊이 있는 통찰을 얻을 수 있다.

　일본에는 '서점대상本屋大賞'이라고 하는 문학상이 있다. 2004년에 설립된 문학상으로, 매년 '전국 서점직원들이 뽑은 가장 팔고 싶은 책'을 전국 서점에 근무하는 직원들의 투표를 통해 선정한다. '가장 팔고 싶은 책'이다 보니 문학성보다는 엔터테인먼트적인 요소가 짙은 혹은 마케팅 감각이 있는 작품들이 주로 노미네이트될 수밖에 없는 한계가 있다. 그럼에도 불구하고 서점 직원들이 단순한 심부름꾼 이상의 존재임을 인정하는 풍토만은 우리도 본받아 마땅하다 하겠다.

흥미롭게도 서점 직원에게서 책을 추천 받는 독서 전략을 소개하는 대목이다. 서점에서 일하는 분들이야말로 책에 관한 전문가라는 사실을 간과하지 말라는 뜻이다. 이처럼 이 책에는 책을 읽기 시작하는 초보 독자나 많은 책을 읽은 독자라도 놓치기 쉬운 방법들을 소개하고 있다. 저자의 독서 경험과 비법은 아마 우리와 겹치고 중복되는 부분도 있겠지만 재미있고 신기한 부분도 있을 것이다. 버트런드 러셀의《행복의 정복》에서 슈테판 츠바이크의《다른 의견을 가질 권리》까지 다양한 교양서적을 통해 책 읽기의 즐거움이란 무엇인지 그 정수를 보여준다. 이 책을 통해 진짜 '교양인'을 위한 행복한 책 읽기가 어떤 것인지 생각해보자. "훌륭한 독서가는 책을 많이 읽는 사람이 아니라, 여러 분야의 책을 두루 읽는 사람이다."라는 저자의 말에 귀 기울여야 한다.

《나는 이런 책을 읽어왔다》의 저자 다치바나 다카시는 실전에 필요한 독서법 중 으뜸으로 책을 사는 데 돈을 아끼지 말라고 충고한다. 다른 어떤 취미 생활과 비교하더라도 책값은 가장 저렴한 편이다. 더구나 그 안에 담겨 있는 인간과 자연과 사회와 세상에 관한 이야기들을 어떻게 돈으로 환산할 수 있을까. 다만 그 모든 비밀을 스스로 알아내려는 적극적인 노력과 시간과 열정을 준비한다면 우리는 얼마든지 행복한 책 읽기에 빠져들 수 있다.

모든 **독서**의 **종착역**은
글쓰기

《나를 바꾸는 글쓰기 공작소》, 이만교 지음, 그린비, 2009 ★★
《글쓰기 훈련소》, 임정섭 지음, 경향미디어, 2009 ★★
《몸과 삶이 만나는 글, 누드 글쓰기》, 고미숙 외 지음, 북드라망, 2011 ★★

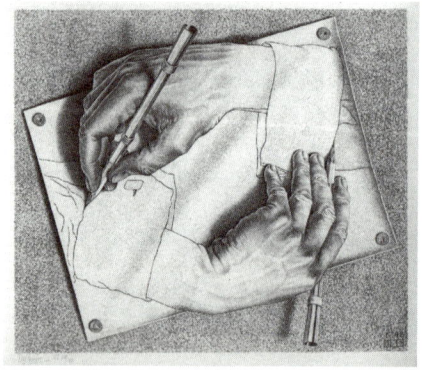

네덜란드의 판화가 모리츠 코르넬리스 에셔(1898~1972)의 작품 〈손을
그리는 손〉이다. 독특한 감수성을 바탕으로 반복과 순환의 과정을 표현

하고 있다. 길이 끝난 곳에 길은 또다시 시작되듯이 우리가 살아가는 과정도 수많은 순환 고리를 가지고 있다. 책 읽기와 글쓰기도 마찬가지다. 책을 읽는 사람은 글을 쓰고 글을 쓰는 사람도 책을 읽는 한 명의 독자다. 책 한 권을 통해 또 다른 책을 만나고 책 속에서 새로운 책과 접속한다. 수많은 책은 서로 겹쳐지면서 하나의 세계를 만들고 작은 차이를 통해 새로운 시야를 확보한다.

인도의 초대 수상이었던 자와할랄 네루는 "모든 이데올로기의 종점은 행동이다."라는 말로 변화와 실천의 중요성을 강조했다. 책을 읽는다는 것은 생각을 변화시키고 새로운 삶을 꿈꾸는 적극적인 행동이다. 내 삶을 위한 책 읽기와 글쓰기는 하나의 순환 구조로 이루어진다. 온몸으로 책을 읽은 사람은 저자의 생각을 비판하기도 하고 벼락같은 깨달음을 내면화하기도 한다. 그것은 고스란히 삶의 자양분이며 변화와 실천을 위한 밑거름이 된다. 글쓰기는 이 과정에서 말할 수 없이 중요한 역할을 한다. 왜냐하면 그것은 적극적인 자신과의 대화이며 성찰의 시간이기 때문이다. 이 과정을 거쳐 우리는 조금씩 내면의 성숙을 경험하며 실천적인 자세로 삶을 변화시킨다.

글은 '왜' 쓰는지에 따라 '어떻게' 쓰는지가 결정된다. 삶을 가꾸기 위한 글쓰기가 필요하다고 느낀다면 이만교의 《나를 바꾸는 글쓰기 공작소》를 먼저 만나보자. 시험을 위한 글쓰기나 뚜렷한 목적을 가진 글이 아니라 자신을 위한 글쓰기가 필요한 사람들에게 소설가 이만교는 창조적 언어 사용을 강조한다. 언어적 감수성을 기르고 일상 언어에서 탈주하는 것이 글쓰기의 시작이라는 말이다.

강자는, 진리를 단지 알고 있는 자가 아니라 좋아하고 즐기는 자여서, 자신보다 진리로부터 멀리 떨어져 있는 자들을 보면 참으로 측은하게 바라볼 수밖에 없다.

글쓰기 역시 마찬가지다. 감상적·도식적·윤리적·일상적·상투적·통념적 언어 질서에 복종하는 글쓰기는 약자의 글쓰기다. 반면 스스로의 감각과 사유와 상상을 생성해내고 즐기며 기성 문법을 넘어서는 새롭고 낯선 소수 언어를 만드는 자가 비로소 작가고 예술가다. 그런 점에서 글쓰기란 언제나 소수 언어로서의 창작 언어를 탄생시키는 일이다. 창작 언어를 탄생시키는 일이란, 기성 질서와 언어에 저항하고, 기성 질서와 언어를 전복하고, 무엇보다 기성 질서와 언어보다 더 강해지고 넉넉해진다는 뜻이다.

조금 어렵게 느껴지겠지만 강자의 글쓰기는 결국 자신만의 글쓰기를 의미한다. 개성적이고 전복적인 글쓰기는 진리를 발견하고 즐길 수 있는 도구다. 뻔한 이야기를 반복하거나 다른 사람들과 똑같은 생각으로 쓴 글은 의미가 없다. 어떤 글이든 자신의 창조적인 생각과 목소리가 묻어 나야 좋은 글이라고 할 수 있다.

경험으로 미루어보건대, 참으로 많은 학생이 그리고 나 자신조차도 참으로 자주, '열심히'와 '조급히'를 혼동하고, '최선을 다해'와 '욕심을 다해'를 혼동한다. '자기만의 생각'과 '자기만의 고집'을 혼동하고 '독창적인 글쓰기'와 '독선적인 글쓰기'를 혼동한다. '고독한 창작 생활'과 '고립된 창작 생활'을 혼동한다.

글쓰기의 본질은 결국 내면의 나를 만나고 주체적으로 자기 삶의 주인으로 거듭나기다. 일기나 편지 심지어 문자 메시지나 SNS의 글쓰기도 마찬가지 아닐까. 백일장에 나가 상을 타고 논술 시험에 합격한 사람이 글을 잘 쓰는 것이 아니라 편안하고 자연스럽게 자신의 내면을 들여다보는 사람이 진짜 글쓰기를 시작한 사람이다. 그렇기 때문에 글쓰기에는 적절한 시기가 없다. 나이도 상관없다. 바로 지금부터 시작해야 한다. 글쓰기는 결국 미래의 나를 위한 첫걸음이다.

우리의 글쓰기 역시 결코 늦은 것이 아니다. 늦은 것일 수 없다. 다가올 미래에 대해서는, 지금 읽고 쓰고 성찰하는 우리 각자의 행동이 언제나 가장 빠른 길이다. 나는 나를 이런저런 망상에 빠트리는 이 문구가 너무 좋다. "모든 행동은 그것이 가져올 미래에 대해서는 늦지 않습니다. 언제나 후회만이 늦을 뿐, 행동은 결코 늦지 않습니다."(고병권, 《추방과 탈주》, 그린비, 2009, 194쪽) 인간이 취할 수 있는 가장 빠른 첫 번째 행동은 아마 꿈을 꾸는 것이리라. 그리고 가장 빠른 첫걸음은 이제 읽고 쓰고 생각하는 공부를 시작하는 것이리라.

실제 글쓰기 강좌를 통해 수강생들과 나눈 수업의 결과이면서도 글을 쓰는 목적과 방법에 대한 진지한 고민이 녹아 있는 이 책은 글쓰기의 본질을 고민한다. 글쓰기가 왜 필요한가, 글쓰기를 통해 무엇을 얻을 수 있을까, 어떤 글을 쓸 것인가에 대해 깊이 생각하면서 이 책을 읽고 나면 내 삶을 위한 글쓰기가 왜 필요한지 알 수 있다. 일상 언어와 출판 언어, 다수 언어와 창작 언어 등에 대한 이야기는 나를 표현하기 위해 필요한 충고로 가득하다. 천천히 읽으면서 글쓰기의 중요성을 다시 생각해보자.

이렇게 글을 쓰는 궁극적인 목적과 방향에 대해 고민하는 것도 중요하지만 우리에게는 실질적인 글쓰기 방법이 필요하다. 어느 분야나 그렇듯이 숱한 시행착오를 거쳐 실천적 경험을 바탕으로 한 사람의 이야기에 귀를 기울여야 한다. 긴 시간 동안 글쓰기 훈련을 통해 실전에서 필요한 글쓰기 방법을 이야기하는 임정섭의 《글쓰기 훈련소》에는 '간단하고 쉽게 글 잘 쓰는 전략'이라는 부제가 붙어 있다.

초보자가 글을 못 쓰는 이유는 두 가지다. 쓰는 방법을 제대로 배우지 않았거나 많이 써보지 않았기 때문이다. 사회 모든 부문이 그렇듯 자주 하고 코칭을 받았다면 글쓰기를 못할 이유가 없다. 《탤런트 코드》는 정교한 성공의 공식을 제시한 책이다. 탤런트, 즉 우리가 재능이라고 하는 것은 실은 '점화(자극)-코칭-심층 연습'이란 세 가지 과정으로 이뤄진다는 것이다.

이론이 아니라 실전 테크닉을 배울 수 있는 책이다. 마음먹고 제대로 배우고 충분히 연습하면 글은 누구나 쓸 수 있다는 임정섭의 말에 동의한다. 이만교가 글쓰기를 통해 내면의 울림과 언어적 감수성을 요구했다면, 임정섭은 실용적인 글쓰기의 강력하고 효율적인 노하우를 제시한다. 일상에서 활용할 수 있는 방법은 물론 자주하는 실수에 대해서도 실제 사례를 들어 차근차근 충고를 아끼지 않는다.

여기까지 정리해보면, 실용적인 글은 Point-포인트, Outline-아웃라인, Information-배경 정보, News-뉴스, Thought-생각이라는 다섯 가지 요소로 구성된다. 글을 쓰는 순서는 다음 장에서 설명하겠지만 간단히 말하면 다음과 같다.

'쓸 글의 포인트를 잡고, 아웃라인을 짠다. 이어 줄거리와 배경 정보, 포인트를 뒷받침할 뉴스를 넣고, 마지막으로 생각을 넣는다.'

'포인트 라이팅'을 설명한 대목이다. 이 밖에도 중복 불가, 금지, 축약, 단문 쓰기의 법칙을 통해 실전 글쓰기 방법으로 마무리하는 이 책은 철저한 실전용이다. 하지만 쉽게 배우고 익힐 수 있는 기술만 가르치는 책이 아니라 꾸준한 연습과 노력이 필요하다는 사실을 일깨운다. 어떤 일이든 마찬가지겠지만 글쓰기는 결코 하루아침에 능숙해지지 않는다.

고미숙 외 여러 저자는 《몸과 삶이 만나는 글, 누드 글쓰기》에서 자신의 삶을 가꾸기 위한 자유로운 글쓰기에 대해 말하고 있다. 책 읽기도 마찬가지지만 글쓰기도 머리가 아니라 온몸을 활용해야 한다. 작은 습관과 행동이 운명을 바꾸듯 글쓰기도 머릿속의 관념이 아니라 우리의 삶 속에서 온몸으로 부딪치는 무엇이다. "습관이란 몸이 지닌 리듬과 탄성, 혹은 강밀도다. 거꾸로 말하면 과거부터 이어져온 욕망과 훈련의 결정체, 그것이 곧 나의 몸이다."라는 말은 글쓰기와 몸과 삶의 관계를 말해준다.

새삼스러운 말이지만, 독서의 최종 목표는 글쓰기다. 책을 읽는 건 삶의 길을 찾는 탐색이다. 그 '길 찾기'는 반드시 자신의 언어로 표현되어야 한다. 그런 점에서 글쓰기란 존재의 가장 기본적인 표현 형식에 속한다. 읽기와 쓰기가 하나로 이어져 있는 이 순환의 사이클이 바로 '책의 매트릭스'인 것.

앞서 소개한 이만교의 이야기와 겹치는 부분이다. 책 읽기는 글쓰기로 완성해야 하며 글쓰기는 자신의 진면목을 확인하는 과정이어야 한다. 이 책의 매트릭스 안에서 우리는 무한한 자유와 행복을 온몸으로 느낄 수 있다.

이 책의 저자들은 책과 공동체 생활을 통해 얻은 값진 생각과 경험을 글쓰기로 표현한다. 고미숙이 글쓰기의 존재론으로 이야기를 시작하고 안도균, 손영달, 김동철, 수경, 류시성은 사람들 앞에 알몸으로 나선다. 즉 각기 다른 생각과 삶을 고스란히 드러내는 누드 글쓰기를 통해 자신의 내면을 투명하게 들여다봄으로써 더 나은 삶을 꿈꿀 수 있다는 사실을 보여준다. 박노해 시인이 "우리 모두는 자기 삶의 연구자가 되어야 한다."라고 한 말은 누드 글쓰기의 목적을 간접적으로 드러낸다. 글쓴이들은 마치 알몸으로 다른 사람 앞에 나서듯 자신의 생각과 삶을 고스란히 드러내는 누드 글쓰기가 삶을 변화시킬 수 있다는 사실을 그들의 글로 증명한다. 가슴이 움직이지 않고 머리로만 만지작거린 글은 읽는 사람이 먼저 눈치챈다. 어떤 형태의 글이든 온몸으로 써야만 글쓴이의 진정성이 독자에게 전해진다.

인생의 순환은 단선 레일 위를 유유히 달리는 것이 아니라, 주체와 조건이 만나는 틈새로 새로운 복수複數의 길을 여는 과정이다. 인생은 그렇게 주체와 조건이 중층으로 얽혀 있는 다차원의 세계다. 넓고 평평한 도로와 비포장도로가 섞여서 나타나기도 하고, 막다른 골목과 틈새의 길이 동시에 주어지기도 하며, 갈림길인가 하면 어느새 길이 모이기도 한다. 그렇기 때문에 삶이란 알다가도 모르고 잡힐 것 같으면서도 종잡을 수 없는 것. 그러므로 눈을 뜨면 역설이요, 감으면 모순인 인생의 길들은 그 자체로 지극히 정상적인 순환의 논리 안에 들어와 있는 셈이다. 따라서 자신의 삶을 보고자 한다면 뫼비우스의 띠 같은 이 모순과 역설의 논리를 익혀야 한다.

우리의 삶은 매일매일 무언가 읽고 쓰는 과정이라고 해도 과언이 아니다. 그래서 책 읽기와 글쓰기는 모든 사람에게 매우 중요한 삶의 도구이자 수단이다. 이 매트릭스 안에서, 윤대녕의 말을 빌리자면 "나는 오직 글 쓰고 책 읽는 동안만 행복했다."라고 외칠 수 있는 책 읽기와 글쓰기의 달인이 되고 싶지 않은가. 이제 본격적으로 다양한 분야의 책을 통해 삶을 위한 진짜 공부를 시작해보자. 먼저 즐거운 문학의 세계에 발을 담가보자.

청 소 년 을   위 한

북   내비게이션

책 속에서
'길'을 찾다

1장

문학,
책 읽는 즐거움을
알려주다

대부분의 사람들은 소설로 책 읽기를 시작한다. 문학은 가장 쉽고 재미있어 보이지만 그 나름의 형식과 방법을 이해할 수 있어야 제대로 즐길 수 있다. 이 장에서는 문학의 이론을 쉽게 풀어낸 책으로 시작해서 고전, 시, 소설, 수필 등 대표적인 갈래의 책들을 살펴본다. 펄떡거리는 내러티브 속으로 푹 빠져보자.

문학의 비밀을 알려주는
열쇠

《읽지 않은 책에 대해 말하는 법》, 피에르 바야르 지음, 김병욱 옮김, 여름언덕, 2008 ★★★
《책을 읽는 방법》, 히라노 게이치로 지음, 김효순 옮김, 문학동네, 2008 ★★
《정여울의 문학 멘토링》, 정여울 지음, 이순, 2012 ★★

수험생과 국어 교사들 사이에 구전되는 전설 같은 이야기가 있다. 2002년 수능 시험에 신경림 시인의 〈가난한 사랑 노래〉가 출제된 적이 있다. 시인에게 자신의 시가 출제된 시험 문제를 풀게 했다. 다 맞혔을까? 열 문제 중 일곱 문제를 틀렸다고 한다. 2010년 수능 대비 6월 모의 평가에 최승호 시인의 〈대설주의보〉가 출제되었을 때도 최승호 시인은 다섯 문제 중 네 개를 틀렸다고 한다. 그중에 시인의 의도를 묻는 문제가 포함되었다고 하니 문제를 잘못 출제한 것일까, 아니면 답이 틀린 걸까.

최승호 시인은 서울시 교육청에서 주최한 중등교사 연수에서 "시에서 이미지는 살, 리듬은 피, 의미는 뼈인데, 살과 피는 빼고 학교 교육에선 '뼈'만 얘기한다. 그런 나쁜 가르침은 가래침과 같다."라는 말로 학교 교육을 비판했다. '가르침'을 '가래침'으로 라임을 맞춘 비유가 시인다워 웃은 기억이 난다. 시인의 말이 다소 지나친 면이 있지만 대한민국 문학 교육의 현주소를 단적으로 보여주는 말이 아닐까 싶다. 문학작품이 재미 있고 즐겁게 감상할 수 있는 대상이 아니라, 대학 진학을 위한 수단으로 전락한 현실을 인정하지 않을 수 없기 때문이다.

그렇다면 문학을 제대로 감상하면서 동시에 점수까지 높이는 방법은 없을까? 문학에 대한 올바른 감상 태도와 방법은 주체적이고 능동적으 로 재미있게 접근하는 자세가 우선이다. 그러면 자연스럽게 작품의 내용 을 다양한 맥락에서 이해할 수 있다. 문학작품을 스스로 즐길 줄 알아야 작가가 작품을 통해 하고 싶은 말이 무엇인지 알 수 있고 국어 점수도 자 연스럽게 높일 수 있다.

시는 소리 내어 읽으면서 귀로 듣고 마음속에 그려지는 이미지를 떠올 려보는 것이 우선이다. 그런 후에 의미를 생각해보자. 그 과정에서 커다 란 내면의 울림을 느낄 때 비로소 시가 내게로 온다. 소설도 마찬가지다. 사건의 발단과 해결 과정에만 관심을 두지 말고 등장인물들의 심리적 갈 등은 물론 사건이 일어나게 된 근본적인 원인과 상황 등 다양한 맥락을 함께 살피면서 읽는다면 더 큰 재미와 감동을 맛볼 수 있다.

문학은 살아 있는 유기제와 같아서 총체적인 대상으로 접근할 때 제 맛을 느낄 수 있다. 기계처럼 전체가 각각의 부품으로 환원될 수 없는 것 이 문학이다. 각각의 요소들이 긴밀하게 조화를 이루고 있어 그 부분들 이 합쳐졌을 때 더 큰 감동과 의미가 전달되기 때문이다.

책을 읽지 않고 국어 공부를 잘할 수 있는 방법은 없을까, 대충 줄거리 만 읽고 공부해도 되지 않을까, 고민해본 적 있다면 피에르 바야르의《읽지 않은 책에 대해 말하는 법》을 살펴보자. 눈이 번쩍 떠질 만큼 매력적인 제목의 책이다. 그 비법만 알게 된다면 세상의 모든 책에 대해 알 수 있을 것 같아 알라딘의 램프가 떠오른다.

피에르 바야르는 비독서의 방식을 '책을 전혀 읽지 않는 경우, 책을 대충 훑어보는 경우, 다른 사람들이 하는 책 이야기를 귀동냥한 경우, 책의 내용을 잊어버린 경우'로 분류한다. 누구나 이런 경험을 한 적이 있을 것이다. 책 한 권을 제대로 읽고 어떤 상황이든 활용할 수 있는 사람은 많지 않다. 세상에 만들어진 책의 절반만 팔리고 팔린 책의 절반쯤 사람들에게 읽힌다고 한다. 그렇게 읽은 책조차도 절반쯤 이해하고 이해한 책의 절반 정도만 자신의 삶을 변화시키는 데 도움을 준단다. 그러니 책 한 권을 온전히 소화하는 일은 결코 만만찮다.

읽지 않은 책에 대해 말을 할 수밖에 없는 상황들, 살면서 우리가 어쩔 수 없이 직면하게 되는 그런 괴로운 상황들에서 빠져나갈 효율적인 전략을 원하는 사람에게는 소득으로서의 독서보다는 상실로서의 독서—책을 대충 훑어보기만 했거나, 소문으로만 들었거나, 아니면 잊어버린 데 따른—라는 관념이 매우 중요한 심리적 원군이 된다.

이런 비독서 상황에서도 '부끄러워 말 것, 자신의 생각을 말할 것, 책을 꾸며낼 것, 자기 얘기를 할 것'이라고 충고하는 말에 귀 기울여보자. 단순히 임기응변하라는 말이 아니라 우리가 책을 어떻게 활용할 수 있을지 고민하라는 뜻이 아닐까. 끊임없이 책을 읽고 생각하고 글을 쓰는 사람들도 피에르 바야르가 분류한 비독서의 상황에 처할 때가 있다. 사교

생활을 하면서 혹은 선생님이나 사랑하는 사람 앞에서 읽지 않은 책에 대해 말해야 하는 난감한 상황을 맞닥뜨렸을 때 피에르 교수의 조언을 따라해보자.

> 읽지 않은 책에 대해 부끄럼 없이 말할 수 있으려면 가정과 학교에 의해 강압적으로 전파되는 흠결 없는 문화라는 강박적인 이미지, 일생 동안 노력해도 일치시킬 수 없는 그 이미지로부터 벗어나는 것이 좋을 것이다. 다른 사람에게 보이기 위한 진실보다는 자기 진실이 훨씬 더 중요하다.

많은 사람이 독서에 대한 부담을 가지고 있다. 읽어야 한다는 생각은 앞서는데 왜 책을 꼭 읽어야 하는지도 모르겠고 어떻게 읽어야 할지 막막할 때가 있다. 알고 보면 책은 의무가 아니라 즐거운 놀이다. 그 즐거움을 찾는 첫 번째 단계가 바로 문학작품이다. 다른 사람의 인생을 간접적으로 경험할 수 있는 소설, 보이지 않는 세계와 인간의 감정을 수준 높은 언어로 표현한 시, 작가의 실제 경험과 생각을 들여다볼 수 있는 수필 등은 초보 독자에게 적절한 분야다.

이렇게 문학의 즐거움을 맛본 녹자라면 자연스럽게 다양한 분야의 책을 스스로 찾는다. 그래서 녹서는 수동적인 과정이 아니라 매우 적극적인 행동이라고 할 수 있다. 왜냐하면 스스로 책을 선택하고 읽으면서 생각하고 그 생각을 실천하는 일련의 과정이 나를 다른 사람으로 변화시키기 때문이다.

사실 이 책은 읽지 않은 책에 대해 말하는 비법을 전하는 책이 아니다. 제목에 혹했던 사람이라면 실망할 수도 있을 테지만 차라리 독서의 어려움과 기억의 한계에 대해 고민하게 하는 책이라고 볼 수 있다. 저자는 책은 즐겁게 읽고 완전히 나만의 것으로 소화해야 한다고 주장하는 듯하다. 일반적인 독자들이 책을 읽고 그 책에 대해 이야기하는 일이 쉽지 않은데 이 책에서 피에르 바야르는 그 과정을 기막히게 분석하고 대안을 제시한다. 그래서 책에 관심은 있지만 읽는 방법과 활용법에 대해 고민하는 사람에게 권하고 싶다.

라면을 끓일 때 면부터 넣는지 스프부터 넣는지에 따라 맛이 달라진다. 라면 하나를 맛있게 끓이는 데도 수많은 방법이 있다고 한다. 그렇다면 책은 그냥 읽으면 될까. 책을 읽는 데도 정말 다양한 방법이 있다. 그 방법은 사람마다 조금씩 다를 수도 있다. 어렸을 때 속독법 학원을 다닌 경험이 있거나 책을 빨리 읽는 사람을 부러워한 적이 있다면 일본 작가 히라노 게이치로의《책을 읽는 방법》을 추천한다. 한 권의 책을 가치 있는 것으로 만드느냐 아니냐는 읽는 방법에 달려 있다는 그의 말은 라면의 맛은 요리하는 방법에 달려 있다는 말처럼 들린다.

해박한 지식과 옛스런 문체로 중세 시대의 이야기를 풀어낸 소설《일식》은 일본에서 가장 권위 있는 아쿠타가와 상을 수상했다. 대학생이었던 히라노 게이치로는 이 소설로 작가가 되었다. 히라노 게이치로가 권하는 가장 좋은 독서 방법은 '슬로 리딩slow reading'이다. '슬로 리딩'이란, 책 한 권을 읽을 때 될 수 있는 한 많은 시간을 들여 천천히 읽는 것이다. 책을 감상하는 데 걸리는 시간과 노력을 아까워하지 않고, 그 시간과 노력에서 독서의 즐거움을 오롯이 발견하는 읽기 방법이라고 이해하면 될 것이다. 천천히 읽는 것이 한 권의 책을 완전히 내 것으로 만드는 최선의 선택이라고 저자는 소개한다. '빠름~빠름~'이 유행어가 된 경쟁의 시대지만 책만큼은 느림과 여유의 대상이어야 한다. 아침에 등굣길 빠른 발걸음이 아니라 일요일 오후 공원을 산책하는 마음으로 책을 읽어 보자. 그러면 아무나 맛볼 수 없는 책의 참맛이 느껴질 것이다.

이처럼 한 권을 읽더라도 뼛속까지 완전하게 빨아들이는 방법이 바로 슬로 리딩이다. 빨리 많이 읽으려는 욕심은 오히려 책과 멀어지게 한다. '양'이 아니라 '질'이 우선이다. 한 권의 책을 제대로 읽을 수 있을 때 그 다음 한 권에서 또 다른 의미를 발견할 수 있다. 그렇게 읽다 보면 자연스럽게 자신에게 맞는 속도를 찾을 수 있다. 책을 읽는 속도보다 중요한 나만의 독서 방법이 저절로 만들어진다면 더 바랄 게 없다. 이렇게 천천히 읽는 방법은 시험은 물론 면접을 보거나 일을 할 때도 큰 도움을 준다. 히라노 게이치로는 바쁜 사회인에게 슬로 리딩 시간은 가장 부담 없고 저렴한 평온의 시간이며, 특별한 장소도 필요 없고 특별한 상대도 필요 없다고 말한다. 그는 슬로 리딩이 중요한 이유가 평소에는 가장 소원한 사람, 즉 '자기 자신'과 마주하기 위한 시간이기 때문이라고 설명한다.

천천히 자신의 내면을 성찰하고 미래를 꿈꾸는 시간을 '빨리빨리' 보낼 수는 없다. 소설을 쓰는 저자가 왜 이렇게 천천히 읽어야 하냐고 힘주어 말하는지 조금 이해가 될까. 우리는 어떤 작품이든 천천히 음미하며 읽고 완전히 소화시켜 내면화하는 것이 문학에 접근하는 가장 좋은 방법이라는 결론을 얻을 수 있다. 소설이나 시를 읽는 재미와 즐거움을 스스로 느낄 수 있다면 문학은 평생 여러분 곁을 지켜주는 소중한 친구가 될지도 모른다.

그럼 이제 천천히 문학의 숲을 거닐어보자. 무엇이든 처음 시작하는 사람에게는 멘토가 필요하다. 《정여울의 문학 멘토링》은 '1+1=2'처럼 명쾌한 답이 없어서 문학이 싫다고 말하는 청소년들을 위한 책이다. '단 하나의 정답으로만 존재할 수 없는 우리의 다채로운 삶을 담아내는, 크기도 모양도 일정하지 않은 그릇'이 바로 문학이다. 저자는 문학의 비밀을 알 수 있는 18개의 열쇠를 준비했다. 각각의 방에는 패러디, 시점, 은유, 상징에서부터 악당, 모험, 욕망, 환상에 이르기까지 다양한 문학의 '기법'과 '내용'이 담겨 있다. 본격적으로 방문을 열기 전에 문학의 '역할'을 알기 쉽게 설명한 1부는 애피타이저에 해당한다. 정여울은 청소년들이 문학작품을 읽어야 하는 이유를 이렇게 말한다.

문학은 우리가 '가지 않은 길', 우리가 걸어보지 못한 그 수많은 길을 그려내는 총천연색 풍경화일 것이다. 가지 않은 길은 두렵지만, 그만큼 짜릿한 모험과 참신한 상상력으로 물결칠 것이다. 문학을 통해 우리가 살아 보지 않은 삶을 상상하는 것. 우리가 이룰 수 없다고 믿었던 꿈을 실현하고자 저 무한한 경험의 바다 속으로 뛰어드는 것. 그것이야말로 문학이 우리에게 줄 수 있는 가장 멋진 상상의 시공간일 것이다.

문학은 교과서에서만 나오는 게 아니라 일상생활에서 늘 활용하고 있다. 하지만 문학작품을 좀 더 깊고 넓게 이해하고 감상하기 위해서는 문학의 이론도 필요하다. 이 책은 중·고등학생들의 고전이 되어버린 문학 참고서도 아니고 일반인들이 거의 찾지 않는 문학 이론서도 아니다. 그렇다고 해서 시중에 쏟아져 나오는 '공부법', '학습법' 따위를 소개한 책도 아니다. 문학 평론가인 정여울은 이 책을 통해 청소년들에게 훌륭한 문학 멘토 역할을 하고 있다. 멘티들은 문학에 대한 관심과 편안한 마음만 준비하면 된다. 그러면 어느새 낯선 문학 이론과 다양한 주제들을 여러 사례를 통해 쉽게 이해할 수 있다.

문학은 사실 어렵지도 않고 낯설지도 않다. 평생 좋은 친구를 사귄다고 생각해보면 어떨까. 우리에게 진한 감동과 깨달음을 주고 때로는 위로를 건네는 좋은 친구 말이다. 주옥같은 작품들을 친구삼아 함께 걷다 보면 어느새 문학은 우리의 절친이 되어 있을 것이다.

문학은 언제나 열린 마음으로 우리의 삶을 이야기하며 세상의 진실을 보여준다. 그래서 우리는 문학과 나누는 즐거운 대화를 포기할 수 없다. 세르반테스의 말대로 우리 모두 "이룩할 수 없는 꿈을 꾸고, 이루어질 수 없는 사랑을 하고, 싸워 이길 수 없는 적과 싸움을 하고, 견딜 수 없는 고통을 견디며, 잡을 수 없는 저 하늘의 별을 잡자."라고 조용히 말해보자.

박제된 고전에
날리는 하이킥

《전을 범하다》, 이정원 지음, 웅진지식하우스, 2010 ★★
《멋지기 때문에 놀러왔지》, 설흔 지음, 창비, 2011 ★
《방드르디, 태평양의 끝》, 미셸 투르니에 지음, 김화영 옮김, 민음사, 2003 ★★

아름다운 공주가 성의 맨 꼭대기 층에 갇혀 있다. 무시무시한 용이 지키는 성에서 공주는 달콤한 키스로 잠을 깨워줄 멋지고 용감한 왕자를 기다린다. 우리는 이런 식상한 이야기를 다시 읽고 싶어 하지 않는다. 하지만 왕자가 더럽고 괴물같이 못생겼다면 이야기가 달라진다. 상식을 뒤집고 기존의 이야기를 비틀면 새로운 이야기가 탄생하기 때문이다. 애니메이션 〈슈렉〉은 고정관념을 깨고 기존의 동화에 상상력을 불어넣어 색다른 재미를 선물한다. 애니메이션 주인공으로 전혀 어울리지 않는 괴물 슈렉은 영화에서 동화책을 찢어버리고 세상을 향해 웃기는 소리 하지 말라고 외친다.

고전古典은 '오랫동안 많은 사람에게 널리 읽히고 모범이 될 만한 문학이나 예술 작품'이라는 사전적 의미를 가지고 있다. 다시 말해 시간을 견뎌낸 모범적인 작품이라는 뜻이다. 그런데 사람들은 인류의 역사와 인간의 삶이 고스란히 담긴 고전을 읽어야 한다는 의무감에서 자유롭지 못하다. 그래서 교과서에 수록되고 추천도서 목록에 오르며 교양인의 기준으로 삼기도 한다. 그러나 고전이 흥미진진하고 재미있다고 생각하는 사람은 많지 않다. 왜 그럴까.

고전이 재미없다는 생각은 단순한 편견일 뿐일까. 세월이 흐르고 시대가 변하면 고전도 변해야 하는 게 아닐까. 고전에 생기를 불어넣으려면 '비판적 해석'과 '새로운 관점'이 필요하다. 현대적 관점으로 재해석해서 살아 있는 재미를 느낄 수 있다면 굳이 권하지 않아도 사람들은 저절로 고전을 찾을 것이다.

다시 〈슈렉〉으로 돌아가보자. 영화에는 숲 속의 잠자는 공주를 비롯해서 피노키오, 피터팬 등 많은 고전 동화가 등장한다. 그러나 이들은 우리가 알고 있는 동화의 주인공과 다르게 행동한다. 피노키오를 만든 할아버지는 피노키오를 팔아버리고 피터팬도 팅거벨을 팔아넘긴다. 착하고 얌전한 여성상의 전형인 백설공주와 신데렐라는 결혼식에서 부케를 받기 위해 서로 때리며 싸우기도 한다. 이처럼 영화 〈슈렉〉은 뻔한 스토리의 동화도 아니고 교훈적인 내용의 지루한 영화도 아니다.

결국 못생긴 초록 괴물 슈렉은 사람들의 예상을 깨고 유쾌하고 즐겁게 역경을 헤쳐나가며 친근하고 사랑스런 캐릭터로 변신한다. 고전도 이래야 한다. 우리에겐 고정관념을 깨트리는 반전 있는 고전이 필요하다. 고전은 그렇게 거듭날 때 생명력을 얻는다. 〈춘향전〉이나 〈로미오와 줄리엣〉은 영화로 만들어질 때마다 새로운 캐릭터로 거듭나고 내용도 조금씩 달라진다. 고전은 화석처럼 굳어진 모범 답안으로 받아들여야 하는 대상이 아니라 언제나 새롭게 해석하며 변화시킬 수 있어야 한다. 그뿐만 아니라 다양한 방법으로 재미있게 즐길 수 있는 소중한 우리의 자산이다.

고전문학을 읽을 때는 시대 상황을 알면 더 재미있다. 고려 시대인지 조선 시대인지 영국인지 프랑스인지에 따라 사람들의 삶이 조금씩 달랐을 테니까. 주인공의 생각과 행동은 당대 사회의 가치관과 밀접한 관계가 있으니 사건과 갈등의 원인도 금방 이해할 수 있다. 공포 영화로 거듭나며 계모에 대한 편견을 심어준 〈장화홍련전〉, 봉건사회의 신분 질서에 반기를 드는 〈홍길동전〉, 넘을 수 없는 사랑의 벽을 실감하는 〈춘향전〉 등에 나타난 시대 상황을 현대사회의 관점으로는 이해하기 어렵다. 모든 문학작품은 당대의 현실을 고스란히 반영하고 있기 때문이다. 하지만 과연 역사와 사회적인 지식만으로 고전문학을 제대로 읽어낼 수 있을까. 학교에서 배운 대로 고전소설의 주제는 한결같이 권선징악으로 수렴될 수 있을까. 고전이 그렇게 단순하지만은 않다.

박제된 고전에 하이킥을 날리는 《전을 범하다》는 우리 고전을 꼼꼼하게 다시 읽어준다. 고전문학에는 현실 비판의 칼날이 숨어 있고 도덕이라는 폭력과 억압적인 지배 이데올로기가 숨어 있다는 저자의 말을 귀담아 들어보자. 이 책은 심청 살인 사건의 은밀한 내막을 밝혀주고 별주부가 식구들과 이별하는 대목에 주목하며 양반 비판의 공허한 진실을 알려준다. 또한 〈장화홍련전〉에서 〈적벽가〉, 〈지귀설화〉, 〈전우치전〉에 이르기까지 우리 고전문학의 대표적인 소설과 설화들을 낯설게 바라보는 눈을 갖게 해준다. 우리 고전을 '충'과 '효' 그리고 '정절'이라는 주제로 간단하게 정의할 수는 없다. 고전문학은 교훈적인 윤리 교과서가 아니기 때문이다.

〈춘향전〉에서 갈등이 춘향과 신관 사또 사이에서 빚어진다고 생각한다. 그러나 그것은 정확하기는 하지만 진실한 분석은 아니다. 서사의 표층에서 두 인물은 갈등하고, 신관 사또를 제외한 모든 사람이 춘향의 편에 서 있는 것처럼 보인다. 그러나 심층으로 들어서면 양상은 바뀐다. 춘향의 열녀 되기를 의심하고 조롱하며 폄하했던 사람들은 등장인물 모두였다. 이 도령의 욕정과 방자나 월매의 계산, 다른 마을 사람들의 입장을 떠올려보자. 그네들은 모두 기생 춘향의 영업을 의심하지 않았다. 방자의 말에 따르자면 이것은 심지어 춘향도 마찬가지다. 그러므로 이 작품에서 싸우고 있는 두 주제는 춘향을 열녀로 만들고 싶은 독자들의 욕망을 연기하는 춘향과 그것의 부당함을 공격하는 모든 봉건적 인물들이다.

시대를 초월해서 쉽게 이루어질 수 없는 사랑 이야기는 많은 사람에게 공감을 얻는다. 우리의 대표적인 〈춘향전〉도 마찬가지다. 영화로 드라마로 끊임없이 재해석되고 있는 〈춘향전〉을 깊이 들여다보면 등장인물들은 서로 다른 욕망을 가지고 있다. 봉건시대의 유교적 가치를 다룬 열녀 이야기로만 이해한다면 〈춘향전〉은 얼마나 지루할까. 하지만 이 책은 열녀 춘향을 다시 분석하고 독자들의 심리까지 들여다본다.

뻔히 알고 있는 이야기를 지금 이 시대의 삶과 연결 지어 새롭게 받아들이고 또 다른 의미를 부여하는 일은 고전을 읽는 색다른 재미다. 효녀 심청이나 서자 홍길동도 마찬가지다. 당대의 사회적 관점에서 박제된 고전이 아니라 현대인들에게 그리고 미래에도 즐거운 고전 읽기가 되려면 좀 다른 눈으로 바라보아야 한다. 그런 의미에서 문학작품뿐만 아니라 실존 인물에 대한 평가도 이와 비슷하다.

김려와 이옥이라는 실존 인물은 《멋지기 때문에 놀러왔지》라는 이야기로 다시 태어났다. 두 중세인이 갇혀 있던 시대의 답답함과 우정을 그려낸 이 책은 역사적 기록과 그들이 남긴 글을 바탕으로 하고 있다. 두 친구의 우정과 삶을 멋진 상상력으로 그려내고 있어 색다른 맛을 느낄 수 있다. 또한 정조의 '문체반정文體反正' 등에 관한 역사적 사실과 작가의 상상력이 어떻게 결합되었는지 살펴보는 것도 이 책을 읽는 또 하나의 방법이다.

> 글이라면 모름지기 인의예지를 다뤄야 하고 그 형식은 당과 송의 것이어야 했다. 사상은 공맹과 주자, 형식은 두보, 이백, 한유의 것이어야 했다. 사상은 공맹과 주자, 형식은 두보, 이백, 한유의 것이어야 했다. 허무맹랑하고 낯간지러운 사건이 이어지는 소설과 별 가치도 없는 것들을 대단한 것인 양 다루는 이른바 소품류 문장들의 유행은 임금을 긴장시키기에 충분했다.

예나 지금이나 글을 쓰는 사람들은 그 형식과 내용에 대해 서로 다른 의견을 가지고 있다. 하지만 지금과 달리 옛날에는 글쓰기의 모범이 정해져 있었다. 정조는 이것을 지키지 않는 글들이 못마땅해 바로잡고자 했다. 이때 희생양이 된 이옥의 아들이 어느 날 친구 김려를 찾아오는 것으로 시작하는 이 책은 역사적 사실에 작가의 상상력이 더해졌다. 문체반정이라는 역사적 사건과 실존 인물을 소개하는 데 그치지 않고 글을 쓴다는 것에 대해 깊이 성찰한다.

> 내게 글 쓰는 거창한 이유 따위는 없네. 지루해서 할 일이 없기에 쓴 것일 뿐.
> 이옥의 말에 고개를 끄덕였다. 무서웠다. 글에 목숨 건다는 말보다 그냥 쓴
> 다는 말이 오히려 더 무서웠다. 이옥에게 글은 공기요, 물이요, 밥이었다. 그
> 의 곁에 그냥 존재하는 그 무엇이었다. 그러니까 이옥은 자기 삶 전체를 글쓰
> 기의 현장으로 승화시킨 것이나 다름없었다. 그에 비하면 나는……

지금은 너무 당연하게 여기지만 일상생활의 이야기, 자신의 생각과 감
정을 쓰고 싶은 대로 쓸 수 없었던 시대를 산 이옥의 글들이 실제로 소개
되어 더욱 큰 감동을 느낄 수 있다. 친구의 말과 글을 통해 자신을 돌아
보는 김려의 모습은 우리도 고민해야 할 부분이 아닌가 싶다.

그렇다면 서양의 고전은 어떨까. 서양 사람들도 고전이 때로는 지루하
지 않을까. 그렇다. 그래서 서양의 고전도 끝없이 재해석되고 현대화의
과정을 거치고 있다. 앞서 이야기했던 수많은 동화의 변형과 마찬가지로
프랑스의 작가 미셸 투르니에는 대니얼 디포의 《로빈슨 크루소》를 《방드
르디, 태평양의 끝》이라는 소설로 새롭게 탄생시켰다. 방드르디Vendredi는
원주민 소년 프라이데이Friday의 프랑스 이름이다. 말하자면 로빈슨 크루
소가 아닌 방드르디가 주인공인 소설이다. 춘향이 아니라 방자를 주인공
으로 내세운 영화처럼.

이 소설에서 방드르디는 로빈슨의 말을 잘 듣는 유색인종 미개인에 불
과해보인다. 기독교적 세계관으로 세상을 바라보고 백인 우월주의자인

로빈슨의 처지에서 보면 인간으로 보이지도 않는다. 그러나 관점을 달리하면 로빈슨과 방드르디의 삶은 전혀 다른 측면에서 살펴볼 수 있다. 무인도에서 행복한 삶은 무엇이며 어떻게 살아야 할까. 이 책을 읽다 보면 두 사람의 관계뿐만 아니라 삶의 방법과 태도에 대해서도 고민하게 된다. 로빈슨은 드디어 28년 만에 화이트버드호에 발을 딛고 이런 생각을 한다. '무엇보다도 내 비위에 거슬리는 것은 이 문명화되고 지극히 고상한 사람들이 순진할 정도로 태연스럽게 과시하고 있는 거친 기질, 증오, 탐욕이 아니었다. 이들 외에 부드럽고 호의적이며 너그러운 다른 사람들을 상상한다거나 찾아내는 것은 그다지 어렵지 않을 것이다. 내가 볼 때 악^惡은 그보다 훨씬 더 깊은 데 있었다. 나는 마음속으로 그들 모두가 열에 들뜬 듯이 추구하는 것으로 보이는 여러 가지 목적의 어쩔 수 없는 상대적 성격이 바로 악의 바탕이라 비판하고 있었다. 왜냐하면 그들은 모두 목적을 추구하고 있고 그 목적이란 어떤 획득, 어떤 부^富, 어떤 만족 따위였으니 말이다.'

방드르디와 생활하면서 로빈슨도 생각이 달라진다. 문명인들이 보는 세계와 그렇지 않은 사람들이 보는 세계는 분명 다를 수밖에 없다. 로빈슨 크루소는 무인도를 홀로 개척하는 영웅이고 방드르디는 계몽시켜야 할 미개인이지만 이 소설에서는 둘의 관계가 역전된다. 방드르디에게 무인도는 문명이 없는 행복한 낙원이지만 로빈슨에게 자연은 정복의 대상일 뿐이다. 로빈슨이 아니라 방드르디에게 초점을 맞춘 이 소설은 인간 중심, 서구 중심의 세계관을 여지없이 무너뜨린다. 작가는 현대적 관점에서 고전의 통념을 깨뜨린다.

고전은 이렇게 우리가 굳게 믿고 있는 세계에 질문을 던져야 한다. 즐겁고 유쾌하게 살아 있는 고전을 즐기려면 새롭고 다양한 관점으로 고전을 재해석한 책을 만나는 것이 좋다. 그러고 나면 그 깊이와 넓이를 동시에 경험할 수 있다. 박제된 고전을 팔딱거리는 생선처럼 살아 숨 쉬게 하는 것은 온전히 우리 몫이다.

소설을 넘어
'스토리텔링'으로

《이야기의 힘》, 이창용 외 지음, 황금물고기, 2011 ★★
《아빠, 나를 죽이지 마세요》, 테리 트루먼 지음, 천미나 옮김, 책과콩나무, 2009 ★
《어둠의 혼》, 김원일 지음, 창비, 2005 ★★

"자, 당신을 위해 준비한 선물, 알라딘의 요술 램프입니다. 신중하게 생각해서 말해보세요. 딱 세 가지 소원을 들어줍니다." 우리는 가끔 이렇게 엉뚱한 선물을 상상해본다. 바리데기가 길을 떠나면서 가지고 간 한 번에 천리를 갈 수 있게 해주는 '무쇠주랑'이나 바다를 육지로 만들 수 있는 '라화'를 부러워한 적도 있다. 현실에서 불가능하지만 상상의 세계에선 불가능한 일이 없으니까. 기억하지 못하겠지만 어린 시절에는 훨씬 더 말도 안 되는 생각을 했을 것이다. 그걸 친구나 부모님한테 말하기도 하고 일기에 쓰기도 했다. 그러다가 점점 나이가 들면서 현실적인 사람으로 변해간다. 하지만 우리에겐 언제든 꿈꿀 수 있는 권리가 있지 않을까. 소설은 언제나 그 꿈을 이루어준다.

정신분석학자 프로이트는 인간은 오직 희열과 쾌락을 추구하며 고통이나 불편을 회피하는 삶을 추구한다는 '쾌락원칙'이 있다고 주장했다. 사람은 유아기에서 벗어나 점차 성인이 되는 과정에서 현실 생활에 적응하기 위해 자신의 욕구 충족을 연기하거나 포기한다. 이때 '현실원칙'이 작용하며 우리의 자아는 두 원칙 사이에서 항상 갈등한다. 이 삶의 원칙은 소설에도 그대로 적용된다. 현실에서 이룰 수 없는 꿈을 가능하게 해주지 않는다면 우리는 소설을 읽지 않을지도 모른다. '현실원칙'에 대한 끝없는 도전과 해방이 이루어져 '쾌락원칙'을 충족시켜주는 공간이 바로 소설이다.

　게다가 사람은 누구나 본능적으로 이야기를 좋아한다. 있지도 않은 일을 만들어서라도 이야기를 즐기고 싶어 하는 사람들에게 소설은 여전히 가장 재미있는 문학의 갈래다. 소설은 실제 역사에서 발전해 허구적인 인물과 사건이 만들어지는 과정을 거쳤다. 이렇게 이야기는 특정한 시간과 공간을 배경으로 가상의 인물들이 사건을 만들어간다.

　주변을 돌아보자. 스마트폰, 인터넷, 게임, 텔레비전, 영화……. 오감을 자극하는 다양한 매체들이 우리 몸을 감싸고 있다. 언제 어디서나 재밌는 놀이가 널려 있다. 이런 것들에 비해 활자로 된 소설이 지루하게 느껴지는 것은 당연하다. 시대가 바뀌면서 전통적인 소설의 역할도 조금씩 달라지고 있다. 예전에는 소설이 종이책의 형태로만 독자를 만났다. 사람들의 다양한 삶의 모습을 담아내고 세상의 모습을 새롭게 해석하는 역할을 했다. 이제는 서점에 가지 않고도 전자책을 사서 읽을 수 있게 됐고 창작 과정에서 작가와 직접 대화를 나눌 수 있는 인터넷 소설도 창작되고 있다.

이렇게 다양한 형태로 독자를 만나게 된 소설뿐만 아니라 영화와 드라마 심지어 게임에 이르기까지 '이야기'는 절대적인 역할을 하고 있다. EBS '다큐 프라임'을 책으로 만든 《이야기의 힘》은 소설의 현재적 의미를 다시 생각하게 한다. 전통적 의미에서 소설은 한 인간의 성장 과정을 살펴보고 타인과의 관계를 고민하기도 하며 역사와 사회를 들여다보는 창窓의 역할을 해왔다. 실시간으로 쏟아지는 엄청난 지식과 정보의 바다에서 헤매는 현대사회에서 소설의 역할은 예전과는 사뭇 다르다.

현대사회는 소설의 재미를 즐기는 데 그치지 않고 다양한 '이야기'를 문화 콘텐츠로 활용하고 있다. 자본주의 사회에서 문화를 산업의 개념으로 접근한다는 비판에도 불구하고 소설은 가장 유용한 콘텐츠를 제공한다. 예를 들어 연극과 영화로 제작되어 다시 화제가 된 청소년 성장소설 〈완득이〉, 애니메이션으로 제작되어 많은 사람에게 감동을 준 〈마당을 나온 암탉〉, 영화를 거쳐 비디오 게임까지 인기를 얻고 있는 조앤 K. 롤링의 판타지 소설 〈해리포터〉 시리즈 등 이러한 사례는 점점 많아지고 있다. 소설의 이야기를 다양하게 변형할 뿐만 아니라 서사 구조 자체가 사람들에게 흥미를 불러일으키기 때문에 요즘은 '스토리텔링'이 주목받고 있다.

이야기란 '어느 순간 삶의 균형을 잃은 주인공이 그 균형을 회복하고자 부단히 노력하지만 그것은 대단히 어렵다.'를 다루는 것이다. 멜로, 액션, 스릴러 등 모든 장르의 영화와 이야기의 뼈대는 바로 이것이었다.

무의미한 일상의 반복이 아니라 균형을 잃은 삶이 변화하는 과정을 풀어내는 것이 이야기의 본질이다. 우리에게 이야기가 필요한 첫 번째 이유는 '기억을 잡아두기 위함'이며, 두 번째 이유는 이야기가 '사람의 마음을 변화시키기 때문'이며, 마지막으로 '세상을 이해하기' 위해서다. 결국 이야기는 '보이지 않지만, 생각과 마음을 통해 사람을 변화시키며 인간의 삶과 역사를 만들어간다. 그리고 그 이야기는 힘이 세다'고 할 수 있다. 이 말은 소설의 힘을 간접적으로 증명한다. '스토리텔링'의 시대에 가장 중요한 창조적 상상력을 기르고 무궁무진한 이야기의 원천을 찾는 일은 즐거운 소설 읽기에서 출발한다.

인터넷 연재소설로 주목을 받았던 박범신의 《촐라체》, 황석영의 《개밥바라기별》 등은 종이책으로 독자와 만나던 방식과 달리 소설이 완성되기 전에 독자들과 소통하며 창작이 이루어졌다. 작가의 블로그에 들어가 소설을 읽는 방식은 인터넷 세대에게는 소설과 만나는 새로운 방식이며 소설의 재미와 이야기의 힘을 체험할 수 있는 또 하나의 방법이다. 사람의 마음을 변화시키고 인간의 삶과 역사를 만들어가는 '이야기'의 놀라운 힘을 이해하고 앞으로 어떤 일을 하든 자신이 스토리텔러가 될 수 있는 힘을 기르는 것이 우리의 과제다. '이야기의 힘'은 결국 '스토리텔링의 힘'을 보여주는 책에서 시작된다고 할 수 있다.

스토리텔링이란 인물과 사건, 배경이 잘 결합해 만들어진 이야기를 화자와 청자가 현장에서 공유하며 서로 주고받는 과정에서 이야기에 자신의 상상력과 감정을 첨가하여 자신의 언어로 생동감 있게 표현하는 것이라 할 수 있다.

이렇게 중요한 '스토리텔링'을 위해서는 전통적인 소설 읽기가 반드시 필요하다. 미국의 작가 테리 트루먼의 《아빠, 나를 죽이지 마세요》는 장애아의 관점에서 쓴 성장소설이자 안락사를 다룬 사회소설이다. 태어날 때 뇌에 손상을 입은 열네 살 주인공은 눈동자 하나도 마음대로 움직이지 못할 뿐만 아니라 지능도 매우 낮다. 그러나 정확한 기억력과 뛰어난 유머 감각을 가지고 있다. 이 소년의 눈으로 바라본 삶은 어떤 것일까.

죽음. 그 어느 때보다도 내게 가까이 다가와 있다. 이제 내가 느끼는 죽음의 모습은, 누나가 말한 그대로, 무^無, 빌어먹을 무^無였다. 사람이 죽으면 그 사람은, 그의 삶은 그냥 사라져버리는 것처럼 느껴졌다. 피로 얼룩진 눈으로 죽음이 나를 응시한 그날, 죽음은 나를 공포에 떨게 만들었다.

자신의 생각을 말로 표현하지 못하는 주인공이 생각하는 죽음의 공포는 얼마나 큰가. 나와 다른 처지에 있는 사람의 이야기를 듣는 것은 매우 중요하다. 소설은 다른 사람의 삶을 간접 경험할 수 있게 해주기 때문이다. 타인을 이해하고 세상이 어떤 곳인지 조금씩 알아가는 동안 우리는 조금씩 생각이 자라고 세상을 보는 눈을 키워간다. 소설은 내가 처한 삶의 현실을 고민하게 하고 좀 더 나은 세상을 꿈꾸는 바탕이다. 열네 살 뇌성마비 장애아의 목소리는 소설이 아니면 들어볼 수 없다. 이 책을 통해 타인의 관점으로 세상을 볼 수 있는 눈을 길렀으면 좋겠다. 섬뜩한 제목과 달리 아버지는 아들에게 이렇게 이야기한다.

단 하루도 너를 생각하지 않은 날이 없었다. 단 한 시간도 네가 잘 있는지, 괜찮은지 걱정하지 않은 적이 없었어. '사랑'이라는 말로는 이 아빠가 너에 대해, 널 위해 생각하는 감정들을 표현하기에는 턱없이 모자라.

눈을 돌려 세상에서 벌어지는 일에 관심을 가져보자. 우리의 삶은 과거의 역사를 떠나서 생각할 수 없다. 시간이 흐르고 수많은 사람의 삶이 모여 지금 우리가 존재한다. 우리 주변에서 흔히 벌어지는 일들을 다룬 청소년 소설도 좋지만 좀 더 다양한 관점의 소설을 폭넓게 읽어보는 것이 좋다.

김원일의 《어둠의 혼》은 전통적인 소설의 힘을 보여준다. 과거 회상형식의 이 소설은 초등학교 2학년이었던 주인공이 해방 후의 혼란스러운 시기를 이야기한다. 소설은 현실의 문제를 외면할 수 없다. 우리가 발딛고 서 있는 현실의 문제와 지나간 시간을 성찰하는 것은 소설의 또 다른 역할이기 때문이다.

아버지가 하는 일은 읍내 유식꾼 이모부님조차 알면서 모른 체하는지 입을 아예 봉했다. 봄철이 되면 꽃이 피는 이유를, 꽃이 향기를 어떻게 만드는지 내가 모르듯, 이 세상에는 아직 내가 알 수 없는 일이 너무 많았다.

어린 소년의 눈으로 어두운 현대사를 들여다보는 일은 안타깝지만 더 큰 아픔과 감동으로 다가온다. 새로운 사건과 인물을 창조하는 상상력도 중요하지만 작가는 당대의 삶을 재현해내고 그 의미를 돌아볼 수 있게 하는 등불의 역할도 해야 한다. 이 소설은 과거를 통해 현재를 돌아보는 의미 있는 소설이다. 한국전쟁의 상처가 아물지 않았고 여전히 남과 북이 분단된 현실의 문제를 생각해볼 수 있는 소설이다.

아버지가 돌아가신 그해 초여름, 이 땅에 전쟁이 났다. 이모부님은 남쪽과 북쪽이 싸운 그 전쟁이 지금의 휴전선 부근에서 밀고 당길 이듬해 가을, 갑자기 별세하셨다. 나는 성년이 된 뒤까지 이모부님이 왜 그때 아버지 시신을 내게 확인시켜주었는지에 대해 여쭈어볼 기회를 놓치고 말았다.

어른이 된 주인공이 과거를 회상하면서 이야기가 끝나지만 이모부의 의도는 아마도 독자들이 풀어야 할 숙제가 아닌가 싶다. 어린 주인공이 아버지가 돌아가신 이유를 모르듯 우리는 여전히 남과 북이 휴전선을 사이에 두고 있는 이유를 모르는 것은 아닐까.

본격적으로 소설을 읽는 과정에서 우리는 문학의 즐거움을 얻을 수 있을 뿐만 아니라 상상력과 스토리텔링의 힘도 기를 수 있다. 미래 사회에서는 단순한 암기력이나 정보력만으로 살아가기 어렵다. 모든 사람이 하나의 목표를 위해 사는 세상도 아니다. 이런 시대를 살아가는 우리에게 정말 필요한 것은 창조적 상상력이 아닐까. 창조적 상상력은 가슴 뭉클한 감동을 느끼고 다양한 삶을 간접 체험하며 세상을 이해하는 과정을 통해 자연스럽게 길러진다. 이제 문학의 한 갈래인 소설을 넘어 우리의 삶에서 꼭 필요한 이야기를 스스로 만들어보는 것은 어떨까.

시가 우리에게
건네는 말들

《청소년, 시와 대화하다》, 김규중 지음, 사계절, 2010 ★
《시심전심》, 정끝별 지음, 문학동네, 2011 ★★
《난 빨강》, 박성우 지음, 창비, 2010 ★

비 오는 날 엄마 손을 잡고 어린아이가 걸어간다. 처마 끝에서 빗방울이 땅바닥에 떨어지는 모습을 보고 "엄마, 물방울이 뛰어가!" 하며 감탄한다. 땅바닥에 작은 물방울들이 제멋대로 떨어지는 모습이 아이의 눈에는 마치 물방울이 침벙기리며 뛰어가는 것처럼 보였나 보다. 동심을 가진 아이들은 모두 시인이다. 시인은 타고 난다고 하지만 누구나 시인의 마음을 가지고 있다. 우리에게도 눈에 보이는 모든 것이 신기하고 아름답게 보이던 시절이 있었을 테니까.

사랑에 빠지면 누구나 시인이 된다. 사랑하는 사람이 생기면 온 세상이 아름답게만 보인다. 이렇게 마음이 들뜬 사람은 익숙했던 사람과 사물이 낯설게 보인다. 그뿐만 아니라 모든 것에 새로운 의미를 부여한다.

그래서 사랑에 빠진 사람은 시인이 되는 것 같다. 일상적인 것, 지루한 것, 반복적인 것을 새롭게 바라볼 수 있는 눈을 가진 사람은 시인이 될 가능성이 높다. 사람과 사물 그리고 자연의 대상을 낯설게 바라보고 싶다면 시인의 말에 귀 기울여보자. 구두 밑창이 말을 건네고 찬바람도 장난을 치고 매일 만나는 친구도 더 사랑스러워 보일 것이다. 그렇다고 시가 늘 순수하고 아름다운 세상만 노래하는 것은 아니다. 하지만 '낯설게 바라보기' 위해서는 시를 읽으면서 세상을 다른 관점으로 바라보아야 한다. 김용택 시인의 시 한 편을 읽어보자.

소낙비는 오지요
소는 뛰지요
바작에 풀은 허물어지지요
설사는 났지요
허리끈은 안 풀어지지요
들판에 사람들은 많지요.
– 《강 같은 세월》, 김용택, 창비, 1995

이 짧고 쉬운 시 〈이 바쁜 때 웬 설사〉를 이해하지 못하는 사람은 없을 것이다. 제목과 시의 내용이 어우러져 난처한 상황에서 허둥대는 화자의 모습이 선명하게 떠오른다. 어느 한가로운 시골에서 소낙비가 오는 날 실제 있을 법한 일이다. 여러 난처한 일들이 겹쳐 답답한 상황을 시인은 '~지요'라는 표현을 반복함으로써 오히려 더 느린 호흡으로 말하고 있다. 시를 읽는 독자의 입가에는 잔잔한 미소가 번진다. 시가 이렇게 쉽고 재미있다.

그런데 왜 사람들은 시가 어렵다는 선입견을 가지고 있을까. 그 이유는 '정답'을 위한 암기 위주의 잘못된 시 공부 때문이다. 한 편의 시가 주는 다양한 의미와 상상력을 마음껏 즐길 준비가 돼 있다면 시는 어렵지도 지겹지도 않다. 조금만 들여다보면 시인이 사용하는 말과 우리가 일상생활에서 사용하는 말이 다르지 않다는 사실을 알 수 있다. 다만 언어를 어떻게 사용하느냐의 차이가 있을 뿐이다. 조금만 마음을 열면 저절로 시가 내게로 다가온다. 특히 감수성이 예민하고 정서가 풍부한 청소년 시기에는 시와 많은 이야기를 나눠봐야 한다.

국어 교사이자 시인인 김규중의 《청소년, 시와 대화하다》는 처음 시를 접하는 청소년들이 읽기 좋은 책이다. 이 책은 60여 편의 시를 난이도에 따라 각 20편씩 3단계로 나누어 소개하고 있다. 김용택의 〈이 바쁜 때 웬 설사〉 같은 쉬운 시에서부터 황지우의 〈겨울-나무로부터 봄-나무에로〉에 이르기까지 다양한 시들을 만나보자. 중학교에서 오랫동안 국어를 가르치고 직접 시를 쓰는 시인의 노하우가 담긴 이 책은 일방적인 잔소리나 기막힌 비법을 소개하는 족집게 참고서가 아니다. 한 편의 시를 감상하고 나서 문과녀 '은유'와 이과님 '명석'의 대화가 이어진다. 가끔 '김 샘'이 끼어들기도 하지만 주로 두 사람이 자연스런 대화를 통해 시가 건네는 말들을 이해할 수 있다. 마지막의 짤막한 시 노트는 미처 대화로 풀지 못한 내용을 정리해준다. 책 전체가 '시 소개 - 시 읽고 대화하기 - 시 노트' 형식으로 구성되어 있다.

내려갈 때

보았네

올라갈 때

보지 못한

그 꽃

- 《순간의 꽃》, 고은, 문학동네, 2001

은유 아마 시인은 꽃을 통해 다른 이야기를 하려는 것 같아.

명석 다른 이야기라면……. 주변의 것을 천천히 살피는 생활 태도를 가지라는 것?

은유 비슷할 것 같아.

김샘 이 시는 산의 정상만 생각하다 보니 등산로에 핀 꽃을 보지 못했다는 것을 말해요. '정상'은 목표나 결과라고 할 수 있고, '등산로'는 과정이라고 할 수 있어요. 이것을 우리의 생활 경험으로 확대해서 생각해봐요.

명석 목표나 결과만 생각해서 달리다 보면 과정에서 중요한 것을 놓칠 수 있다는 거네요.

  고은의 시 〈그 꽃〉을 읽고 나눈 대화의 일부다. 우리는 시의 의미를 스스로 생각하고 주체적으로 읽어낼 수 있는 힘을 길러야 한다. 이 책은 혼자 천천히 읽으며 시에 접근하는 방법과 태도를 배울 수 있게 해준다.

  시험 공부를 위해 이론과 표현 방법을 공부하기 전에 시의 숲을 거닐어 보는 것이 먼저다. 사실 시를 이해하는 지름길은 이렇게 쉽고 단순한 곳에 숨어 있다. 청소년들은 시가 어렵고 딱딱한 공부의 대상이 아니라 정교한 아름다움이라는 사실을 느껴야 한다. 시를 편안하게 즐길 수 있고 친근하게 접할 수 있어야 평생 시를 읽는다. 시는 넉넉하고 따뜻한 감수성을 길러준다. 그뿐만 아니라 행복하게 살고, 인간과 세계에 대한 안목을 기르기 위해서도 필요하다.

　그렇다고 해서 현실을 외면할 수는 없는 노릇이다. 김규중의《청소년, 시와 대화하다》가 시와 사랑에 빠지는 단계의 책이라면 정끝별의《시심전심》은 본격적이고 정열적인 시와의 연애라고 할 수 있다. "먼저 읽어라, 느껴라, 상상하라, 그리고 궁금해하라. 그러면 열릴 것이다. 시가, 여러분 앞에!"라는 통쾌한 선언으로 이 책의 내용을 미루어 짐작할 수 있다. 이 책은 김소월의 〈진달래꽃〉을 이성복의 〈꽃피는 시절〉과 짝지어 이야기하고 신경림의 〈농무〉를 정호승의 〈맹인 부부 가수〉와 짝짓는 방식으로 구성하여 여러 시를 소개하고 있다.

　천하무적 시 읽기의 '노하우'는 시가 시인 까닭을 다시 한 번 확인해보는 데서 찾아야 한다. 시가 시인 까닭은 시가 알지 못하는 데서 울려오기 때문이다. 시의 뿌리는 쉽사리 잡히지 않고 시의 꽃가루 또한 어디로 흩어지는지 분명하게는 알 수 없다. 우리의 삶 혹은 존재의 조건처럼 말이다. 시가 시인 까닭은 또한 시 자체가 애매하고 모호하기 때문이다. 시의 의미는 열려 있을 뿐, 열려 있는 여백 혹은 틈에 독자 스스로가 찾은 의미를 채워 넣어 읽을 수 있어야 한다.

　'책을 펴내며'에서 밝힌 천하무적 시 읽기의 비법은 바로 독자 스스로 주체적이고 능동적으로 시의 의미를 찾아가야 한다는 뜻이다. 정끝별은 이 책에서 시를 읽고 감상하는 방법을 상세하게 제시하고 있다. 두 편씩 짝을 지어 교과서에 실린 시를 중심으로 설명한 내용을 읽으면서 문학 이론까지 자연스럽게 익힐 수 있다.

이 책은 학습에 더 중점을 두어 고등학생들의 눈높이에 맞추었기 때문에 학교 시험과 수능에도 도움을 준다. 대학에서 학생들을 가르치며 시를 쓰는 정끝별은 천편일률적으로 참고서에 제시된 해석에 의문을 제기한다. 참고서와 다른 해석을 할 때도 있고 문학 이론을 상세하게 설명할 때도 있다. 시를 깊이 분석하는 힘은 단순히 해설을 암기하는 데서 나오지 않고 어떻게 시를 이해하고 감상할 것인가에 대한 고민에서부터 길러진다. 본문 아래쪽에 어휘를 풀어놓고 이론을 간략하게 설명하고 있어 마치 새로운 형식의 참고서를 대하는 느낌이 들기도 한다.

김규중과 정끝별은 오랫동안 시를 읽고 쓰고 가르치는 사람이라는 공통점이 있다. 한 사람은 중학교에서 한 사람은 대학에서 가르치는 차이가 있을 뿐이다. 두 책 모두 시를 이해하고 접근하는 색다른 방법을 제시하며 즐거운 시 읽기와 재미있는 문학 공부를 염두에 두고 쓰였다.

두 분의 도움을 받았다면 이제 혼자서 시집을 한 권 읽어보자. 박성우 시인의 《난 빨강》은 청소년들의 눈높이에서 청소년들의 일상생활을 소재로 쓴 시집이다. 그래서 시는 딱딱하고 어렵다는 편견을 버리고 스스로 시를 찾아 읽기 시작하는 디딤돌이 될 만한 시집이다. 그중 〈공부 기계〉를 소개한다.

알람 시계가 울린다

고등학교 이 학년인
공부 기계가 깜빡깜빡 켜진다

아침을 먹는 둥 마는 둥
졸린 공부 기계는
책가방을 메고 학교로 간다

공부 기계는 기계답게
기계처럼 이어지는 수업을 기계처럼 듣는다

쉬는 시간엔 충전을 위해
책상에 엎드려 잠시 꺼진다

보충수업을 기계처럼 듣고
학원수업을 기계처럼 듣고
공부 기계는 기계처럼 집으로 간다

늦은 밤 돌아온 공부 기계는
종일 가동한 기계를 점검하다,
고장 난 기계처럼 껌뻑껌뻑 꺼진다

'고등학생의 하루'라는 동영상이 화제가 된 적이 있다. 이 동영상은 하루가 10초로 요약돼 있다. 아침에 알람소리에 눈을 뜨고 허둥지둥 등교해 하루 종일 수업을 듣고 야간 자율 학습을 하고 돌아와 침대에 뻗는 내용이다. 대한민국의 학생들은 비슷한 과정을 거친다. 대학에 가기 위해 공부 기계가 되어야 하는 현실을 꼬집은 이 시는 청소년들이 공감하며 이해할 수 있다. 《난 빨강》은 청소년 시집으로 사춘기에 접어든 청소년들의 일상생활과 고민을 재미있게 담고 있다. 시를 읽기 시작하는 단계에서 좋은 시집이다.

T. S. 엘리엇은 "시는 이해되기 전에 전달된다."라고 말했다. 머리가 아니라 가슴으로 시를 읽는다면 시는 우리에게 가장 큰 감동을 선물한다. 즐겁고 행복한 시 읽기는 스스로 마음을 열고 천천히 읽는 데서부터 시작해야 한다. 자, 그럼 이제 시가 건네는 말에 귀 기울여보자.

몇 줄이라도
진짜 내 얘기를 써보는 것

《근원수필》, 김용준 지음, 열화당, 2009 ★★
《감옥으로부터의 사색》, 신영복 지음, 돌베개, 1998 ★★
《어디 아픈 데 없냐고 당신이 물었다》, 김선우 지음, 청림출판, 2011 ★★

눈 내리는 추운 겨울에 뜨끈하고 얼큰한 국물과 함께 먹는 수제비를 떠올려보자. 밀가루 반죽으로 별이나 토끼 모양을 만들어 뚝 떼어 넣어보자. 이처럼 수제비는 요리하는 사람이 얼마든지 원하는 모양을 만들 수 있다. 그에 비해 만두와 송편은 어떤가. 각각 밀가루와 쌀로 만든 음식이라는 차이는 있지만 소를 넣어 먹는다는 공통점이 있다. 비슷한 밀가루 음식이지만 수제비와 만두는 서로 다르다. 재료가 다르기 때문에 조리 방법도 맛도 다르다. 이렇게 다양한 음식들은 온갖 빛깔과 특유의 맛으로 우리를 유혹한다. 문학도 마찬가지다. 갈래마다 나름의 형식과 내용을 갖추고 독자들을 기다린다. 그중에 수필은 다른 문학 갈래와 어떻게 다를까. 시, 소설과는 어떤 차이가 있을까.

설계도 없이 건물을 지을 수 없듯이 지도 없이 목적지를 찾아가는 것 또한 쉽지 않다. 어떤 일을 하려고 하든지 미리 준비하고 계획하고 일정한 형식을 갖추려는 것이 사람들의 일반적인 습성이다. 글을 쓸 때도 마찬가지다. 시인과 소설가도 각 갈래의 특성을 고려해 글을 쓴다. 운율적 언어로 빚은 시, 허구의 인물과 가공의 세계를 보여주는 소설, 무대 상연을 목적으로 한 희곡 등 어떤 문학 갈래든 나름의 기본적인 형식을 갖추고 있다. 그러나 수필은 이런 형식적인 틀에서 자유롭다. 흔히 '무형식의 형식'을 수필의 특징이라고 한다. 우리가 쓰는 일기도 친구에게 쓰는 편지도 여행 후기도 모두 수필이다. 그만큼 형식이 자유롭기 때문에 누구나 쉽게 쓸 수 있으며 다양한 내용으로 사람들에게 커다란 감동과 깨달음을 준다.

사람은 제각각 자신의 눈으로 사물을 관찰하고 타인과 관계를 맺으며 세상을 바라본다. 하지만 삶의 과정에서 길어 올린 생각들을 글로 풀어내는 일은 결코 쉽지 않다. 일정한 형식에 따라 글을 쓰는 것보다 제약 없이 자유롭게 수필을 쓰는 것이 더 어려울 수도 있다. 쉽고 편안하게 읽히는 글이기 때문에 누구나 쉽게 쓸 수 있다고 생각할 수도 있지만 그렇지 않다. 수필은 더 깊이 생각하고 자신의 개성을 담아야 하는 문학의 한 갈래다.

동양화가이자 미술 평론가인 김용준의 《근원수필》은 수필의 일반적인 형식과 내용을 아주 잘 드러내는 책이다. 일상생활에서 자주 사용하는 물건이나 어떤 일에 대한 자신의 생각을 정확하고 깔끔한 문장으로 표현하고 있어 수필이라는 갈래의 특징을 잘 보여준다. 대상에 대한 애정과 세밀한 관찰로 쓴 김용준의 수필은 담백하고 깨끗한 언어를 통해 따뜻한 감동을 준다.

> 뒤통수에 눈알이 하나만 더 있었더라면 인생은 얼마나 더 행복 되었으리요
> 마는 마땅히 있어야 할 그곳에 눈이 없어도 사람이란 그대로 살아가는 법이
> 요, 색맹이 붉고 푸른빛을 구별할 줄 모르면서도 조그마한 부자유도 없이 살
> 아가는 걸 보면 사람이란 결국 자기 안에 한 세계를 만들고 그것으로 자족하
> 는 본성이 있는가 보다.

예나 지금이나 자기만의 세상을 만들어놓고 살아가는 사람들이 있다.
소견이 좁다고 할 수도 있고 이기적이라고 말할 수도 있다. 하지만 사람
이 느끼는 행복은 사소한 일상에서 비롯된다. 남북이 통일되고 세계 평
화가 이루어져야 진정한 행복을 느낀다고 말하는 사람은 보기 드물다.
김용준은 사소한 일상에서 삶의 태도와 방법을 날카롭게 읽어낸다. 또한
조금 다른 시선으로 사물을 바라본다.

> 생각하면 예술을 한다는 것처럼 쑥스러운 짓도 없는 것이다. 소설을 쓰네
> 하고 바쁜 세상에 잔소리 굵은 소리, 게다가 거짓말조차 늘어놓아서 이걸 큰일
> 이나 하는 듯이 떡 버티고 앉는 꼴이나, 시를 쓴다고 혓자락이 말 배우듯 된다
> 만 소리를 몇 줄씩 끄적거리는 화상들이며, 음악을 합네 하고 동네사람 잠도
> 못 자게 떠들썩 구는 친구들이며—그러나 이런 패는 또 애교가 있는 편이다.
> 소위 그림을 그린다는 화상들—세칭 화가란 명목을 떠메고 다니는 친구들
> 은 예나 이제나 아마 제일 말썽꾸러기들만 모인 성싶다.

이 글을 보면 색다른 안목으로 세상을 바라보는 작가의 개성이 잘 드러난다. 이렇게 김용준은 주변에서 흔히 접하는 물건에 대한 관찰, 길거리에서 마주친 사람에 대한 사연, 인생에 대한 자신의 생각 등을 간결하고 진솔하게 표현한다. 무엇이든 수필의 소재가 될 수 있지만 김용준의 수필처럼 담백한 맛이 느껴지는 글을 만나기는 쉽지 않다. 부드러우면서도 힘이 있고 대상에 대한 깊은 애정과 관찰을 통해 새로운 깨달음을 주는 수필 한 편은 감동적인 시 한편이나 장편소설을 뛰어넘는 가치가 있다.

평범한 일상에 대한 깊은 성찰로 수필의 참맛을 전하는 《근원수필》과 달리 신영복의 《감옥으로부터의 사색》은 특별한 체험을 통해 새로운 깨달음을 준다. 18년간 감옥에 갇혀 있었지만 동양 고전에 대한 공부를 게을리하지 않고 꾸준히 책을 읽고 글을 쓰면서 느낀 이야기들이 가족들에게 보내는 짧은 엽서에 고스란히 담겨 있다.

유리창을 깨뜨린 잘못이 유리 한 장으로 보상될 수 있다는 생각은, 사람의 수고가, 인정이 배제된 일정액의 화폐로 대상代償될 수 있다는 생각만큼이나 쓸쓸한 것이 아니겠습니까. 획과 획 간에, 자와 자 간에 붓을 세우듯이, 저는 묵을 갈 적마다 인人과 인 간間의 그 뜨거운 '연계' 위에 서고자 합니다.

자신의 안부를 묻는 짧은 엽서와 편지 들은 가족을 만날 수 없는 신영복의 특수한 상황을 애틋하게 한다. 그러면서도 인간에 대한 애정을 잃지 않고 세상에 대한 따뜻한 시선을 거두지 않는다. 어떤 곳에서 어떻게 살아가든지 인간은 겸손과 나눔과 배려를 통해 인간다워진다. 신영복은 그러한 삶의 깨달음을 단정한 글로 독자에게 전달한다.

> 없는 사람이 살기는 겨울보다 여름이 낫다고 하지만 교도소의 우리들은 없이 살기는 더합니다만 차라리 겨울을 택합니다. 왜냐하면 여름 징역의 열 가지 스무 가지 장점을 일시에 무색케 해버리는 결정적인 사실—여름 징역은 자기의 바로 옆사람을 증오하게 한다는 사실 때문입니다.
>
> 모로 누워 칼잠을 자야 하는 좁은 잠자리는 옆 사람을 단지 37℃의 열덩이로만 느끼게 합니다. 이것은 옆 사람의 체온으로 추위를 이겨나가는 겨울철의 원시적 우정과는 극명한 대조를 이루는 형벌 중의 형벌입니다.

같은 방에서 매일 함께 지내는 사람이지만 무더운 여름날 서로의 살이 닿는 것이 싫어 옆 사람을 미워하게 되는 사연은 인간이 어떤 존재인가에 대해 다시 생각하게 한다. 이 책은 가족에 대한 사랑과 감옥에서의 일상 그리고 인문학에 대한 깊은 사색을 다양하고 자유로운 형식으로 담아내고 있다. 편안하고 행복한 일상을 살아가는 평범한 사람과 예외적이고 극단적인 상황에 처한 사람의 생각이 같을 수는 없다. 그래서 우리는 이렇게 다양한 글을 읽고 앎의 범위를 조금씩 넓혀간다. 또한 간접 체험을 통해 나를 돌아보고 세상을 조금씩 알게 된다.

토머스 울프는 〈그대 다시는 고향에 못 가리〉라는 소설에서 "더 큰 사랑을 찾기 위하여 지금 가장 사랑하는 친구를 잃어버릴 것. 더 큰 땅을 찾기 위하여 지금 그대가 딛고 있는 땅을 잃어버릴 것"이라고 말했다. 산다는 것은 끊임없이 무언가에 대한 소유욕이라고 볼 수도 있다. 돈과 명예 그리고 권력에 대한 집착은 끝이 없다. 가질수록 더 갖고 싶은 한 인간의 욕망은 무엇으로도 채울 수 없다고 한다. 그래서 많은 사람은 여전히 '어떻게 살 것인가'를 고민하는지도 모르겠다. 시인 김선우는 그 답을 찾기 위해 인도의 '오로빌'이라는 마을로 떠났다. 《어디 아픈 데 없냐고 당신이 물었다》는 새로운 삶을 꿈꾸는 사람들의 공동체에 관한 이야기다. 세계 여러 나라에서 모인 사람들이 한데 모여 돈의 노예가 되는 삶에서 벗어나기 위해 새로운 생활 공동체를 만들어간다. 이곳은 우리가 생각하는 것처럼 행복하려면 더 많은 돈을 벌어야 한다는 생각을 버릴 수 있는 마을이다.

나는 행복에 질이 있다고 생각하는 사람이다. 물질로부터 행복을 얻고자 하는 것은 훼손되기 쉬운 행복을 좇는 일이다. 물질이 주는 행복감이 분명 있으나 그것에 중독되다 보면 더 좋은 행복감을 얻기 위해 더 많은 물질이 필요한 악순환 속에 놓인다. 물질이 주는 행복은 쾌감이라는 표현이 적합할 뿐 행복감이라고 표현할 수 없는지도 모른다. 오로빌에 사는 사람들이 추구하는 행복이 물질세계의 중독성에서 쾌감을 얻는 보통 사회의 사람들, 물질의 유혹 속에 끊임없이 노출되는 이들보다 훨씬 풍요로운 가능성이 있음은 말할 것도 없다.

일상이 반복되는 곳에서 벗어나면 낯선 사람과 새로운 삶이 보인다. 김선우는 인도의 오지에서 보낸 긴 여행과 휴식을 통해 자기 자신은 물론 타인의 삶을 돌아본다. 치열한 경쟁에서 살아남고 돈을 많이 벌어야 행복한 사람들에게 김선우는 오로빌 사람들을 소개한다. 하루에 얼마나 웃고 사는지, 우리를 진정 행복하게 해주는 것이 무엇인지 생각하게 하는 오로빌 사람들은 또 다른 삶의 목적을 가지고 있다.

주어진 현실에 최선을 다하라는 말이 나는 싫다. 주어진 현실에 최선을 다해 살다가는 주어진 현실만큼 타락하기도 일쑤이니. 주어진 현실에 최선을 다한다는 것은 주어진 현실을 혁명해야 하는 시점에 대해 열렬히 깨어 있는 자세와 함께 요구되어야 할 일이다. 삶은 여러 번 지속되겠으나 지금 삶은 한 번이다. 우리가 바라는 세속적인 성공의 끝이란 대개 뻔해서 돈과 명예 정도로 요약되는데 돈과 명예가 한 사람의 존재를 정말 행복하게 해주는 필요 충분 조건이 아니라는 것을 우리는 경험적으로 혹은 선험적으로 이미 알고 있다. 알고 있으면서도 안전하게 그것을 좇아 살다가 어느 순간 죽음의 순간을 맞게 된다면 참으로 허무하지 않겠는가.

영적 공동체, 생태 공동체 오로빌은 세계 각지에서 자본주의적 삶을 거부한 사람들이 모여 공동체를 이룬 곳이다. 오로빌은 '더불어 함께' 산다는 것이 무엇인지를 실천하고 있는 곳이다. 이 책을 읽으면서 우리는 삶의 목적과 방법에 대해 다시 한 번 고민하게 된다. 사람마다 책을 읽는 목적이 다르겠지만 문학은 결국 사람과 삶의 문제라고 할 수 있다. 그 대상이 사물이든 사람이든 자연이든 마찬가지다. 수필은 세상 모든 것에 대한 관심과 애정 그리고 작가 나름의 생이 조화를 이루어 우리에게 깊은 감동을 주는 문학의 한 갈래다.

수필은 여전히 우리가 가장 손쉽게 선택해서 읽는 글이다. 하지만 평범한 일상에서 경험했던 재미있는 일과 따뜻한 감동만 담아낸 것이 수필

의 전부는 아니다. 거기에는 인생에 대한 깊은 성찰과 세상에 대한 고민
도 함께 있다. 수필이 주는 감동과 깨달음은 철학적이고 사색적인 글을
읽을 수 있는 바탕이다. 그러다 보면 어느 순간 문득 글을 쓰고 싶다는
생각을 하게 될지도 모른다. 책을 읽고 생각하고 글을 쓰는 사람이 따로
정해져 있는 것은 아니다. 다양한 삶과 세상의 진실에 대해 생각해보고
싶다면 우선 몇 권의 수필로 시작해보자. 그런 다음 몇 줄이라도 진짜 내
이야기를 한번 써보는 건 어떨까.

2장

역사, 과거와 미래를 말해주다

역사는 인류의 과거가 아니라 오래된 미래다. 현실과 미래를 살펴볼 수 있는 좋은 방법 중의 하나가 바로 역사를 돌아보는 일이다. 이 장에서는 세계사로 시작해서 아프리카사, 동아시아사, 한국사, 한국 근현대사를 고루 살펴본다. 편견에 치우치지 않은 균형 잡힌 역사의식은 미래를 위해 더욱 중요하다.

세계사로 시작하는
역사 이야기

《곰브리치 세계사》, 에른스트 H. 곰브리치 지음, 박민수 옮김, 비룡소, 2010 ★
《새로운 세대를 위한 세계사 편지》, 임지현 지음, 휴머니스트, 2010 ★★
《세계사를 움직이는 다섯 가지 힘》, 사이토 다카시 지음,
홍성민 옮김, 뜨인돌, 2009 ★★

에반은 어린 시절 수시로 의식을 잃는다. 인생의 결정적인 순간마다 기억의 정전 상태인 블랙아웃을 경험한 에반은 현재의 삶이 혼란스럽다. 영화를 되감듯 현재의 불행을 막기 위해 수없이 과거로 돌아가 새로운 선택을 하지만 그 결과 현재의 삶은 전혀 다른 방향으로 전개된다. 결국 과거를 조작할 수 있는 에반도 완벽하게 만족스런 현실을 만들어내지는 못한다. 현재는 과거의 결과라는 사실을 확인할 수 있는 영화 〈나비효과〉는 에시튼 커처의 인상적인 연기와 함께 우리 삶의 아이러니를 잘 보여준다. 현재의 삶은 지난 시간의 결과이며 연속적인 인과관계의 순환이다. 오늘 서울에서 나비의 날개짓으로 일으킨 미풍이 다음 달 베이징의 폭풍우가 될 수도 있다는 이론이 바로 '나비효과$^{Butterfly\ effect}$'다. 이처럼

아주 작은 일이 상상도 할 수 없는 결과를 가져올 수도 있는 것이 우리의 인생이다. 하물며 인류의 역사는 어떻겠는가.

인류의 역사는 영화처럼 가정법이 존재하지 않는다. 시간의 흔적을 더듬어 현재와 미래를 살펴볼 수 있는 전망대의 역할을 하는 역사는 우리에게 세상에 대한 통찰력을 길러준다. 마치 도미노 게임 같은 역사의 연속적인 과정은 어떤 소설보다도 흥미진진하다. '역사history'는 인간he이 겪은 모든 이야기에 대한 기록story을 의미한다. 과거를 돌아보는 것은 '지금-여기'에 있는 사람들의 생각과 행동에 대한 본질적인 원인을 살펴보는 일이다. 또한 미래를 예측할 수 있는 가장 좋은 방법이다. 역사는 폭넓은 시야를 제공하고 전체를 통찰할 수 있는 지혜를 주며 단편적인 사고에서 벗어나 상황과 맥락을 이해할 수 있는 힘을 길러준다.

문자의 발명은 인류 문명의 획기적인 전환점을 가져다주었다. 축적된 지식을 기록할 수 있고 기억의 한계를 극복할 수 있기 때문이다. 그러나 역사는 기록하는 사람의 주관적 판단이 개입될 수밖에 없다는 근본적인 한계가 있다. 그래서 역사를 바라볼 때는 기록된 사실에 대한 비판적 관점이 필요하다. 기록 자체에 대한 객관성을 의심할 수도 있어야 하며 그 뒤에 숨은 진실을 파악하려고 노력해야 한다. 우리 민족의 영웅인 안중근 의사는 일본인들에게는 식민지의 테러리스트에 불과하다. 이렇게 역사적 사실은 관점에 따라 전혀 다른 방식으로 인식될 수 있다.

역사를 처음 접하는 사람은 '세계사'의 흐름을 이해해야 한다. 전체적인 흐름을 이해하는 것은 구체적인 지역의 역사를 이해하는 바탕이며 지금 현재 우리의 삶을 이해하는 중요한 토대가 되기 때문이다.《곰브리치 세계사》는 역사를 설명하는 수많은 방법 중에서 스토리텔링이라는 탁월한 방법을 활용한다. 곰브리치는 전문 용어가 아니라 총명한 아이라면 이해할 수 있는 말로 역사를 쉽게 설명한다. 넓은 의미에서 역사도 하나의 이야기다. 저자는 이 점을 이용해 알기 쉽고 재미있게 세계사를 엮어간다.

기억이란 것도 이와 비슷하다. 우리는 과거를 비추는 데 기억을 활용한다. 먼저 우리 자신의 과거를 기억에 불러내고, 다음은 어른들에게 질문하며, 그 다음에는 오래전 세상을 떠난 사람들의 편지를 찾아 읽는다. 이런 식으로 우리는 점점 더 먼 과거의 일을 알아낸다.

간단하지만 이런 방법으로 우리는 역사를 이해한다. 곰브리치도 이 방법에 충실하다. 인류의 기원인 네안데르탈인부터 시작해 알파벳의 탄생과 스파르타와 아테네를 거쳐 인도와 중국을 살피고, 로마와 아랍을 여행한다. 도시와 시민이 등장하고 새로운 신앙도 발생하며 혁명의 시대를 거쳐 세계대전이 벌어지는 장면까지 우리는 세계사의 장면들을 곰브리치와 함께 살펴볼 수 있다. 역사에 등장하는 중요한 인물이나 연대를 외우는 것이 역사 공부의 전부는 아니다. 곰브리치는 청소년들을 위해 지루하지 않고 재미있게 세계사를 '이야기'로 풀어낸다. 바로 이런 이유로 1936년에 초판이 나온 이 책이 여전히 사랑받고 있다.

200년 이상 이방인에게 문호를 닫았던 나라 일본으로 최초의 외국 사절단이 들어왔다. 활기찬 일본의 무수한 도시들을 돌아본 백인 사절단은 대나무와 종이를 사용해 지은 집과 우아한 정원, 머리를 틀어 올린 예쁜 여자들, 사원의 알록달록한 깃발, 칼을 찬 무사들의 거만하고 의젓한 태도가 아주 마음에 들면서도 우스꽝스럽게 여겨졌다. 이들은 일본인이 맨발로 다니는 궁전의 값진 다다미 위를 더러운 장화발로 다녔으며 인사를 나누거나 차를 마실 때도 미개인에 불과한 일본인들의 낡은 예절은 지킬 필요가 없다고 생각했다. 그래서 이들은 곧 미움을 받기 시작했다.

세계의 역사는 유럽 중심으로 서술되어 있다. 중국이나 일본에 대해 서술한 부분을 살펴보면 오리엔탈리즘이 반영된 그들만의 시각과 편견이 숨어 있다는 사실을 금방 눈치챌 수 있다. 문화의 차이를 이해하지 못해 전쟁이 벌어지고 힘의 논리가 작용해서 세계대전이 벌어지는 역사적 순간을 살펴보면 인간은 생각보다 그리 현명하지 못한 동물인 듯싶다. 세계의 역사는 전쟁의 역사이기 때문이다.

이 책은 객관적인 사실과 전체적인 흐름을 조망하기 위해 부담 없이 집어들기 좋다. 인류가 존재하지 않던 시절부터 제2차 세계대전까지 시대의 흐름에 따라 세계사 전체를 두루 살펴보고 있어 역사 공부를 시작하는 데 적합하다. 단순한 연대기적 서술이 아니라 거대한 이야기의 흐름을 따라가듯 서술하고 있어 지루하지 않고 흥미진진하다. 다만 저자 곰브리치가 스스로 밝히고 있듯이 아프리카와 아시아, 아메리카 등의 역사는 거의 다루어지지 않는다. 대부분 유럽 중심의 세계사라는 아쉬움이 있지만 또 다른 책으로 넘어가는 징검다리로는 훌륭하다. 이 한 권의 책으로 세계사를 끝내려는 욕심을 버리고 역사의 시공간 속으로 뛰어드는 계기가 되었으면 좋겠다.

이어서《세계사 편지》를 보면 역사가 조금 현실에 가까워진 느낌이다. 임지현은 희재와 희주 두 딸에게 만들어진 역사, 국사와 세계사 교과서를 찢어버리라고 말한다. "희재야, 우리 교과서를 찢어버리자. 내가 쓴 이《세계사 편지》마저 찢어버려도 괜찮다. 이 편지들까지도 찢어버릴 때, 너는 어느새 네 세계를 향해 성큼 다가가고 있을 게다. 네가 만드는 새 세상은 아빠가 들려주는 이 이야기가 더 이상 필요 없는 세상이기를 바란다."라는 고백이 이 책의 성격을 드러낸다. 월간《우리교육》에 연재된 '역사 에세이'는 딸들에게 보내는 편지 형식의 글이었지만, 역사 속 인물로 수신인을 바꾸어 책으로 엮었다. 서간체 형식의 이 책은 읽는 맛이 조금 특별하다. 읽는 사람에게 친근하고 편안한 느낌을 준다고 할까.

폴란드 사람들은 쇼팽만 연주해도 처형되었다고 하는데, 솔직히 믿어지지가 않아요. 이들은 자전거나 라디오, 카메라, 각종 악기, 전축, 전화, 심지어는 가죽 서류가방 등도 가질 수 없었지요.

작가는 유대인 학살의 주역인 헤르만 괴링에게 이렇게 말하는가 하면 혁명의 우상으로 상품이 된 체 게바라에게는 요즘 벌어지는 일들을 전해 주기도 한다.

자본주의는 혁명의 날카로운 발톱을 제거한 채 이렇게 당신을 팝의 우상으로 전유했습니다. 시장이라는 놈은 얼마나 무서운지요. CIA는 저리 가라예요. 그 기동성과 순발력을 보면 시장이야말로 타고난 게릴라 같아요. 질식할 것만 같아요.

에드워드 사이드부터 김일성, 박정희를 거쳐 체 게바라와 마르크스를 만나고 니키카와 나가오를 읽는 동안 독자들은 지금 우리의 현실에 직간접적인 영향을 미친 세계사의 인물들을 만난다. 박제된 역사가 아니라 살아 숨 쉬는 재미있는 역사를 들려주는 책이다. 임지현의 편지를 읽다 보면 역사를 공부한다는 것은 사람과 세계를 이해하는 것이라는 사실을 깨닫게 된다. 그래서 마지막으로 희주에게 전하는 메시지가 더욱 가슴에 와 닿는다. 이 책이 자와할랄 네루의 《세계사 편력》 한국판 버전처럼 읽히는 이유이기도 하다.

역사를 공부한다는 게 결국 사람을 이해하고 그들이 살아가는 삶의 복잡한 양상을 이해하는 것이라면, 역사책만 열심히 읽는다고 해서 좋은 역사가가 되는 것은 아니다. 오히려 신문을 열심히 읽고 지금, 여기, 자기 주변에서 일어나는 일들을 세심하게 잘 관찰하면 사람과 삶에 대한 이해도 깊어지고, 따라서 역사에 대한 이해도 깊어질 수 있다는 게 아빠 생각이다.

역사에 대한 일반적인 접근 방법에서 벗어난 《세계사를 움직이는 다섯 가지 힘》은 색다른 관점으로 세계사를 바라본다. 사이토 나카시는 "세계사는 암기 과목이 아니다. 세계사는 수학이나 물리학 이상으로 그 근원적인 이치와 작동 원리에 대한 본질적인 이해가 중요한 분야입니다."라고 말한다. 단순하게 과거의 기록을 확인하고 인류의 역사적 사실을 이해하는 데 그치는 소극적인 태도에서 벗어나 세계사를 이끌어온 원리에 대해 생각해보면 어떨까.

1652년 영국 런던에 유럽 최초의 커피하우스가 생겼는데, 이것은 한 영국 상인이 터키에서 데려온 파스카 로제라는 하인을 통해 운영했던 조그만 가게였습니다. 이렇듯 작은 가게로 시작한 런던의 커피하우스는 31년 뒤인 1683년에 이르러서는 자그마치 3,000여 곳으로 늘어났습니다. 한데 커피 경제의 이렇듯 화려한 성공 뒤에는 어두운 그늘도 짙게 드리워져 있었습니다. 영국을 비롯한 서구 열강과 자본가들은 시장에 유통시킬 대량의 커피 원두를 최대한 낮은 비용으로 생산하기 위해 플랜테이션을 만들고, 식민지의 수많은 사람을 혹독한 노동과 비인간적인 생산 현장으로 내몰았던 것입니다.

인류의 역사는 '욕망'이라는 폭주 기관차인지도 모른다. 브레이크가 고장난 것처럼 각국의 이익과 인간의 욕망은 서로 충돌하고 협력하며 현재를 만들어왔다. 한잔의 커피를 마시면서 사이토 다카시의 책을 읽다 보면 세상은 참 재미있는 곳이라는 생각이 든다. 이 밖에도 저자는 '모더니즘, 제국주의, 몬스터, 종교' 등 다섯 가지 키워드를 가지고 세계사의 흐름과 작동 원리를 풀어내고 있다. 세부적인 사건도 중요하지만 핵심 코드(관점)를 중심으로 전체적인 '흐름'을 읽어낼 수 있는 눈을 갖는다면 진짜 역사에 대한 재미를 알 수 있다. 예를 들어 우리가 살고 있는 자본주의에 대한 이야기를 잠깐 들어보자.

'자본주의 대 사회주의'의 싸움은 시대의 발전과 시스템의 차이로 인한 다툼이 아니라 '자연 발생적인 것과 인공적인 것'과의 투쟁이었습니다. 하지만 마르크스처럼 뛰어난 인간의 두뇌도 그 발상에는 처음부터 한계가 있었고, 수천 년에 걸쳐 자연 발생적으로 만들어진 시스템에는 수많은 단점에도 불구하고 나름대로 좋은 점이 있었습니다. 자본주의는 어떤 의미에서 '욕망'을 중심으로 돌아가는 시스템인데, 여기에서의 욕망이 꼭 나쁜 것만은 아닙니다. 욕망은 인간이 살아가는 데 가장 기본이 되는 요소이기 때문입니다.

구소련이 붕괴되고 동구권이 몰락하면서 현실적으로 사회주의 정치 실험은 실패했다. 자본주의에 모순이 있다는 걸 알면서도 사회주의가 성공하지 못한 이유를 '자연 발생적인 것'과 '인공적인 것'의 투쟁이라고 분석한 저자의 말은 설득력이 있다. 인류의 역사, 세계의 역사도 결국 인간에 대한 탐구에서 비롯된다는 사실을 깨달을 수 있다. 역사에 대한 관심 또한 인간에 대한 관심이라는 사실을 이해했는가. 인류의 역사를 움직이는 힘은 '인간의 감정'이라는 사이토 다카시의 말이 긴 여운을 남긴다.

이제 막 역사에 입문하는 청소년들이 알기 쉽고 재미있게 접근할 수 있는 책은 많이 있다. 하지만 객관적인 사실의 나열이나 연대기적 서술에 의존하는 역사는 신문 기사와 다름없다. 인터넷을 뒤적여 알 수 있는 사실이 아니라 내 삶에 영향을 미치는 살아 있는 역사를 이해하고 스스로 비판적 관점을 갖기 위해서는 다양한 관점의 책을 읽어야 한다. 끊임없는 호기심으로 질문도 던져보자. 어떤 사실에 대해 근본적인 원인을 생각해보고 그 결과를 확인하는 능동적이고 적극적인 태도를 갖는다면 역사는 더할 나위 없이 흥미진진한 시간 여행이 될 것이다.

우리 모두는
아프리카에서 시작되었다

《처음 읽는 아프리카의 역사》, 루츠 판 다이크 지음, 안인희 옮김, 웅진지식하우스, 2005 ★★
《통아프리카사》, 김상훈 지음, 다산에듀, 2011 ★★
《나는 아프리카인이다》, 막스 두 프레즈 지음, 장시기 옮김, 당대, 2008 ★★

1488년 2월 3일, 포르투갈 항해사 바르톨로뮤 디아스는 모슬베이의 해변에서 중세의 격발식 화살로 코이코이족 남자 한 명을 쏘아 죽였다. 최초로 아프리카 땅에 발을 내디딘 하얀 피부 유럽인과 검은 피부 아프리카인의 만남은 이렇게 비극적으로 시작되었다. 유럽인은 코이코이족을 위협적인 야만인으로 생각했겠지만 거꾸로 그들에게 유럽인은 머리가 길고 거추장스런 옷을 걸친 낯선 침략자였다. 검은 피부와 하얀 피부만큼이나 상반된 처지에서 그들은 상대를 바라보지 않았을까. 피부색과 인종이 다른 사람들에게 적대감을 느끼는 것은 당연할 지도 모른다. 역사를 돌이켜보면 배타적이고 이질적인 문화가 충돌하고 사람들이 생존의 위협을 느껴 서로 죽고 죽이는 전쟁의 비극은 피할 수 없는 인류의 운명

같은 것이었다.

아프리카의 역사에 대해서 우리는 얼마나 알고 있을까. 세계사뿐만 아니라 어느 지역의 역사를 살펴보더라도 아프리카는 없는 대륙 취급을 당하기 십상이다. 세계 제2의 대륙임에도 불구하고 사람들은 아프리카에 대해 관심도 애정도 없는 듯하다. 미개하고 가난한 대륙으로만 인식되는 아프리카는 인류 최초의 직립원인이 생겨난 곳이다. 대략 300만 년에서 500만 년 사이에 두 발로 서서 멀리 바라보고 방향 감각을 익힌 인류의 조상들은 손의 자유를 얻었다. 이때부터 인간은 도구를 만들어 사용하기 시작했다. 도구의 사용은 인간을 다른 동물과 차별화하는 데 결정적인 역할을 했다. 이렇게 본격적으로 인간이라고 부를 수 있는 우리 인류의 뿌리는 바로 아프리카 대륙에서 시작되었다.

그런데 아프리카는 숱한 오해와 편견 속에서 세계사의 극히 일부분만 차지해왔다. 그것도 서구 열강들이 점령하고 지배한 식민지 역사 600여 년이 대부분이다. 중세부터 시작된 유럽의 약탈은 결국 아프리카 전체를 식민지로 만들고서야 끝이 난다. 굴욕스런 과거와 현재의 가난은 우리에게 아프리카에 대한 잘못된 편견을 심어주었다. 드넓은 초원과 인류의 원시적 삶이 보존되어 있는 시원始原의 공간 아프리카를 우리는 얼마나 오해하고 있으며, 또 얼마나 잘못 알고 있는가. 이제 편견 없는 시선으로 아프리카를 들여다볼 차례다.

네덜란드계 독일인으로 남아프리카공화국의 흑백 분리 정책 반대 활동을 했던 루츠 판 다이크는 《처음 읽는 아프리카의 역사》에서 인간이 무엇이냐에 대한 더욱 깊은 이해는 아프리카에서 시작된다고 말한다. 이 말 한마디가 우리들이 아프리카의 역사를 들여다봐야 하는 이유를 충분히 설명한다. 아프리카를 검은 대륙이 아니라 다양한 색깔로 인식할 수 있을 때 우리는 인류의 역사를 조금 더 다양한 관점에서 이해할 수 있다. 물리적으로 심리적으로 거리가 먼 대륙이지만 아프리카는 우리들의 근원을 살펴볼 수 있는 땅이라는 중요한 의미가 있다.

현재의 인류가 아프리카에서 넓은 세상을 향해 떠나기까지의 발전을 위해 필요로 했던 10만 년은 호모사피엔스 전체 역사의 약 절반에 해당한다. 이 기간 동안에 아프리카 대륙에서 수많은 민족과 종족, 부족이 형성되었다. 그것은 세계의 다른 어떤 곳에서 현생인류가 생겨나기도 훨씬 전의 일이었다. 유전학자들은 총 13종의 아프리카 초기 인류를 확인하였다. 아프리카를 떠나 중동으로 향한 작은 그룹의 사람들에게서 오늘날 인류의 유전질 대부분이 나온 것이다.

인류의 뿌리가 시작된 땅, 모든 대륙 중에서 가장 오래된 대륙, 모든 것이 시작된 곳 아프리카의 기원전 5억 5천만 년으로 거슬러 올라가는 시간 여행은 독자들에게 낯선 경험과 신선한 충격을 준다. 3,000만km²가 넘는 넓이를 감안하면 아프리카를 몇 가지 특징으로 말하는 일은 거의 불가능하다. 사하라 북쪽과 남쪽이 다르고 서아프리카와 동아프리카의 지리적 특성이 다르기 때문이다. 하지만 이런 지리적 특성이나 물리적 상황보다 우리가 주목해야 할 것은 '노예 매매'다.

극히 짧은 시간 만에 유럽과 아프리카와 아랍 상인들로 구성된 마피아가 믿을 수 없을 정도로 인간을 멸시하는 태도를 취하며 완전히 새로운 노예 개

념을 도입하였다. 이제 노예는 지위가 낮은, 또는 권리가 줄어들거나 없는 '인
간'이 아니라 이윤을 얻기 위해 붙잡아서 수송하고 팔 수 있는 '상품'으로 취
급되었다.

가장 가슴 아프고 비극적인 역사의 한 장면이다. 유럽 사람들이 남북
아메리카의 거대한 농장에서 목화와 담배, 사탕수수를 재배하면서 엄청
난 이윤을 얻게 되자 점점 더 일할 사람이 필요했던 것이다. 상품 취급을
받아야 했던 검둥이의 슬픈 역사는 아프리카 전체 역사를 놓고 볼 때 인
간의 탐욕으로 비롯된 최근의 이야기며, 그 아픔은 지금까지 계속된다.
노예 문제뿐만 아니라 흑백 분리 정책은 수많은 아프리카인에게 상처가
되었다. '아파르트헤이트Apartheid'라고 하는 인종 차별 정책은 1994년 5
월 10일 남아프리카공화국의 초대 대통령으로 넬슨 만델라가 민주적으
로 선출되면서 문제의 실마리가 풀리기 시작했다.

새로운 남아프리카를 위하여 의회가 통과시킨 헌법은 세계에서 가장 진보
적인 헌법에 속한다. 여기에는 모든 소수 무리의 권리가 확고히 뿌리를 내리
고 있다. 여러 개의 공식적인 국어國語는 주민의 문화적 다양성을 인정한다.
남아프리카는 그 밖에도 동성애가 공식적으로 인정을 받고 차별에서 보호받
는 아프리카 유일의 국가이다.

역사는 조금씩 진보한다고 믿는 사람들은 오늘도 땀 흘리며 역사의 수
레바퀴를 힘차게 굴리고 있다. 한두 사람의 노력으로 세상이 변하지도
않고, 인권이 존중받고 민주적인 가치를 소중하게 여기는 사회가 저절로

이루어지지도 않는다. 우리가 역사를 통해 배워야 하는 것은 바로 이런 것들이 아닐까. 어느 나라든 아픔이 있겠지만 아프리카의 역사에는 고통받고 억눌려 살아온 사람들의 이야기가 너무 많다.

특히, 유럽과 이슬람의 문화가 유입되는 과정은 아프리카의 뼈아픈 역사를 고스란히 드러낸다. 이 책은 인류의 탄생부터 연대기적 서술 방식을 선택하고 있어 시간 순서대로 아프리카의 역사를 훑어볼 수 있다. 유럽인의 입장에서 아프리카의 역사를 이야기한다는 것이 아이러니하지만 아프리카에 대한 깊은 애정을 가진 저자는 쉬운 이야기로 설득력 있게 그들의 역사를 말해준다.

이에 비해 《통아프리카사》는 기자의 눈으로 아프리카 역사에 접근하고 있다. 역사는 언제나 있는 그대로의 사실로부터 출발한다. 서구의 시각도 승자의 논리도 아닌 객관적 관점으로 서술하는 것이 쉽지는 않다. 하지만 이 책은 청소년들을 위해 객관적 사실들을 쉽게 전달한다는 장점이 있다. 아들에게 들려주는 아버지의 이야기처럼 편안한 문체가 인상적이다.

아프리카의 역사에서 지구 탄생의 역사를 굳이 한번 짚어보려는 것은, 아프리카란 대륙의 특성 때문이야. 아프리카는 가장 먼저 땅이 된 곳이야. 바로 이 점 때문에 얕게나마 지구가 어떻게 탄생했는지 보려는 거야.

우리나라와 왕래가 있지도 빈번한 교류가 일어나지도 않았기 때문에 더욱 무관심할 수밖에 없는 대륙이지만 이 책을 통해 우리는 아프리카의 역사를 조금 더 깊이 이해할 수 있다. 그러나 이 책 또한 제 삼자의 입장에서 서술한다는 한계가 있다. 그럼에도 객관적인 아프리카의 역사적 사실들을 통해 우리는 그 행간에 숨어 있는 의미들을 되새겨보아야 한다. 저자는 이슬람교가 아프리카에 유입된 과정을 다음과 같이 정리한다.

　　이슬람교는 7세기 무렵 아프리카에 상륙했어. 이때까지만 해도 이집트, 수단, 에티오피아는 기독교를 믿고 있었지. 그러나 가장 먼저 이집트가 이슬람의 땅이 됐고, 수단의 일부와 에티오피아는 기독교를 계속 믿었어. 이집트에 깃발을 세운 이슬람 군대는 서쪽으로 행군했어. 곧이어 북아프리카 전역이 이슬람 세계가 됐어. 사하라 사막을 횡단하는 상인들에 의해 이슬람교는 서아프리카로 전파됐고, 이어 동아프리카와 남아프리카로도 확산됐지. 이에 앞서 아라비아 반도에서 직접 이슬람교도가 동아프리카로 가기도 했어. 그 결과는? 그래, 아프리카가 이슬람의 대륙이 된 거야!

　식민지의 역사는 언어, 종교, 문화 등 모든 분야에 영향을 미쳤다. 우리가 일본 제국주의의 식민지 시절을 겪은 것처럼 아프리카는 대륙 전체가 식민지였다고 해도 과언이 아니다. 우리가 아프리카의 역사를 살펴봐야 하는 것은 세계의 정치와 경제가 서로 긴밀한 관계를 유지하는 한, 남의 얘기일 수만은 없기 때문이다.

　앞의 두 책과 달리 아프리카인이 쓴 《나는 아프리카인이다》를 살펴보자. 막스 투 프레즈는 아프리카인의 입장에서 자신의 역사를 이야기한다. 대륙의 지정학적 위치와 자연환경, 정치 경제적 상황이 아니라 사람에 초점을 두고 있다. 제삼자의 입장에서 서술하는 아프리카 역사와 달리 이 책은 구체적이고 적나라하게 아프리카의 속살을 보여준다.

몰로미는 자신의 이름과 할아버지의 예언에 충실했을 뿐 아니라, 그 이상이었다. 그는 당시까지 남아프리카에서 알려진 가장 위대한 철학자이자 예언가, 의사가 되었다. 그리고 말년에는 한 젊은이를 지도하여 그에게 신성한 임무를 부여하였는데, 그후 이 젊은이는 자신의 지혜와 외교력을 동원하여 특별한 민족을 형성해서 남아프리카의 얼굴을 바꾸어 놓게 된다. 그의 이름이 바소토 민족의 창시자이며 왕인 모레나 모쇼에쇼에이다.

일반적인 역사 서술 방법에서 벗어나 실제 아프리카에서 벌어졌던 일들을 이야기 형식으로 들려주기 때문에 부드럽지만 훨씬 생동감이 넘친다. 객관적 사실을 나열하는 틀에 박힌 역사가 아니라 살아 숨 쉬는 역사를 살펴볼 수 있다. 남아프리카공화국 중심이라는 점과 저자가 검은 피부가 아니라는 아쉬움이 있지만 보기 드물게 솔직하고 매혹적인 이야기로 가득하다.

아마 남아프리카에는 역사적으로 특정 시기 동안 사람과 문화가 독특하게 합류되는 것과 관계 있는 무언가가 있는 것 같다. 혹은 어쩌면 부질없는 것일 수도 있다. 그 설명이 무엇이든지간에 아프리카의 남쪽 끄트머리는 후대에 세계에서 가장 탁월한 성자로 일컬어지게 되는 두 사람이 등장했던 장소이다. 마하트마 간디와 넬슨 만델라.

앞서 말한 것처럼 이 책은 실제 아프리카인에게 중요한 역할을 했던 사람을 중심으로 이야기를 풀어낸다. 그들은 하나같이 아프리카의 영혼을 만들어온 사람들이다. 세계사의 뚜렷한 발자취를 남긴 영웅은 아니지만 검은 대륙의 정신을 이끌어왔거나 결정적인 역할을 했던 사람들의 이야기는 역사적 사실보다 훨씬 더 큰 감동을 준다.

누가 역사를 이야기하느냐의 문제는 매우 중요하다. 그것은 관점의 문제이기 때문이다. 유럽인, 한국인, 아프리카인이 말하는 아프리카의 역사는 조금씩 다르다. 제삼자와 당사자가 다르듯 역사는 서술하는 사람의 입장과 태도가 반영되기 마련이다. 아프리카는 이제 더 이상 낯선 세계, 미지의 땅이 아니다. 세계의 일부로 '더불어 함께' 살아가야 하는 이웃으로 아프리카를 이해하고 받아들이기 위해서는 우선 그들이 살아온 과거를 이해할 필요가 있다. 세계를 '합리적'으로 이해했지만 세계는 나를 '밀어냈다'고 말할 수밖에 없었던 프란츠 파농의 한마디가 뼈아프게 들린다. 서로를 이해하기 위해서는 먼저 상대방을 알아야 한다. 그것은 아프리카인에 대한 편견 때문이 아니라 우리 주변에서 매일 벌어지고 있는 일이기 때문이다.

끝나지 않은 과거,
동아시아의 새로운 미래

《미래를 여는 역사》, 한중일3국공동역사편찬위 지음, 한겨레출판, 2005 ★★
《동아시아를 만든 열 가지 사건》, 아사히신문 취재반 지음, 백영서·김항 옮김, 창비, 2008 ★★
《키워드로 읽는 동아시아》, 신윤환 외 지음, 이매진, 2011 ★★★

송신도 할머니는 열여덟 살 때 일본군에게 강제로 끌려가 위안부가 되었다. 몸과 마음에 씻을 수 없는 상처를 안고 살아온 할머니는 일본 정부를 대상으로 소송을 제기했지만 기각되었다. 1심과 2심은 물론 상고심에서도 패소했지만 결과 보고회 자리에서 할머니는 "나의 마음은 지지 않았다."라고 외친다. 안해룡 감독의 다큐멘터리 〈나의 마음은 지지 않았다〉에는 현재 진행형인 한일 양국의 고통스런 과거가 고스란히 담겨 있다.

일본 대사관 건너편 인도에는 단발머리 동상이 앉아 있다. 단정하게 한복을 입은 무표정한 얼굴의 소녀는 무슨 생각을 하고 있을까. 이 동상은 수요일마다 열리는 정신대 항의 집회 1,000회를 기리며 2011년 12월 14일에 세운 위안부 평화비로, 여전히 끝나지 않은 역사의 상처와 고통

을 말해준다. 송신도 할머니와 같은 피해자뿐만 아니라 가해자인 일본인
들에게도 위안부 문제는 불편한 진실로 남아 있다.

역사를 인식하는 방법과 태도는 사람마다 다를 수 있으니 국가의 입장
은 말할 필요도 없다. 자국의 이익을 위해서 전쟁을 일으키고 도저히 상
상할 수도 없는 만행을 저지르기도 한다. 역사는 언제나 현재를 돌아보
는 거울이며 미래를 살필 수 있는 바탕이 된다는 사실을 생각하면 송신
도 할머니가 일본에게 공식적인 '사죄'를 요구하는 것은 당연하다. 개인
적인 보상이 목적이 아니라 과거의 역사를 평가하고 정리한다는 의미가
있기 때문이다. 하지만 독도 문제를 비롯해 일본이 한국을 대하는 태도
에는 변화가 없다. 그렇다고 우리 입장만 생각하고 일시적으로 흥분하거
나 화를 낸다고 해서 문제가 해결되지는 않는다.

이웃 국가들과 서로 밀접한 관계를 맺으며 살아왔고 앞으로도 그럴 수
밖에 없는 현실을 생각하면 우리는 동아시아의 역사를 진지하고 깊이 있
게 살펴봐야 한다. 일본뿐만 아니라 중국도 2002년부터 '동북공정' 프로
젝트를 통해 고구려와 발해를 자국의 역사로 편입하는 등 역사 왜곡을
시도하고 있어 동아시아 문제는 생각보다 복잡하게 얽혀 있다. 어떤 나
라든 이웃 나라와 정치·경제적으로 밀접한 관계를 맺고 있지만 역사적
상황과 과거 청산 문제는 쉽게 해결할 수 없다.

최근 '한류韓流' 바람을 타고 한국 드라마나 가수들의 해외 진출이 활
발해졌다. 하지만 일본에서는 '혐한류嫌韓流'로 민족주의를 자극하는 시위
가 벌어지는 등 주목할 만한 일들이 벌어지고 있다. 독도 문제나 역사 교
과서 왜곡 문제는 내가 겪지 않은 일임에도 아프고 분노가 치민다. 이처
럼 오늘을 살아가는 사람들의 정서와 태도에는 그만큼 역사를 바탕으로

한 뿌리 깊은 상처와 분노가 남아 있다는 뜻이다. 따라서 현재 우리의 모습을 확인하고 미래를 준비하기 위해서는 대한민국의 지정학적 위치와 역사를 알아야 한다. 그런 의미에서 동아시아의 역사는 우리들의 과거이며 현재이고 우리가 만들어가야 할 미래다.

동아시아 3국의 근현대사를 담은 《미래를 여는 역사》는 한중일의 역사가들이 함께 만들었다. 과거 세 나라의 역사가 모두 불행했던 것만은 아니다. 서로 교류하며 영향을 주고받았고 함께 발전해온 시간이 더 많았기 때문이다. 한중일 3국은 공동역사편찬위원회를 만들어 서로 다른 역사가 아니라 공통된 역사를 자라나는 세대에게 가르치려는 목적으로 한자리에 모였다.

동아시아는 교류와 친선의 오랜 전통을 지니고 있으며, 국가의 울타리를 넘어서서 밝은 미래를 위해 함께 노력한 사람들도 많이 있습니다. 지나간 시대의 긍정적인 면은 계승하면서도, 잘못된 점은 철저히 반성해야만 우리는 이 아름다운 지구에서 더욱더 평화롭고 밝은 미래를 개척할 수 있겠지요. 평화와 민주주의, 인권이 보장되는 동아시아의 미래를 개척하기 위해서, 우리가 역사를 통해 얻을 수 있는 교훈은 무엇일까요?

한중일 3국의 학자와 교사, 시민들이 함께 만드는 4년 동안 대화와 토론을 통해 역사의식을 공유했다는 점이 이 책의 내용만큼 커다란 성과가 아닐까. 서로 이해의 폭을 넓히고 타인의 관점을 수용한다면 동아시아의 역사를 보다 객관적으로 바라볼 수 있을 것이다. 근대를 기점으로 3국의 역사적 관점을 비교하며 서로 영향을 미쳤던 사실들이 기록되어 있으니 자국의 역사와는 조금 다르게 느껴질 수도 있다. 하지만 이런 노력은 동아시아 전체의 평화와 발전을 위해 반드시 필요한 과정이다. 예를 들어 일본은 한국을 '강점'한 것인가, '병합'한 것인가의 문제에 대해 다음과 같이 서술한다.

국제법에서는 국가를 대표하는 개인에게 압력을 가해 강제로 체결한 조약은 법적 효력이 없다고 하고 있습니다. 1905년의 '제2차 한·일 협약(을사조약)'은 대한제국의 왕궁을 일본군이 제압하고 황제와 각료를 위협하고 협박을 당하는 상황 아래서 체결되었습니다.

해방 후 한국 정부는 '을사조약'은 무효이며 이를 전제로 체결된 1910년 '한국 병합에 관한 조약'도 역시 무효라는 견해를 취해 왔습니다. 한국에서는 '강제적인 점령'을 의미하는 '한국 강점'이라는 표현이 널리 쓰이고 있습니다. 이에 대해 일본 정부는 위의 두 조약은 모두 유효하다고 해석합니다.

한국과 일본의 학자들이 아직도 결론을 내리지 못하는 있는 이런 첨예한 문제에 대해 양국의 입장을 모두 서술하고 있다. 역사의 참극 중 하나인 난징 대학살에 대해서도 다음과 같이 서술하고 있다.

독일인 라베[John H. D. Rabe]가 1938년 1월 14일 상하이 이사회 주임에게 보낸 편지에 의하면 "약 2만 명의 여성들이 강간당하였다. 이 숫자에는 양자강에 버려지거나 구덩이에 매장된 시체, 그리고 그 외의 방식으로 처리된 사람들이 포함되지 않았다."라고 합니다. 난징 대학살에 관해 일본 정부와 군부는 객관적 사실 자체를 부정할 수는 없다. 자국에 불리한 역사적 사건을 외면하는 것도 올바른 태도는 아니다. 동아시아에서 벌어진 아픈 역사를 확인하고 치유하는 일은 매우 중요하다. 미래의 동반자 관계로 발전하기 위해서는 이렇게 서로 역사적 기억을 확인하는 일부터 시작해야 한다. 우리의 삶은 과거에 머물지 않고 끊임없이 미래를 향해 나아가야 하니까.

3국의 역사뿐만 아니라 각 장마다 각국의 교과서를 비교해놓은 것이 이 책의 특징이다. 또한 이 책은 19세기 중엽 이후 침략과 전쟁으로 얼룩진 역사를 반성함으로써 인권과 민주주의가 보장되는 평화로운 동아시아의 미래를 지향하기 위한 최초의 공동 역사 교재라는 의미가 있다. 이 책을 통해 서로 다른 역사적 사실에 대한 해석과 왜곡을 넘어 객관적인 사실을 확인하고 그것을 대하는 태도와 방법은 어떤 차이가 있는지 곰곰이 생각하는 시간을 가져보자.

고등학교에 개설된 역사 교과 〈동아시아사〉는 주로 고대와 중세 역사를 다루고 있다. 하지만 이 책은 근현대사를 중심으로 삼국의 관계를 살펴본다. 개항과 근대화, 일본 제국주의의 확장과 저항 그리고 침략 전쟁과 민중의 피해, 제2차 세계대전 이후 근현대사까지 꼼꼼하게 서술한다. 지나간 과거를 통해 교훈을 얻고 현실적인 문제를 해결하는 것은 역사가 우리에게 주는 큰 선물을 잘 활용하는 방법이다. 아놀드 토인비는 과거의 역사에서 아무런 교훈도 얻지 못하는 인간의 어리석음을 지적한 바 있다. 결국 역사는 과거를 교훈 삼아 더 나은 미래를 만들기 위해 필요한 과정으로서 의미를 갖는다.

"기억을 타자와 이야기하고 공유함으로써 비로소 잘못된 기억을 고치고 왜곡된 것을 바로잡아 역사를 계속 이야기할 수 있는 것은 아닐까."라는 아사히신문 전 편집국장의 말은 《동아시아를 만든 열 가지 사건》의 내용을 단적으로 드러낸다. 2005년 봄 한국과 중국에서 교과서, 위안부, 야스쿠니 문제로 대규모 반일 시위가 벌어졌다. 당사국인 일본의 아사히신문사는 이 문제를 심층적으로 취재했다. 일본의 20대 90%가 전범 재판이었던 "도쿄 재판의 내용을 모른다."라고 대답한 충격적인 여론조사 결과는 이 취재의 바탕이 되었다.

한국의 3월 1일, 중국의 5월 4일이란 날짜에는 큰 의미가 있다. 1919년의 두 달 동안 3·1 독립운동, 5·4 운동이라는 대규모 민중운동이 일어났기 때문이다. 양쪽 모두 일본 제국주의에 대한 반발이었다.

저널리즘에 충실한 이 책은 직접 발로 취재한 내용을 토대로 한다. 한국과 중국 그리고 대만을 오가며 일본인의 눈으로 살펴보는 동아시아는 어떨까. 아편선생과 메이지유신부터 중일전쟁, 한국전쟁과 베트남전쟁, 국교 정상화 등 동아시아의 역사를 이해할 수 있는 열 가지 사건을 중심으로 각국의 자료를 찾고 전문가를 직접 인터뷰한 내용들을 담아냈다. 기사가 보여줄 수 있는 생동감과 현장감이 돋보이며, 현재의 관점으로 동아시아의 역사를 다양하게 조망하고 있다.

각 장 마지막에는 객관성을 높이기 위해 각국의 교과서를 비교한 흥미로운 코너를 마련했다. 예를 들어 한국전쟁과 베트남전쟁을 비교해본다.

· 각국의 서술 분량과 특징 ·

	한국전쟁	베트남전쟁
일본	〈식민지 해방과 아시아〉 항목에서 7줄.	3줄뿐. 15년 전엔 배경 포함하여 약 1면.
중국	중국사에서 5면으로 상세하게.	세계사에서 3줄.
한국	자국사에서 3면. 세계사에서도 다룸.	자국사에서 군대 파견에 대해 1줄.
대만	세계사·중국사·대만사에서 다루고 있으며, 세계사에서는 1면 정도.	세계사에서 1면.

직접 관련이 있는 중국에서는 한국전쟁을 비중 있게 다루고 있지만 일본에서는 7줄로 서술하는 데 그친다. 반면에 우리나라는 베트남전쟁에 참여했지만 단 1줄로 군대 파견 사실만 밝히고 있다. 이렇게 자국의 이익과 관점에 따라 선별적으로 역사를 가르치고 있다. 동아시아라는 거대한 지역 공동체의 관점이 아니다. 그래서 우리는 조금 더 객관적이고 다양한 관점에서 역사를 공부하고 성찰할 필요가 있다.

마지막으로 《키워드로 읽는 동아시아》에는 역사학 교수, 언론인 등 동아시아에 관한 30여 명의 전문가가 참여했다. 동아시아에 대한 다양한 주제로 짧은 글들이 연속적으로 이어진다. 안중근, 소현, 한류, 무라카미 하루키, 매란방, 류사오보, 유니클로, 대지진, 이주 노동자, 쌀국수, 두리안 등 한중일 3국의 이야기를 넘어 동남아시아에 대한 이야기가 균형을 이루고 있어 다양한 관점에서 동아시아를 살펴볼 수 있다. 단순한 역사를 넘어 현재 벌어지고 있는 문화 현상까지 들여다볼 수 있기 때문에 가장 현실적으로 재미있게 읽을 수 있는 책이다.

화려하고 강성하던 중화제국의 모든 경험은 낙후와 퇴보, 좌절의 원흉으로 치부됐으며, 전면적으로 청산해야 할 구태라는 것이 근현대 중국 지식인의 일반적 인식이었다. '5·4신문화 운동', '5·4정신'으로 집약되는 근현대 중국의 주류 지식 구조는 청산과 단절 그리고 서구적 근대를 '이상 전형ideal type'으로 하는 '계몽'에 최우선 가치를 부여했다.

현재의 관점에서 역사를 돌아보고 그 의미를 살펴보고 있기 때문에 여러 명이 쓴 역사 칼럼 같은 느낌도 든다. 각각의 주제를 짧은 분량의 글로 가볍게 읽을 수 있고 다양한 주제를 다루고 있어 내용은 풍성하지만 깊이 있는 내용을 다룰 수 없다는 한계도 있다. 하지만 앞서 본 책을 읽은 후에 살펴본다면 생생한 최근의 이야기로 읽을 수 있다.

동아시아는 한국, 중국, 일본만 의미하지 않는다. 이주 노동자 100만 명이 함께 이 시대를 살고 있다. 그들은 우리와 다른 사람들이 아니라 함께 살아가야 할 이웃이다. 편견을 버리고 그들과 함께 미래를 열어가려는 노력이 필요하다. 이 책을 통해 동아시아에 관한 더 다양한 이야기를 들어보자.

한국에서 귀환한 베트남 이주 노동자는 이렇게 양 국가와 사회의 무관심 속에 유기되면서 기억의 정치에서 정신적 위안을 찾고 있다. 이제 한국과 베트남 모두 이주 노동자를 단순히 소모적인 노동력으로만 간주할 게 아니라 초국가적 경험을 하고 있는 소중한 자산으로 인식해야 한다.

물리적으로 가장 가까운 나라 중국과 일본은 어쩌면 심리적으로 가장 먼 나라인지도 모른다. 그러나 우리는 그들을 외면하고 살 수 없다. 더불어 사는 지혜는 사람과 사람뿐만 아니라 국가 간에도 적용되는 상생의 지혜다. 멀고도 가까운 동아시아 각국의 역사가 곧 우리의 역사이며 내 삶의 미래를 고민하기 위한 수단이라는 사실을 잊지 말아야 한다.

역사의 기본은
한국사를 제대로 이해하는 것

《뜻으로 본 한국 역사》, 함석헌 지음, 한길사, 2003 ★★
《한국사 상식 바로잡기》, 박은봉 지음, 책과함께, 2007 ★★
《조선왕비실록》, 신명호 지음, 역사의아침, 2007 ★★

영국의 철학자 줄리언 바지니는 《에고 트릭ego tric》에서 "사람들은 누구나 자신의 자아관 및 세계관에 배치되는 사실과 사건을 기억하지 않고 무시한다. 말하자면 우리는 선택서으로 기억한다. 보통은 그렇게 하려는 의식적 노력이나 의도 없이 무의식적으로 그렇게 한다."라고 말한다. '기억과 자아'의 관계를 말하는 부분인데 결국 개인의 정체성은 선택적 기억으로 결정된다는 의미다. 한 나라의 역사도 마찬가지다. 기억하고 싶은 것만 기억하고 심지어 기억을 비틀고 왜곡하는 경우도 있다. 가장 객관적이고 정확해야 하는 역사도 가만히 들여다보면 수많은 오류가 숨어 있다. 그것은 의도된 왜곡일 수도 있고 단순한 실수일 수도 있다. 다만 개인이 아닌 국가 차원의 역사는 선택적 기억으로 정체성을 만들어갈 수 없다. 끊임없이 재해석되고 재평가되는 것이 역사라고 하지만 그것은 기본적이고 구체적인 사실을 정확하게 아는 데서부터 시작되어야 하지 않을까.

한국사에 대한 객관적 사실fact을 확인하고 그 뒤에 숨은 진실truth을 판단하는 일은 조금 다른 문제다. 특히 역사에 눈을 뜨기 시작하는 청소년은 한국사에 대한 정확하고 객관적인 사실을 알아야 한다. 역사적 사건이 벌어지게 된 원인과 결과를 꼼꼼하게 살피고 그 의미를 확인하는 과정이 역사를 통해 우리가 얻을 수 있는 교훈이다. 따라서 특정 사관이나 정치적 이념에 치우친 역사를 주의해야 한다. 어떤 사건을 '선택'하는 것 자체가 이미 주관적 판단이지만 역사를 하나의 연속적인 흐름으로 파악하고 인과관계를 따져가며 비판적인 관점을 갖는 데까지 나아가는 것이 우리가 역사를 객관적으로 이해하는 방법이다. 그러기 위해서는 다양하게 읽는 것만큼 좋은 방법이 없다. 손쉬운 방법으로 역사를 단 한 권으로 끝내는 비법은 없다. 한국사에 대한 정확한 이해를 위해서는 흥미 위주의 내용을 왜곡, 과장하는 교양서를 잘 선별해서 읽을 필요가 있다.

우리는 오천년에 이르는 장구한 역사를 지니고 있다. 그렇게 오랜 세월을 거치면서 겪었던 일들을 정리하는 것은 만만치 않은 일이다. 사관에 따라 그리고 권력자의 관점에 따라 역사는 얼마든지 다르게 보일 수 있기 때문이다. 표면적으로 역사는 왕이나 지배 집단이 이끌어온 것처럼 보이지만 역사를 기본적으로 구성하는 것은 민중들의 삶 자체다. 말하자면 대통령이 했던 말과 추진했던 정책도 중요하겠지만 국민들의 실제 삶이 어떠했는지 그것이 우리들의 삶에 어떤 영향을 미쳤는지 살펴보는 일이 훨씬 더 중요하다.

그런 의미에서 함석헌의 《뜻으로 본 한국 역사》는 한국사를 제대로 이해할 수 있는 책이다. 할아버지가 들려주는 옛날이야기처럼 편안하고 재미있게 읽을 수 있는 이야기 형식의 역사다. 어렵고 딱딱한 이론을 적용하지 않았으며 특정 계층의 사관을 반영하지도 않았다. 현실의 문제를 더불어 생각하는 역사 이야기라서 한국사를 이해하는 데 더없이 값진 책이다.

사실은 결국 사실이라고 알려진, 혹은 해석된 사실이다. 있는 그대로가 아니라, 이미 현재적으로 골라진 것이다. 지금의 우리가 사실이라고 보는 대로의 사실이다. 삭아서 내 살이 된 물건이다. 이렇게 말하면 주관에 따르는 치우친 생각 때문에 역사의 생명인 바름이 깨지지 않겠나 걱정하는 이가 있을지 모르나 그것은 그렇지 않다.

그러나 '객관적'인 역사는 가능할 수도 없고 바람직하지 않을지도 모른다. 어떤 역사적 사실을 선택하느냐 자체가 '주관'이 개입된 것이기 때문이다. 객관적 사실과 역사적 진실은 다르다. 함석헌은 분명한 '뜻'을 가지고 한국의 역사를 이야기한다. 그 뜻이 무엇인지 어떤 뜻이어야 하는지 알아채는 것은 독자 개인의 몫일지도 모른다. 하지만 역사의 수레바퀴를 이끌어온 주체가 누구이며 우리의 역할이 어떠해야 하는지 고민하지 않는다면 굳이 우리가 역사를 공부할 이유가 없다.

한국을 알려면 개성을 알아야 한다. 많은 사람이 몇 백, 몇 천 페이지의 역사를 쓰면서 소경이 코끼리를 더듬는 것 같은, 아무 통일 없는, 아무 뜻 없는,

그저 보고 들은 이야기들을 모아놓은 말을 할 뿐으로 그치는 것은 역사의 구절구절 속에 숨어 있는 이 바닥의 가락을 듣지 못하기 때문이다.

구석기 시대부터 이 땅에 터전을 잡고 살아온 한민족의 역사는 풍요롭고 다채롭게 펼쳐진다. 고대국가의 기초를 만든 고조선에서 시작하여 삼국과 고려 그리고 조선은 물론 일제 식민지 시기까지 연대기적으로 살펴보는 한국사 책이 대부분이다. 하지만 함석헌은 시간 순서대로 역사를 이야기하지 않는다. 인생과 역사, 종교와 지리적 여건을 통해 역사의 의미를 되새기고 한국적 특수성을 꼼꼼하게 살피면서 우리 역사의 슬픔을 드러낸다. 물론 그 슬픔은 위정자들의 슬픔이 아니라 민중들의 슬픔이다.

이 해방은 우리가 자고 있을 때에 도둑같이 왔다. 이 도둑은 가져가려는 도둑이 아니요, 몰래 가져다주는 도둑이지만, 그 대신 도둑이다. 미리 알았노라는 협잡꾼들을 물리쳐라. 정치가 본래 협잡이니라. 협잡 아니라는 놈일수록 협잡꾼이니라. 도둑같이 왔으면 주인 없는 해방이기 때문에 당연히 그것은 씨올의 것이 된다.

그들에게는 해방조차 '도둑처럼' 찾아왔다. 신산스런 역사의 현장에서 고난과 슬픔을 온몸으로 이겨낸 씨올에게 해방이 행복을 가져다주지는 않았다. 이후의 근현대사를 살펴보면 해방과 한국전쟁의 혼란기에 친일파와 권력자 들의 행태가 지금 우리의 현실을 말해준다. 국민을 위한 희생과 봉사가 정치라는 생각과 실천은 불가능할까. 도둑처럼 와버린 해방처럼 우리들의 권리를 도둑처럼 잃어버리지 않도록 조심해야 한다. 그것이 우리가 역사를 이해하는 이유 중의 하나니까. 이 책은 자료 사진이 삽입되어 있고 문장이 어렵지 않아 누구나 쉽고 재미있게 읽을 수 있으며 새로운 관점으로 한국의 역사를 바라볼 수 있다.

"문익점은 정말 붓두껍 속에 목화씨를 숨겨왔을까? 행주산성에서 행주치마를 사용했을까? '현모양처'는 전통적인 여인상일까? 베트남 파병은 미국의 요구 때문이었을까?" 상식적으로 익숙한 것에 오류가 숨어 있는 경우가 많다. 우리가 알고 있는 역사 상식 중에는 생각보다 많은 오류가 숨어 있다. 박은봉의《한국사 상식 바로잡기》는 이러한 상식을 바로 잡아준다.

> 《조선왕조실록》이 조선 시대를 대표하는 관찬사서이듯이, 《고려사》는 고려 시대를 아우르는 관찬사서다. 그《고려사》에 "황금 보기를 돌같이 하라."라는 말은 최영 장군이 아니라 장군의 아버지가 남긴 유언이라고 분명히 쓰여 있는 것이다. 최영 장군의 아버지 최원직은 청요직으로 일컬어지는 사헌부 규정[註]까 벼슬을 지낸 인물이다.

사람들에게 널리 알려진 한국사에 대한 잘못된 상식을 바로잡는 일은 단순히 오류를 수정하는 데 그치는 것이 아니라, 우리들이 생각하는 방법을 점검하고 또 다른 오류를 바로잡을 수 있는 기회다. 비판적 관점으로 역사를 읽을 수 있는 자신만의 관점을 만들어가는 건 어떨까. 이 책을 읽으면서 필요에 따라 역사를 왜곡시킬 수 있다는 사실에 주목해야 한다. 올바른 역사 인식이 왜 필요한지 다시 한 번 생각해보아야 한다.

독립문은 반일反日이 아니라 반청反淸의 상징이다. 조선은 청나라의 속국이
아니라 독립된 자주국이라는 것을 천명하기 위해 세운 문이 독립문이다. 독립
문이 들어선 위치가 청나라 사신을 맞이하던 영은문迎恩門 자리라는 사실이
그를 웅변한다.

'독립'이라는 말 때문에 일제에 대한 저항의 의미로 알고 있던 독립문
에 대한 이야기다. 역사에 대한 이해와 오해는 백지 한 장 차이다. 사소
하고 단순한 사실에 대한 오해뿐만 아니라 근본 원인에 대한 잘못된 이
해는 편향된 역사 인식의 주범이다. 박은봉은 좀 더 객관적 사실에 근거
해서 역사를 이해하라고 요구한다.

그래서 이 책은 단순히 흥미로운 역사 퀴즈가 아니라 관습적이고 타성
에 젖은 생각의 오류를 바로잡아주는 역할을 한다. 역사는 과거의 오래
된 기억이 아니라 살아 숨 쉬는 대상이어야 한다. 현재 우리 삶의 바로미
터가 되며 미래를 위한 지침서가 되어주기도 하기 때문이다.

한국사에 관한 다양한 책을 읽다보면 항상 보이지 않는 존재가 '여성'
이다. 특별한 경우를 제외하면 여전히 여성은 역사의 주체로 인정받지
못하고 있다. 조선 시대 성리학적 세계관이 지배하기 이전에도 물리적인
힘의 논리에서 약자일 수밖에 없었던 여성이 역사에서 다루어지는 일은
많지 않았다. 그래서 신명호의《조선왕비실록》은 의미 있는 책이다. 철
저하게 왕조사 중심인 대부분의 역사서에 비해 이 책은 숨겨진 절반의
역사라는 부제에 어울리게 조선왕조 오백년간 정치, 문화적으로 특별했
던 일곱 명의 왕비를 다루고 있다. 한 남자의 아내로서 그리고 한 나라의

국모가 되어 역사에 어떤 영향을 미쳤는지 왕비들의 삶을 살펴보는 것은 한국사를 이해하는 또 다른 방법이다.

> 강씨는 곡산에서 자랐지만 한때 개경 세도가의 딸이었다. 그런 만큼 개경 사람들의 인심이나 권력자의 속성에 대해서는 이성계보다 훨씬 잘 알았을 것이다. 또 과거에 비할 바는 아니지만, 큰오빠 득룡과 둘째 오빠 순룡은 여전히 개경에 살면서 영향력을 행사하고 있었다. 이런저런 상황으로 볼 때 강씨는 정치판의 분위기나 인심의 동향을 소상히 또 정확하게 읽을 줄 알았고, 나아가 개경에서 살아남는 처세술도 잘 알았을 것이다.

태조 이성계의 아내 강씨에 대한 서술 부분이다. 당시 개경의 정치적 상황과 민심을 읽지 못했다면 역사의 물줄기를 뒤바꿀 만큼 중요한 선택과 결정은 힘들었을 것이다. 이때 가장 중요한 역할을 한 사람은 정치적 동지가 아니라 아내 강씨가 아니었을까.

역사에는 '만약, 했더라면'이라는 가정법이 존재하지 않는다. 조선왕조를 이끌었던 왕보나 왕비들이 오히려 역사의 결정적 사건들을 만들어낸 경우가 많다. 왕비가 된 사람들의 면면을 살펴보는 일은 혈연관계로 맺어진 왕들의 계보보다 훨씬 드라마틱하고 흥미진진하다. 왕비가 된 사람들의 집안과 성격에 따라 실제 조선의 역사는 예상치 못한 방향으로 전개되었다.

> 홍씨는 선택의 기로에서 고심했다. 이대로 가다가는 남편이 영조를 살해하거나 또 살해하지 못해도 칼을 들고 갔다가 잡힐 수도 있었다. 그리고 이미 궁중에

퍼진 흉흉한 소문이 영조의 귀에 들어가는 것은 시간 문제일 것이다.

남편이 뒤주에서 죽어가는 모습을 지켜봐야했던 아내의 마음은 어땠을까. 남편이냐, 아들이냐는 선택의 기로에 서 있었을지 모르는 혜경궁 홍씨의 고뇌와 이후의 삶은 한중록을 통해 우리가 익히 알고 있다. 하지만 그녀에 대한 당대 사람들의 평가는 극단적이다. 입체적인 모습으로 역사 속 인물을 들여다보면 역사적 사건 뒤에 숨은 진실이 실체를 드러낸다. 그래서 우리는 다양한 관점으로 역사를 바라볼 필요가 있다.

한국사는 누구나 잘 알고 있다고 생각하기 때문에 오히려 가장 어렵다. 소설이나 TV 드라마는 물론 영화나 만화에 이르기까지 다양한 매체를 통해 각 시대가 끊임없이 재생산되고 있지만, 그 과정에서 잘못된 판단과 오류와 왜곡이 생긴다. 사람들 사이에 널리 퍼진 오류를 바로잡는 일은 생각보다 어렵다. 학교에서 배우고 주변에서도 늘 접하고 있는 것 같지만 한국사에 대한 우리들의 지식과 상식은 여전히 많이 부족하다. 한국사에 대한 작은 관심과 이해가 현실을 파악하고 미래를 내다볼 수 디딤돌의 역할을 하게 된다는 사실을 잊지 말자. 한국사는 바로 우리들의 오래된 미래이기 때문이다.

지금 이 순간의 역사가
근현대사다

《내가 쓰는 한국 근현대사》, 한상철·이영복 지음, 우리교육, 2011 ★★
《사진과 그림으로 보는 한국 현대사》, 서중석 지음, 웅진지식하우스, 2005 ★★
《지금 이 순간의 역사》, 한홍구 지음, 한겨레출판, 2010 ★★

　서울 성북구 고려대 안암캠퍼스 정문 앞에 10여 명의 남성들이 삼삼오오 모여 서로를 살피고 있었다. 이들은 인터넷 용어로 속칭 '현피'를 보기 위해 온 구경꾼들이다. 현피는 '현실'의 앞글자와 'Player Kill'의 앞글자 'P'의 합성어로 온라인상에서 씨움이 원인이 돼 현실에서 주먹다짐을 벌이는 것을 뜻한다.
　발단은 영화 다운로드 사이트에서 한 네티즌이 '5·18 광주민주화운동'을 '5·18 광주폭동'으로 규정하면서 시작됐다. 다른 네티즌이 이를 반박하면서 비난과 인신공격으로 이어졌다. 서로 고려대생이라고 밝힌 두 네티즌은 얘기가 안 통하니 만나서 맞짱을 뜨자고 약속했고 이들의 소식이 다른 사이트로 퍼져 구경꾼까지 모여든 것이다.

황당하지만 현실에서는 이런 일도 벌어진다. 전두환 전 대통령은 영화 〈26년〉으로 다시 주목받지만, 이미 지난 1995년 내란죄 및 반란죄 수괴 혐의로 1심에서 사형, 항소심에서 무기징역이 선고돼 유죄판결을 받았다. 5·18 광주민주화운동 또한 1990년 법률로써 피해자의 보상과 명예 회복이 이뤄졌다. 그럼에도 불구하고 이런 일이 벌어진 것은 교육의 탓이 크다. 일부 1020세대의 역사의식 부재는 근현대사 교육의 부재가 가져온 심각한 부작용이다.

박태균 서울대 국제대학원 교수(한국현대사 전공)는 "광주민주화운동은 진보·보수를 떠나 인간의 존엄성, 민주주의 가치 존중 등 인류 보편의 가치에 비춰봐도 사회적 합의와 평가가 끝난 사안"이라며 "최근 1020세대 사이에서 그릇된 역사 인식이 확산되는 것은 역사교육이 제대로 이뤄지지 않고 있다는 걸 보여준다."라고 안타까워했다. 또 오수창 서울대 국사학과 교수는 "일부 잘못된 역사관을 가진 사람들의 주장에 밀려 현대사 교육을 소홀히 해서는 안 된다."라며 "민주시민을 키워내야 하는 게 기성세대의 책무"라고 강조했다.

2009 개정교육과정의 뚜렷한 변화 중 하나는 〈근현대사〉 과목이 폐지된 것이다. 정권이 바뀔 때마다 역사를 해석하고 평가하는 기준이 달라지는 것에 우리는 동의할 수 있을까. 수능 체제 개편과 함께 사라진 〈근현대사〉는 정말 공부할 필요가 없는 과목일까.

몇 권의 한국 근현대사를 다시 읽다가 마음이 너무 무겁고 우울해졌다. 우리에게도 분명 행복하고 찬란했던 순간들이 있었을 텐데 근현대사는 어찌도 이렇게 잔인한 슬픔으로 가득할까. 19세기와 20세기의 200여 년간 우리에게는 어떤 일들이 벌어졌으며 그 결정적 시기를 왜 지혜롭게 극복하지 못했을까. 역사에는 가정법이 없다고 하지만 우리의 근현대사는 말할 수 없이 안타까운 순간들로 가득하다.

중국의 작가 루쉰은 처음부터 만들어진 길은 없고 한 사람 두 사람 걷다보니 길이 생겼다고 했다. 인간의 생각과 판단에 따라 행동하고 삶을 영위하는 과정이 역사라고 한다면 백지 같은 시간과 공간에 그려진 역사는 우리들이 걸어온 길이며 또한 걸어갈 길의 목적과 방향을 예고해 준다. 서구 열강의 침략과 국제 정세의 변화에 적절하게 대응하지 못한 시점부터 일제 식민지는 예고된 것과 다름없다. 그러나 불행한 과거를 딛고 새로운 미래를 열지 못한 안타까움은 지금 현재 우리들의 삶에도 영향을 미치고 있다.

1948년 9월 반민족행위처벌법을 만들었으나 친일 경찰들이 반민특위 사무실을 습격하고 특별 경찰대원들을 체포하는 사태가 벌어졌다. 하지만 당시 대통령이었던 이승만은 자신이 지시한 것이라고 옹호했고, 반민법의 공소 시효를 1949년 8월 31일로 줄인 개정안이 통과되었다. 유대인 학살에 대한 독일인들의 반성과 나치 부역 언론을 청산한 프랑스의 사례와 비교하면 통탄할 노릇이다. 정치·사회적 갈등으로 인한 현재의 불행은 과거 청산이 이루어지지 않은 것에서도 그 원인을 찾을 수 있다.

역사교육은 청소년들에게 자신의 정체성을 확인시켜주는 중요한 역할을 담당한다. 자신이 살고 있는 국가와 민족이 걸어온 길을 되돌아보고 현재의 나를 확인하며 미래를 꿈꿀 수 있는 토대를 마련해주기 때문이다. 자신의 정체성을 확인하고 현재 내 삶의 근원을 이해하기 위해서는 무엇보다도 먼저 현실적인 문제와 관련된 일부터 알아야 한다. 우리가 근현대사를 꼼꼼하게 살펴보아야 하는 이유가 바로 여기에 있다. 공식적인 기록,

민족주의적 관점, 자존심을 내세우는 역사가 아니라 사실 그대로의 기록을 확인하고 객관적인 정보를 통해 비판적인 판단 능력을 길러나가도록 하는 것이 우리가 역사교육을 통해 얻을 수 있는 교훈이 아닌가 싶다. 한상철, 이영복의 《내가 쓰는 한국 근현대사》는 어느 한쪽으로 치우치지 않은 객관적 사실들이 잘 정리되어 있다. 정치사가 중심을 이루는 것은 당연하지만 경제사와 사회사 그리고 문화사도 빼놓지 않고 있으며 1800년부터 2000년 6·15 남북 공동선언까지 폭넓고 다양한 역사적 사실들을 다루고 있다. 다음은 명성황후가 시해된 을미사변과 고종의 아관파천을 다룬 생각마당의 한 대목이다.

> 고종은 을미사변으로 황후가 시해당한 것에 충격을 받아 극도의 불안감 속에서 지냈다. 국왕 처소는 밤에도 불을 밝혔고, 침소 옆방에는 외국 무관들이 항시 대기했다. 고종은 명목상의 국가수반일 뿐 실제는 일신의 안위를 걱정하는 비참한 처지에 빠졌다. 이러한 상황에서 고종은 을미의병이 일어나 일본군이 의병을 진압하러 지방으로 내려간 사이 치안력의 공백이 생기자 친러 세력과 함께 아관파천을 단행했다.

서구 열강의 침략과 일본의 근대화 과정 등 세계사의 발전 과정에 뒤쳐진 대한민국은 결국 일본 제국주의의 식민지로 전락하고 만다. 뼈아픈 역사의 순간들은 불과 100여 년 전의 이야기다. 자력으로 광복을 되찾지 못한 우리는 남북 분단의 비극을 맞이할 수밖에 없는 운명이었을까. 주체적으로 민주적 가치와 민족적 자존심을 회복하지 못한 대한민국은 이념 갈등을 겪다가 한국전쟁을 맞이하고 남북은 분단되어 오늘에 이르고 있다.

모스크바삼상회의의 중요한 결정 사항은 미소공동위원회를 열어 조선임시 민주정부를 수립하는 것이었습니다. 그러나 동아일보는 협정안이 들어오기 전인 12월 27일, 1면 머리기사에서 '소련은 신탁통치 주장, 미국은 즉시 독립 주장'이라는 왜곡 보도를 했지요. 하지만 실제로는 미국이 신탁통치를 주장 했고 소련은 즉시 독립을 주장했습니다.

독립국가를 염원하던 대중들은 신탁통치를 식민 통치의 연장으로 이해했 기 때문에 반대했고 반소 분위기가 확산되었지요. 한민당의 김성수가 사장인 동아일보가 왜곡 보도를 한 이유는 친일파 처벌을 주장하는 좌익을 견제하기 위해서였지요.

그 후 박정희에 의해 쿠데타가 일어나고 헌법과 인권은 철저하게 유 린당했다. 눈부신 한강의 기적 뒤에는 독재의 어두운 과거가 숨어 있다. 두 저자는 5 · 16 군사정변은 군부가 무력으로 권력을 빼앗은 쿠데타였 고, 4월 혁명의 정신인 민주주의와 평화통일을 기스르고, 독재와 남북 대결을 부른 반혁명이었다고 평가한다. 그 시대 우리나라 노동운동의 시작이 된 전태일도 바로 이 어두운 그늘의 한 부분이다.

1970년 11월 13일, 평화시장 재단사인 전태일은 "근로기준법을 준수하 라", "우리는 기계가 아니다."라고 분신했습니다. 전태일의 외침은 박정희 정 권의 경제정책이 노동자들을 가난 속에서 고통스럽게 살게 한다는 것을 보여 주었지요. 또한 경제성장 논리에 묻혀 있던 우리 사회에 노동문제를 제기했습

우리가 알고 있는 역사적 사실들도 관점에 따라 180도 다르게 평가받
는다. 역사는 관점과 기준이 결정하기 때문이다. 민주주의적 관점에서
인권, 평등, 노동, 환경, 평화 등의 가치를 담아내려고 노력한 이 책은 한
국 근현대사에서 벌어졌던 최소한의 이야기를 객관적으로 접근할 수 있
는 장점을 가지고 있다. 아프고 고통스럽지만 우리가 확인하고 넘어가야
할 역사의 한 장면들이 하나의 흐름으로 이어져 전체를 조망할 수 있는
균형 잡힌 시각을 보여준다.

서중석의 《사진과 그림으로 보는 한국 현대사》는 해방 이후 1945년부
터 2000년 남북 정상회담까지 현대사만을 집중적으로 조명하고 있다.
미국과 소련의 영향 아래 놓인 한반도의 운명은 남북 분단과 한국전쟁으
로 이어졌고 이후 첨예한 이념 대립과 갈등으로 분열되었다. 그 고통과
상처로 인한 남과 북의 대립과 갈등은 우리 민족의 비극으로 지금까지
이어지고 있다. 그 과정에서 벌어진 참혹한 양민 학살, 정치인들의 탐욕,
군사독재는 우리 역사의 아픔이고 그늘이었다.

과 여순 사건에서 참혹한 대규모 학살을 직접 경험하거나 학살에 관한 소문을 들으면서 공포가 확산되었다. 국가보안법은 이러한 상황에서 만들어져 극우 반공주의를 확산시키는 유력한 무기로 이용되었다.

새는 좌우 두 개의 날개가 있어야 하늘을 날 수 있다. 하지만 아직도 우리 사회는 레드 콤플렉스에 사로잡혀 있다. 국가보안법의 제정 이유를 설명한 이 부분은 우리 사회의 이념 대립과 갈등이 얼마나 오래된 조작적 기억인지 말해준다. 일제 부역자들에 대한 과거 청산이 이루어지지 않은 채 한국전쟁을 통해 입은 상처를 입은 대한민국은 여전히 한쪽 날개로만 날개 짓을 하는 슬픈 몸짓을 하고 있는 것은 아닐까.

국민교육헌장 암송에 이어 박 정권은 일제 말기의 전시 총동원 체제기에 성행했던 여러 가지 국가주의 의례도 부활시켰다. 모든 국민은 거리를 걸어가다가도 오후 6시가 되면 반드시 부동자세로 국기에 대해 경례를 해야 했고, 극장에서는 영화를 상영하기 전에 기립해서 애국가를 불러야 했다.

황지우의 〈새들도 세상을 뜨는구나〉라는 시의 한 장면이 띠오른다. 극장에서 영화를 보기 전에 애국가가 나오는 장면을 상상해보자. 매일 오후 6시가 되면 대한민국 전체에 애국가가 울려퍼지던 시절이 있었다. 모두 부동자세로 충성을 다짐했을까. 국가는 곧 대통령을 의미하고 이는 곧 대통령에 대한 복종과 헌신과 충성을 의미하는 것이다. 군사독재에 대한 역사적 평가는 뒤로 미루더라도 최소한 우리가 살아온 근현대사는 분명하게 알아야 한다. 왜냐하면 오늘 우리의 삶은 과거의 역사에서 시작되었기 때문이다. 하지만 이런 진실은 학교에서 배운 역사, 널리 알려진 역사만으로는 파악하기 어렵다. 근현대사는 우리에게 조금 더 비판적인 시각으로 현실을 바라보고 그 원인을 고민할 것을 주문하고 있다.

"한 30여 년 역사를 공부하고 나니 남는 생각은 한 번도 역사에서 길이 복잡한 적이 없었다는 점이다. 우리의 생각이 복잡했을 뿐"이라고 말하는 한홍구의 《지금 이 순간의 역사》는 살아 있는 현대사의 이면을 정확하게 분석한다. 그는 역사는 대체로 지루하고 따분하다는 편견을 깨는 도발적인 글쓰기로 읽는 사람에게 신선한 자극을 준다.

한국이 얼마나 민주화되었느냐고 묻는다면, 노무현 같은 사람이 대통령이 될 만큼 민주화되었다고 얘기할 수 있다. 한국이 얼마나 민주화되지 않았냐고 묻는다면, 노무현 같은 대통령이 벼랑에서 뛰어내려야 할 만큼 민주화되지 않았다고 얘기해야 한다.

2009년 우리는 두 전직 대통령의 죽음을 맞아야했다. 현실 정치가 계속 그 영향 아래 이루어지고 있기 때문에 섣부른 평가는 위험하다. 하지만 노무현 전 대통령의 당선과 죽음에 이르는 과정은 우리에게 시사하는 바가 크다. 정권에 따라 대한민국 국민들의 삶의 방향이 달라질 수도 있다. 정치가 우리의 삶을 바꾼다. 갑자기 정치에 관심을 두자는 말이 아니라 우리가 역사를 공부하는 이유는 바로 지금 이 순간에 벌어지고 있는 일들을 올바로 판단하기 위해서다. 한홍구는 우리 교육 현실을 이렇게 평가한다.

우리 역사에서 지난 600년 동안 부모들이 비겁한 교훈을 가르쳐왔다는 겁니다. 조선 시대 내내 권력에 도전하면 모난 돌이 정 맞고, 귀양 가고, 멸문지화를 당했고, 독립운동하면 3대가 개고생하지 않았습니까. 그러다 보니 아무도 젊은이들에게 정의롭게 살라고 가르치지 못하는 사회가 되었다는 거죠.

80년 5월 광주민주화운동, 87년 6월항쟁, 그리고 용산 참사에 이르기까지 우리의 현실을 돌아보자. 가만히 들여다보면 그 현실은 과거에 바탕을 둔 사건의 연속이다. 그래서 한홍구는 이런 말로 지금 이 순간의 역사를 강조한다.

"모든 역사는 현대사다."라는 말이 있습니다. 모든 역사는 과거에 일어난 일 자체라기보다는 현재의 관점에서 불러내고 해석한 과거입니다. 저는 '모든 역사는 현대사'라는 말을 좀 더 강조해서 '모든 역사는 지금 이 순간의 역사'라고 말씀드리고 싶습니다.

살아 숨 쉬는 역사는 누가 가르쳐주는 것이 아니라 온몸으로 부대끼며 살아가는 오늘의 삶이다. 다양한 사회문제와 내 삶의 조건이 과거 역사를 바탕으로 이루어진 결과라는 사실을 생각해보면 근현대사는 지금 우리들의 현실을 말해준다고 할 수 있다. 대한민국의 역사는 편견과 이념을 넘어 객관적 정보와 사실들을 인정하는 데서부터 시작해야 한다. 그것에 대한 평가와 판단은 차후의 문제다. 선별적으로 왜곡된 정보를 전달하는 역사책은 휴지통에 버려야 한다. 이성적이고 합리적으로 역사에 접근하고 비판적 관점으로 현실을 바라볼 수 있는 통찰력을 기르기 위해서는 내가 발 딛고 서 있는 '지금-여기'의 역사를 다시 한 번 꼼꼼하게 살펴볼 필요가 있다. 그것이 우리들 삶의 과정이며 그 과정이 역사가 된다는 사실을 잊지 말자.

3장

사회, 우리 삶의
현재를 보여주다

아리스토텔레스의 "인간은 사회적 동물이다."라는 말은 현대사회에서 더욱 깊은 의미를 갖는다. 이 장에서는 먼저 사회과학이 무엇인지 살펴보고 민주주의와 법, 경제, 인권, 여성의 문제를 다룬 책을 통해 세상을 바라보는 눈을 키우고 타인과의 관계를 다시금 생각해보자.

삶의 기본 태도를 배우는
사회학

《너의 의무를 묻는다》, 이한 지음, 뜨인돌, 2010 ★
《청소년을 위한 사회학 에세이》, 구정화 지음, 해냄출판사, 2011 ★★
《캠퍼스 밖으로 나온 사회과학》, 김윤태 지음, 휴머니스트, 2011 ★★★

"줄무늬 애벌레는 사방으로부터 밀리고 채이고 밟히고 했습니다. 밟고 올라서느냐 밟혀 짓눌리느냐입니다. 그는 밟고 올라섰습니다." 트리나 폴러스의 《꽃들에게 희망을》의 한 구절이다. '그'는 도대체 누구일까. 혹시 우리가 '미래'라고 부르는 청소년이 아닐까. 나는 누구인가에 대한 질문에서 시작해서 타인과의 관계를 생각해보고 좀 더 확장된 개념인 '우리'에 대해 고민하는 단계가 바로 '사회'에 대해 관심을 갖는 시기다. 학교 담장 밖에 호기심이 생길 무렵, 청소년은 세상 사람들은 어떤 모습으로 살아가는지 궁금하다. 하지만 현실은 호기심조차 허락하지 않는다. 대부분 집과 학교 그리고 학원을 오가며 애벌레처럼 밀리고 채이더라도 남들을 밟고 올라서는 방법만 배우고 있지는 않은가.

인간은 사회적 동물이다. 사회를 떠나서 살 수 없다. 그런데 사회는 눈에 잘 보이지 않는다. 사회과학은 이렇게 눈에 보이지 않는 나와 너, 우리들이 살아가는 모습을 다룬다. 자연과학과 달리 사회과학은 인간과 인간의 관계인 사회현상을 과학적인 방법을 동원해 연구하는 학문이다. 말하자면 '나는 왜 학원에 다니는가?', '우리는 왜 아이돌에 열광할까?'라는 질문에 대한 개인적인 답변이 아니라 그러한 사회현상이 벌어지게 된 원인을 생각해보고 대안을 고민하는 과정이 사회과학이라고 할 수 있다.

우리가 살아가는 시간과 공간 속에서 벌어지는 모든 일들은 '사회'라는 커다란 조직과 체계로 이루어져 있다. 하지만 나와 너를 넘어 우리의 모습을 객관적으로 바라보는 일은 쉽지 않다. 프랑스의 작가 베르나르 베르베르는 어렸을 때부터 수십 년간 개미를 관찰하고 거기에 상상력을 더해 기막히게 재미있는 소설 《개미》를 썼다. 하지만 사람이 개미를 관찰하는 것과 달리 우리 스스로 자신이 속한 사회를 관찰하고 분석하는 일은 만만찮다.

초등학교 입학식에 가면 한 줄로 서서 '앞으로 나란히'부터 배운다. 그러면서 학교라는 사회 안에서 지켜야 할 질서와 규칙을 내면화한다. 통제와 규율에 익숙해지면서 하지 말아야 할 것부터 배우는 곳이 학교다. 하지만 우리는 의무를 '금지'로 먼저 배우는 것은 아닐까. 시민 교육 센터 공동 대표이자 노동 문제에 관심이 많은 변호사 이한은 《너의 의무를 묻는다》에서 의무에 대해 진지한 질문을 던진다.

'의무란 무엇인가'라는 물음은, 바로 이러한 절대적 가치를 갖는 선한 의지를 움직이는 준칙을 찾는 것입니다. 독일의 철학자 칸트는 이런 준칙을 '정언

명령'이라 불렀습니다. 정언명령을 따를 때 우리는 선한 의지 외에 다른 목적을 갖지 않습니다.

우연한 목적과 여건에 따라 달라지는 준칙인 가언명령과 달리 정언명령에 따를 의무가 있다는 철학적 답변이 도움이 되었는가. 이한은 이 책을 통해 권리만큼 중요한 의무에 대해 차근차근 생각을 열어간다. 특히 개인적인 도덕과 의무가 아니라 사회적 의미의 의무에 대해 생각할 거리를 던진다. 사회적 의무는 매우 복잡하다. 사람들마다 생각이 다르기 때문이다.

사람들은 저마다 인생관이 다르고, 서로 다른 욕구도 많고, 가능하면 자신이 더 큰 몫을 가지려고도 합니다. 자원은 한정되어 있기 때문에 모든 요구를 다 들어줄 수 없는 노릇입니다. 따라서 이를 조정해줄 원칙이 필요합니다. 물론 이 원칙은 힘 있는 사람들이나 특별한 사람들의 이익을 위해 만들어진 게 아닙니다. 고집이나 이기심, 편협한 마음에 휘둘리지 않고 옳다고 깊이 확신하는 바에 잘 들어맞도록 공정하게 만들어진 원칙이지요. 그렇게 만들어진 원칙을 지키는 일이 바로 의무입니다.

이런 의미의 의무는 우리 사회에서 반드시 필요한 규칙이라고 바꿔 말해도 되지 않을까. 서로 인정하고 받아들일 수 있는 최소한의 질서를 우리는 다른 말로 의무라고 한다. 자신의 권리만 주장하고 의무를 생각하지 않는 사람들부터 읽히고 싶은 책이다. 의무는 없고 권리만 주장하는 사람들은 다른 사람을 생각하지 않는다. 나만 옳고 나만 잘 살겠다는 생각을 가진 사람이 모여 사는 사회는 어떨까. 아마 이런 결과가 나오지 않을까.

미국의 경제지 《포브스Forbes》는 갤럽에 의뢰해 전 세계 155개국 주민들의 행복도를 조사했습니다. 그 결과는 2010년 7월 14일 기사로 소개가 되었지요. 조사에 따르면 우리나라 사람 100명 가운데 72명이 불행하다고 합니다. 61명은 어려움 속에서 삶을 겨우 지탱하고 있으며 11명은 삶의 기로에 놓일 정도로 고통스러워한다는 것입니다. 한국의 자살률이 세계 1위를 자주 차지한다는 사실은 유명합니다.

뭐든 1등을 좋아하는 나라 대한민국의 행복도는 비참할 정도다. 100명 중 72명이 불행하다니! '개인적인 문제도 복잡한데 사회적 의무라니……' 혹 이런 생각을 하지는 않는가. 사실 개인적인 문제는 사회적 존재이기 때문에 생기는 경우가 많다.

스무 살이 되자마자 주어지는 투표권을 어떻게 행사할 것인가에 대한 고민에 앞서 '정치 공동체 안에서 살아가는 구성원들의 보편적인 의무는 무엇인가?'에 대해 먼저 고민해보는 건 어떨까. 자신의 이익과 무관하게 인간의 존엄성에서부터 시작되는 진짜 의무란 무엇일까.

저자는 이 책에서 자신의 이익 추구나 강제성 때문이 아니라 합리적으로 생각할 수 있는 근본적인 의무에 대해 설명한다. 사람은 수단이나 도구가 아니라는 당연한 주장에서 시작해서 '정의'에 대한 이론과 '시민 불복종'에 대한 기준 등 공동체 안에서 구현되어야 마땅한 의무에 대해 차분히 이야기한다. 이 책은 전체 7장에 걸쳐 우리 사회가 건강하게 유지

될 수 있는 가장 기본적이고 상식적인 이야기를 통해 제시하는 더 나은 사회를 위한 사회 교과서라고 할 수 있다. 시험을 치르기 위한 사회 과목이 아니라 세상을 살아가는 방법과 태도에 대해 함께 생각해보자.

구정화 교수의 《청소년을 위한 사회학 에세이》는 잘 정리된 사회학 입문서다. 청소년들의 눈높이에 맞게 사회학에 대한 개념과 이론들을 알기 쉽게 풀어놓았다. 각 장 뒤에 사회학 개념들을 정리해놓아 교과 공부에도 도움을 준다. 딱딱하게 이론 중심으로 설명한 교과서의 한계를 벗어나 실제 사회현상이나 주변에서 벌어지는 일상생활을 예로 들고 있어 사회학을 쉽고 재미있게 접할 수 있다.

일정한 사회구조 속에서 살아가는 우리도 사회구조에 지배받는 '토마스 앤더슨'과 같은 존재이다. 나의 선택이 사실은 내 스스로의 것이 아니고, 사회가 규정하는 방식대로 살고 있는 것일지도 모른다. 그런 사회구조에서 벗어나려면 네오가 빨간색 약을 선택하면서 요원들과 싸움을 시작하는 것처럼, 우리를 지배하려는 사회구조에 맞서야 한다.

영화 〈메트릭스〉는 장자의 나비 꿈을 연상시킨다. 나비가 현실의 나를 꿈꾸는 것인지 내가 지금 나비가 된 꿈을 꾸는 것인지 헷갈리는 상황이다. 사회학을 공부하는 이유 중의 하나는 이론적 지식을 머리에 넣기 위해서가 아니라 우리가 지배받고 있는 사회구조를 제대로 알고 잘못된 구조는 바로잡기 위해서다. 빨간약과 파란약은 바로 여러분의 선택에 달려 있다. 이런 구조적 변화는 집단 지성에 의해 가능하다.

집단 사고를 경계하고, 집단 지성을 높이는 가장 좋은 방법은 아웃사이더들의 다양한 이견 제시와 다수의 사회 구성원의 민주적인 의견 제시를 가능하게 하는 것이다. 우리 사회에서 집단 사고보다 집단 지성이 더 많이 일어나도록 하는 것은 결국 정책 과정을 개방하는 것과 더불어 일상적인 삶을 살아가는 다수의 사람들이 참여하는 것에 달려 있다.

참여와 소통은 일상적 삶을 변화시킬 뿐만 아니라 사회 구성원들의 태도를 바꾼다. 사회학에 대한 이론을 이해하고 사회의 구조를 파악하려는 노력은 결국 사회학자처럼 세상을 바로 보기 위함이다. 그러나 저자는 사회학에 대한 이론과 개념보다 중요한 것은 '사회학적 상상력'이라고 말한다. 우리가 어떤 행동을 하거나 선택을 할 때 그것은 단순히 개인적 취향이나 성격의 문제가 아니라 사회현상의 하나로 의미를 갖는다. 왜 그런 현상이 벌어지는가에 대한 답을 찾을 수 있는 힘이 바로 사회학적 상상력이다. 우리는 사회적 존재이고 우리의 선택과 행위는 다른 사회 구성원들에게도 영향을 미치기 때문에 그러한 현상의 원인을 이해하고 문제를 해결할 통찰력을 기르기 위해서는 사회학적 상상력이 필요하다. 사회학을 이해한다는 것은 나와 너의 관계를 넘어 사회구조와 사회현상에 대한 깊은 성찰을 시작한다는 의미다.

중고등학교를 졸업하고 사회에 진출하거나 대학에 간다고 해서 저절로 사회를 이해할 수는 없다. 신문과 방송에서 전하는 내용을 세상의 진실 전부로 착각하지 않기 위해서는 사회를 읽는 눈이 필요하다. 김윤태의 《캠퍼스 밖으로 나온 사회과학》은 세상을 살아가는 사람들에게 반드시 필요한 사회과학적 태도를 길러준다.

사회과학은 언제나 당대의 현실을 분석하고 인간 행동의 원인과 유형을 탐구하려고 시도해왔다. 나아가 더 나은 사회를 모색하려는 열정과 용기를 가진 사람들에게 커다란 영감을 주었다. 지금도 많은 사람은 사회문제가 발생하는 원인과 과정을 탐구하며 사회문제를 해결하기 위해 사회과학 서적을 찾는다. 결국 우리에게 사회를 보는 눈이 필요한 이유는 우리가 살고 있는 사회를 더 살기 좋은 사회로 만드는 데 있을 것이다. 사회에 관한 지식은 사회문제를 제대로 이해하고 이를 해결하기 위해 노력하는 인간에게 지적 토대를 제공할 수 있어야 한다.

바로 이 말이 우리가 사회과학을 이해해야 하는 이유가 아닐까. 사회과학을 학문적으로 접근할 필요가 없는 일반인들도 거시적인 안목과 사회현상에 대한 깊은 성찰 능력이 필요하다. 그리고 심각한 사회현상이 벌어지게 된 원인을 살피고 대안을 고민하며 주체적으로 행동할 수 있는 민주 시민이 되어야 하지 않을까. 저자는 우리가 사회과학을 진지하게 살펴야 하는 이유를 다시 한번 일깨워준다. 삶의 목적과 태도는 사회를 바라보는 눈을 결정하는데 그 결정이 늘 가치 중립적일 수만은 없다. 천천히 읽고 생각하는 동안 사회를 어떻게 보느냐의 문제를 결정할 수 있다. 그 과정에서 우리에게 사회과학은 다양한 모습으로 생각의 실마리를 제공해준다.

사회를 어떻게 보느냐의 문제는 곧 사회 속에서 어떻게 살아가느냐의 문제와 직접 연결된다. 그래서 사회를 바라보는 서로 다른 시각은 학문적 논쟁인 동시에 정치적·윤리적 문제이기도 하다. 사회과학은 가치 중립성을 추구하는 동시에 불가피하게 가치 지향적 성격을 띠고 있다. 이 때문에 사회과학은 과학이냐 이데올로기냐라는 질문에 부딪히곤 한다.

사회과학은 우리가 세상을 살아가면서 꼭 알아야 할 지식이며 우리 삶의 현실을 읽는 눈이기 때문에 반드시 관심을 가져야 하는 분야다. 우리는 언제나 사회적 존재이며 사회 구성원들과의 관계 속에서 살아가야 하기 때문이다. 학교를 졸업하고 나면 담장 밖의 일들이 바로 나의 현실이 된다. 내가 살아가는 사회는 어떤 곳이며 어떻게 만들어갈 것인지 고민을 시작할 때다. 나와 너에 대한 관심을 넘어 우리 사회를 비판적으로 바라볼 수 있는 '눈'을 가져야 한다.

민주 시민은
태어나는 게 아니라 만들어지는 것

《민주주의란 무엇인가》, 제임스 랙서 지음, 김영희 옮김, 행성:B 온다, 2011 ★★
《참여하는 시민 즐거운 정치》, 이남석 지음, 책세상, 2005 ★
《디케의 눈》, 금태섭 지음, 궁리, 2008 ★★

시카고에서 존경받는 로마 가톨릭 대주교가 피살되고 19살의 소년 용의
자 애런 스탬플러(에드워드 노튼)는 현장에서 도망치다 붙잡힌다. 이 사
건을 TV로 본 변호사 마틴 베일(리차드 기어)은 교도소로 찾아가 무보수
로 변호할 것을 제의한다. 〈프라이멀 피어 Primal fear, 1996〉는 수많은 법정
영화 가운데 극적 반전이 압권이다. 에드워드 노튼의 연기가 탁월했던
이 영화는 우리가 사는 세상에서 '법'과 '진실'을 판단할 수 있는가 하는
질문을 던진다. 영화의 내용처럼 자연법과 실정법이 충돌했을 때 우리는
어떻게 생각하고 행동해야 할까.

우리는 흔히 민주주의 사회에서 법과 정의에 따라 산다고 믿는다. 하
지만 세상은 권력을 가진 사람과 자본을 소유한 사람들에 의해 좌우된

다. 현실은 우리 생각보다 훨씬 더 복합적인 관계로 얽혀 있다. 아직 인식하지 못하겠지만, 그중에 정치는 경제만큼 외면할 수 없는 내 생활의 출발이다. 자본주의와 함께 성장해온 민주주의라는 정치제도는 어떻게 발전해왔으며 어떤 특징을 가지고 있는지 생각해보자.

정치제도 안에서 각종 제도와 법률에 따라 사람들은 기본적인 공동체의 규범을 내면화한다. 학교를 예로 들면 학생은 교사, 학부모와 함께 합의해서 정해 놓은 규정을 지켜야 한다. 학교생활규정은 공동체에 속한 사람들의 생각이 다를 때 지켜야 하는 최소한의 질서이기 때문이다. 이와 마찬가지로 우리 사회의 정치제도와 법을 이해하고 현실을 정확하게 파악하는 것은 민주 시민으로 살아가기 위한 가장 기본적인 조건이다. 인간의 기본적인 권리와 상식에 바탕을 둔 민주주의는 꿈이 아니라 우리가 살아가는 세상의 기본 질서가 되어야 한다. 여러분의 현실은 민주적인가. 눈을 가린 채 저울을 들고 있는 정의의 여신처럼 법이 누구에게나 공평하게 적용되고 있는가.

민주주의라는 말은 권력이 시민에게 있다는 그리스어에서 온 말이다. 당시의 시민은 어느 정도 재산을 소유한 소수의 성인 남성을 가리키는 말이었다. 하지만 민주주의는 오랫동안 인류가 만들어낸 최선의 정치제도로 받아들여지고 있다. 시대와 상황에 따라 다른 모습으로 변질되기도 했으나 민주주의는 근대 이후 대부분의 국가 정치체제의 근간을 이루고 있다. 민주주의는 단순히 정치제도로만 접근할 수 없을 정도로 복잡한 사회 경제적 문제와 연관되어 있다. 그런 이유로 경제적 불평등의 확산은 민주주의를 위협하는 가장 강력한 요소가 되었다.

제임스 랙서는 《민주주의란 무엇인가》에서 민주주의의 근본에 대해 다양한 질문을 쏟아낸다. 민주주의가 인간의 본성과 일치하는지 묻고 이렇게 답한다.

역사적으로 볼 때 민주주의는 인간 삶의 일반적인 경향, 즉 개선과 진보 때문에 등장한 것이 아니며 민주주의의 발전 또한 인간이 기술적으로 능숙해지고 생활수준이 높아지면 인권과 정치적 권리도 그만큼 향상된다는 자연의 기본 법칙에 의해 이루어진 것이 아니다. 오히려 민주주의는 구체적이고 특수한 역사적 정황 속에서 발전해왔다.

저자는 민주주의의 본질적인 속성을 정확하게 표현하고 있다. 민주주의는 억압적인 현실, 지배자의 폭력 등 다양한 맥락 속에서 인간의 노력으로 발전해왔다는 것이다. 힘없는 대다수 사람의 단결과 의지로 정치적 의사를 표출하기 위한 제도적 개선이 이루어지는 과정이 중요하다. 왕이나 권력을 가진 사람들이 지배하는 구조가 아니라 우리 스스로 주인이 되고자 하는 노력의 결과물이 바로 민주주의라는 말이다. 여기에는 필연적으로 먹고사는 문제가 결합한다. 그래서 저자는 정치적 민주주의의 토대를 경제적 민주주의라고 말한다. "경제적 불평등의 확산은 민주주의를 위협하는 가장 강력한 적이다. 그리고 오늘날 선진국에서 목격되는 이러한 민주주의의 위기는 갈수록 심각해지고 있다."라는 말이 바로 그런 뜻이다.

경제적 민주주의가 무너지면 정치적 민주주의도 버티기 힘들다. 더 나은 삶을 지향하는 사람들은 경제적, 물질적 풍요와 더불어 민주적인 질서가 유지되기를 희망한다. 경제 민주화는 모든 것을 공평하게 나누어 갖자는 말이 아니다. 인권과 복지 차원에서 접근해야 하는 인간의 기본적인 권리에 관한 문제다. 이런 주장은 민주주의 사회를 위한 매우 중요한 지적이다. 우리나라도 마찬가지다. 빈부 격차가 심화되고 경제적 불평등이 심각해지면 사회가 불안해지고 민주주의라는 제도 자체가 위협받을 수 있다.

한국의 민주화는 정치적 민주화의 좁은 틀 안에서만 추진되었기 때문에 사회·경제적 민주화는 최근까지도 배제되고 있는 실정이다. 이러한 한국 민주주의의 문제점은 군부 독재정권 아래에서 온갖 기득권을 누리던 사회 세력들에 대해 거의 손을 댈 수 없게 만들었다. 즉 기득권 세력의 이해를 조금이라도 침해하는 개혁은 거의 추진되지 못했는데, 그 기득권 세력의 중심에 바로 '재벌'로 상징되는 거대 자본이 있다.

제임스 랙서는 이렇게 대한민국의 현실을 진단한다. 헌법에도 보장되어 있는 경제 민주화는 우리가 지켜나가야 할 소중한 민주적 가치 중 하나다. 인간의 끝없는 욕망을 통제하고 다함께 살아가는 사회를 만들기 위한 제도가 마련되어야 한다. 앞서 이야기했듯 경제적 불평능도 저절로 해결되는 것이 아니라 우리들의 고민과 노력, 제도적 뒷받침으로 점차 풀어가야 할 문제이기 때문이다.

경제제도인 자본주의의 발달은 정치제도인 민주주의에 위협을 가하고 있으며 세계화가 그 대표적인 예라고 볼 수 있다. 국가의 울타리를 넘어선 신자유주의가 소수 특권층의 부와 권력을 위해 유지되고 있는지 늘 점검해야 하는 이유는 민주주의의 원동력이 아래로부터 시작한다는 사실과 충돌하기 때문이다.

어떤 면에서 인간은 기본적으로 이기적인 동물이다. 그러나 '나'만 생각하고 '우리'를 생각하지 않는다면 '나'도 존재할 수 없다. 평등이란 가치도 마찬가지다. '나'만큼 '너'도 소중하다는 생각을 갖지 않으면 민주주의의 토대가 무너진다. 예를 들어 국회의원을 생각해보자. 국회의원은 입법의 주체로서 국민들의 의견을 수렴하고 반영하는 간접민주정치 제도의 꽃이다. 그럼에도 불구하고 마치 특권을 부여받은 것으로 착각하는 사람들이 많다. 또 다른 나라에서는 상상도 할 수 없는 특권을 당연한 것으로 받아들이는 국민들도 있다. 돈이 많다고 해서, 특별한 권한을 부여받았다고 해서 다른 사람들보다 가치 있는 사람은 아니다. 인간은 모두 평등한 존재다. 민주주의는 바로 이런 가치를 실현하기 위한 제도라는 점을 잊지 말자.

역사와 현실을 살펴보면 어느 사회에서든 부자와 특권층은 평등이란 개념에 최소한의 애착도 없음을 알 수 있다. 누구든 일단 상류층에 합류해서 자신의 지위를 보장받으면 기꺼이 사다리를 치우는 아량을 베푼다. 그들 밑에 있는 사람들이 그들의 자리를 넘보지 못하게 말이다. 그들의 특권이 보장되고 이를 또 자손에게 물려줄 수 있는 세상이 그대로 보존되길 원한다.

따라서 평등의 불꽃과 그로 인한 민주주의 불꽃은 상류층에 속하지 못한 국민 대다수의 힘으로 계속 불타올라야 한다는 사실을 받아들여야 한다. 평등과 민주주의의 원동력은 위로부터가 아니라 아래로부터 시작된다.

저자는 이 책을 통해 민주주의라는 정치제도 자체를 설명하는 것이 아니라 그것과 연관된 핵심적인 문제를 짚어내며 대안을 제시한다. 왜 우리에게 민주주의가 중요하며 그것은 어떻게 발전해왔는지 살펴보는 과정에서 민주주의의 역사와 자본주의와의 관계를 파악할 수 있다. 저자는 "민주의는 희망에서 출발한다."라는 말로 결론을 맺고 있다. 이것은 추상적인 핑크빛 결론이 아니라 완벽한 민주주의 국가는 없다는 전제에서 출발한 생각이다. 소중한 인간의 가치를 실현하고 민주적 질서를 확립해가는 과정은 정치인의 몫이 아니라 바로 우리들의 권리이자 의무다.

세계적인 민주주의의 발전과 변화 과정 그리고 경제 상황과의 관계를 살펴보았다면 우리 현실로 눈을 돌려보자. 이남석은 《참여하는 시민 즐거운 정치》라는 청소년을 위한 정치 교과서를 통해 정치는 뉴스에 나오는 정치인들이나 하는 것이 아니라 바로 내가 주인이라는 사실을 일깨운다. 집단으로서의 '국민'이 아니라 개인으로서의 '시민'이 정치의 주체가 되어야 하는 이유를 설명하고 '잘 살고 싶다'는 소박한 꿈을 위해서는 경제적 의미에서 그리고 정치적 의미에서 참여하는 '시민'이 되어야 한다는 사실을 힘주어 말하고 있다.

참여는 직접민주주의의 실현이다. 오늘날 시민의 참여가 더욱 절실한 것은 대의제 민주주의의 한계 때문이다. 시민의 대변자이자 대표자인 국회의원, 광역의회 의원, 지방자치단체 의원은 시민의 이익과 의사를 모두 대변할 수 없다. 행정가들은 시민의 직접적인 이익을 고려하지 않고, 시민의 의견을 들어보지 않은 채 책상머리에서 결정을 내리기 십상이다. 또 경제 권력을 가진 자들은 자신들만의 무한 이익을 추구하는 행동을 할 수 있다. 이러한 상황에 청소년들에게 민주주의의 절차와 문제점을 짚어주고 있는 이 책은 무엇보다 '참여'를 강조한다. 소수 특권층에게 권력이 집중된 민주주의는 그 자체가 모순이다. 또한 그들이 전체의 목소리를 대변하지 못하고 자신들의 이익을 위해 일하는 모습을 볼 때마다 우리들의 참여는 더욱 절실해진다. 소중한 투표권을 행사하는 일은 물론이고 인터넷 서명 운동 등을 통해 연간 1,336억 원이나 되는 자동차 면허세를 폐지한 것도 시민들의 참여 덕분이다.

낭비된 세금을 감시하고 정치인들의 말과 공약을 점검하고 그들의 특권을 비판하는 일이 참여다. 내가 행동하고 움직이지 않으면 현실은 바뀌지 않는다. '나 하나쯤이야.' 하는 생각 때문에 질서가 무너지듯이 '내가 아니어도 누군가 하겠지.'라는 잘못된 마음 때문에 민주주의가 무너질 수도 있다. 민주주의가 바로 내 삶의 필요조건이라는 사실을 잊지 말자.

이남석은 이 책에서 권리와 의무 그리고 표현의 자유 등 민주주의 사회의 기본적인 덕목에 대해 현실적으로 접근한다. 또한 자본주의의 그림자를 통해 민주주의에서 참여의 문제가 얼마나 중요한가를 다시 한 번 역설하고 있다. 책의 마지막 부분에는 뺨을 맞아도 훈수를 둬야 하는 사람이 등장한다. 이 비유는 간섭하고 개입하는 시민 '키비처Kibitzer'를 통해 민주 시민의 역할과 의무에 대해서도 생각하게 한다.

정치, 경제적 삶의 테두리는 법이 규정하고 있다. 금태섭의 《디케의 눈》은 정의의 여신이 하는 역할에 대해 고민한다. 법의 공정함과 평등함에 대해 생각하기 전에 법의 역할과 의미를 먼저 살펴야 한다. 이 책의 시작에서 저자는 진실을 찾는 것은 맨손으로 물을 움켜쥐려는 것처럼 어렵고 때로는 불가능하기까지 하다고 말한다. 그래서 이 책은 눈을 가린 채 저울을 들고 있는 정의의 여신을 표지로 삼았다. 법 앞에 만인은 평등하다는 뜻일 텐데 현실에서는 그렇지 않아 '법치주의'라는 말이 무색할 때가 종종 있다. 더구나 금태섭의 말대로 진실을 말해주지 않는 경우도 많다.

사람들은 다양한 프레임으로 세상을 바라본다. 이 책은 특히 '법'이라는 프레임으로 세상을 읽어낸다. 수많은 모순이 숨어 있고 갈등과 선택이 기다리는 재판정에서 법은 과연 우리에게 어떤 역할을 하고 있으며 또 어떤 역할을 해야 하는지 묻고 있다. 그것은 한 사회가 유지되는 토대이며 한 개인의 권리를 보호하는 일이다. 예를 들어 미란다원칙이 시행될 당시에 많은 사람은 이것이 말이 안 된다고 생각했다. 하지만 이는 무죄 추정의 원칙에 입각한 생각이다. 피의자가 무죄를 입증할 책임이 아니라 검사에게 피고인의 유죄를 입증할 책임이 있다는 뜻이다.

진술거부권 또는 묵비권이 인정된 것은 무죄 추정의 원리가 법의 일반 원칙으로 자리 잡고 검사에게 피고인의 유죄를 입증할 책임이 주어진 다음부터이다. 당연히 진술거부권은 피의자에게 절대적으로 유리한 무기가 된다.

이렇게 법은 조금씩 개인의 소중한 권리를 보호하는 방향으로 나아가고 있으며, 더 나아가 민주적인 절차를 유지하는 데도 결정적인 역할을 해야 한다. 그럼에도 불구하고 법을 만들고 시행하는 사람들이 객관성을 잃어버리고 특정 계층 사람들에게 유리한 판단을 내린다면 우리 사회는 어떻게 될까.

이 책은 서로 다른 진실을 주장하는 사람들 사이에서 어떤 판결을 내릴 것인가의 문제부터 사회적 정의正義가 무엇인지에 이르기까지 다양한 사례를 보여준다. 요즘처럼 복잡한 세상에서는 법으로 세상을 보는 눈이 무엇보다도 중요하다. 가만히 있으면 저절로 법이 우리를 지켜주는 것이 아니다. 법을 감시하고 법 집행 과정을 자세히 들여다보는 것은 우리들의 의무다.

민주 시민은 태어나는 것이 아니라 만들어진다. 따라서 정치적 무관심은 부작위적不作爲的 죄악이라고 할 수 있다. 우리가 사는 세상은 고정된 틀이 아니라 끊임없이 살아 숨 쉬는 유기체와 같다. 내가 참여하고 변화시킬 수 있다는 생각에서부터 내 생각과 행동의 변화가 시작된다. 행복한 삶을 꿈꾸며 잘 살고 싶다면 우선 내가 살고 있는 세상의 제도와 규칙에 대해 알아야 한다. 민주주의와 법은 보이지 않는 공기처럼 우리들의 생각과 행동을 바꿔놓는다. 이제 우리가 먼저 관심을 갖고 손 내밀 때다.

우리 **삶 속**에
녹아 있는 **경제학**

《자본주의 역사 바로 알기》, 리오 휴버먼 지음, 장상환 옮김, 책벌레, 2000 ★★
《돈의 인문학》, 김찬호 지음, 문학과지성사, 2011 ★★
《괴짜 경제학》, 스티븐 레빗·스티븐 더브너 지음, 안진환 옮김, 웅진지식하우스, 2005 ★★

인기 스타들이 일주일 동안 단돈 만 원으로 생활하는 과정을 보여주는 〈만 원의 행복〉이라는 TV 프로그램이 있었다. 차비에서 밥값까지 일주일을 만 원으로 버티는 일은 쉽지 않다. 그래서 걷고 도시락을 싸고 굶기도 한다. 비싼 음식을 먹자면 한 끼조차 해결할 수 없는 '만 원'은 일주일을 버티기에 턱없이 부족한 돈이다. 하지만 돈을 마음대로 쓸 수 없기 때문에 적은 돈으로 선택한 즐거움과 만족감은 더욱 커질 수밖에 없다. 이 프로그램은 단순히 돈의 소중함을 보여주는 게 아니라 행복의 진정한 의미를 생각해보자는 의도였을 것이다. 행복은 멀리 있지 않고 돈이 많아야 얻을 수 있는 것도 아니라는 사소하지만 중요한 사실을 확인할 수 있는 프로그램이었다.

산다는 것은 어쩌면 끊임없는 선택의 연속일지도 모른다. 그래서 경제학자 부크홀츠는 "경제학이란 최선의 선택을 연구하고 실천하는 학문"이라고 말했다. 그의 말처럼 경제학이란 우리 삶에서 합리적인 선택을 돕는 분야라고 할 수 있다. 한마디로 경제학은 선택의 학문이다. 일상생활에서 우리가 겪는 선택의 갈등을 가만히 들여다보면 가장 큰 만족을 얻거나 피해를 최소화하거나 가장 덜 힘든 것을 선택하려는 이기적 욕망이 자리 잡고 있다. 단순히 일정한 금액으로 가장 큰 이익을 얻을 수 있는 물건을 구입하는 과정에서 벌어지는 갈등만이 아니라 우리는 거의 모든 순간에 본능적으로 경제학적 선택을 하고 있다.

특히 현대사회에서 경제는 모든 문제의 근본이라고 할 수 있을 만큼 중요해졌다. 경제적인 문제는 정치는 말할 것도 없고 사람들의 생각과 행동을 움직이는 중요한 원인이기 때문이다. 돈은 사람들의 삶과 밀접한 관계를 맺고 있으며 그 모든 행위를 경제학적 이론이나 개념으로 설명할 수도 있다. 그렇다 하더라도 경제학을 단순하게 돈을 많이 버는 방법에 관한 학문으로 생각해서는 안 된다. 넓은 의미에서 경제학은 인류가 먹고 살아온 과정에 관한 진지한 탐구이기 때문이다.

말하자면 인류가 걸어온 삶의 과정과 역사를 명쾌하게 설명해줄 수 있는 하나의 방법이 바로 경제학이다. 그런 의미에서 리오 휴버먼의《자본주의 역사 바로 알기》는 우리가 몰랐던 경제에 대해 새로운 시각으로 접근하게 해준다. 이 책은 경제학에 관한 이론서도 개념서도 아니다. 경제의 흐름과 발전 과정을 어떤 관점으로 볼 것인가에 따라 인류의 삶은 전혀 다르게 해석된다.

화폐가 도입되면서 이제 단일한 거래가 이중의 거래로 변했지만, 그럼에도 시간과 노력은 절약됐다. 이렇듯 화폐 사용은 상품 교환을 더 쉽게 함으로써 상업을 촉진한다. 상업 발전은 다시 화폐 거래를 확대하는 반작용을 한다. 12세기 이후로 시장 없는 경제는 많은 시장이 있는 경제로 변모했다.

경제활동의 시작을 화폐의 발생과 시장의 발달로 설명하는 것은 지극히 일반적인 방법이다. 휴버먼은 이 과정에서 생긴 자본주의적 공업에 대해 "시장의 팽창. 이 구절을 입 속에서 몇 번이고 되풀이해보고, 잊지 않도록 명심하라. 이것은 자본주의적 공업을 일으킨 힘을 이해하는 데 중요한 열쇠가 된다."라는 말로 설명한다. 시장의 팽창은 개인의 이익과 욕망에서 출발한다. 경제를 이해하기 위해서는 자본주의를 알아야 하고 그 과정과 발자취를 더듬는 일은 매우 중요하다.

봉건제에서 자본주의로 이행하는 과정은 인류의 역사와 그 궤를 함께한다. 인류 문명의 발달은 역사적 사건, 정치적 상황에 맞물려 왔기 때문이다. 유럽에서 발생한 근대적 자본주의의 발생 원인을 저자는 이렇게 설명하고 있다.

봉건사회는 기도하는 사람들, 싸우는 사람들, 일하는 사람들로 이루어졌는데, 그 안에서 중간계급 집단이 생겨났다. 중간계급의 힘은 여러 해에 걸쳐서 점점 더 증대했다. 그들은 봉건제에 맞서 길고도 고된 투쟁을 전개했고, 특히 세 차례 결정적인 전투를 치렀다. 첫째는 종교개혁, 둘째는 영국혁명, 셋째는 프랑스혁명이었다. 18세기 말 그들은 마침내 낡은 봉건 질서를 파괴할 수 있을 만큼 충분히 강력해졌다. 부르주아지는 봉건제 대신, 이윤 창출을 제1의 목적으로 하는 상품의 자유 교환에 기초한 전혀 다른 사회 체제가 등장했음을 알렸다.

우리는 그 체제를 자본주의라고 부른다.

부르주아지에 의해 자본주의가 등장했다는 역사적 사실은 초기의 상업에서 공업 자본주의가 시작되었음을 의미한다. 이렇게 경제체제의 변화와 함께 근대가 시작되었고 자본주의는 더욱 발달했다.

이후 자본주의는 급속도로 발전하여 여러 가지 문제를 해결하기도 했지만 예상치 못한 문제를 만들어내기도 했다. 눈에 보이지 않는 경제적 계급은 현실에서 사람들을 갈라놓는 차가운 척도다. 수많은 모순을 지적한 경제학자들의 이야기와 그 발전 과정을 더듬는 동안 우리는 자본주의의 탄생과 성장 과정을 살펴볼 수 있고 또한 그 문제점까지 생각해볼 수 있다.

세상에 완벽한 제도는 없을지도 모른다. 다만 우리는 어떤 제도나 역사를 자세히 들여다보는 과정에서 현재의 모습을 살펴보고 미래를 전망할 수 있다. 과거의 일들이 반복되고 그 갈등을 해결하는 과정이 자본주의의 발전 과정이 아닐까. 여전히 문제가 되고 있는 노사 갈등이나 국가의 개입 문제에 대해 저자의 이 말을 다시 한 번 생각해보자.

사실, 계급이 존재하는 한 국가는 계급을 초월할 수 없다. 국가는 반드시 지배자들 편이다. 애덤 스미스는 그것을 이렇게 표현했다. "입법부가 고용주와 노동자들 사이의 불화를 조정하려 할 때마다 입법부의 조언자 역할을 맡는 쪽은 언제나 고용주들이다."

시대가 변했어도 그 관계는 지속되고 있으며, 우리는 대부분 고용주가 아니라 노동자가 된다. 대부분의 사람은 이런 사실을 쉽게 받아들이지 않지만 고용주와 노동자 어느 쪽이든 자본주의라는 시스템을 이해하고 그 변화 과정과 본질을 정확하게 꿰뚫어보는 눈이 필요하다.

리오 휴버먼은 자본주의 탄생 이전과 이후의 사회, 역사적 맥락을 상세히 설명하며 경제사와 경제 사상사의 중간쯤을 더듬고 있다. 이 책은 당대의 사회적 상황을 통해 필연적으로 자본주의가 등장할 수밖에 없었으며 그것이 지금 우리에게 주는 의미는 무엇인가를 간접적으로 생각하게 한다.

현대사회에서 돈은 무엇일까. 철저하게 돈의 노예가 된 것 같은 현대인들의 삶은 어떤가. 돈의 의미를 다시 묻고 있는 김찬호의《돈의 인문학》은 이런 질문들에 답하고 있다. 그런데 저자는 그 답을 경제학적 관점이 아니라 인문학적 관점에서 찾고 있다.

> 인문학은 당장의 상황을 바꾸어주는 데 큰 힘이 되지는 못하지만 상황을 바라보는 관점과 거기에 임하는 태도를 바꾸는 데는 도움을 줄 수 있다. 그리고 돈과의 관계를 리모델링하는 지혜와 용기를 불어넣을 수 있다. 그리고 그것은 빗나간 화폐 질서, 부조리한 사회구조를 바꾸어가는 초석이 된다. 사회의 변혁은 궁극적으로 개인의 선택과 실천을 매개로 이뤄지기 때문이다. 돈에 대한 성찰은, 삶의 바탕을 더듬으면서 개인과 사회의 새로운 존재 가능성을 탐색하는 운동의 시발점이다.

저자의 말은 돈과 인문학이라는 어색한 만남이 왜 필요한가를 다시 생각하게 한다. 인문학적 관점에서는 가격이 아니라 가치가 중요하고 소유가 아니라 관계가 중요하다. 아이들의 꿈과 미래, 남녀 관계, 일상생활 등 어느 것 하나도 돈과 무관하지 않다. 하지만 돈의 무한한 욕망으로부터 한발 비껴서 그것을 바라볼 때 우리의 삶은 자유로워질 수 있다.

　돈은 이제 물질이 아니다. 그것은 거대한 기호 체계일 뿐이다. 폴 그리그년이 말하듯, 돈은 '지불 요구 수표'의 의미를 가질 뿐이다. 돈은 약속의 시스템이다. 그래서 그것을 매개로 해서 전혀 모르는 사람들 사이에 거래가 이뤄진다.

철저하게 '돈'을 중심으로 관계를 맺고 있는 현대인들의 삶을 생각해보자. 마치 그물처럼 촘촘하게 돈의 네트워크가 연결되어 있다. 이제 돈은 물질이 아니라 하나의 거대한 기호 체계라는 저자의 통찰은 그 위력을 실감하게 한다. 돈이 많아야 행복하다는 말이 아니라 그것을 어떤 관점으로 바라보고 어떻게 관계를 맺어야 하는지 생각해보자는 뜻이다. 돈의 노예가 아니라 주인이 되기 위해 삶의 태도를 고민해야 한다. 바로 지금부터 말이다.

이에 비해 스티븐 레빗과 스티븐 더브너의 《괴짜 경제학》은 가장 현실적이고 유용한 경제학의 진면목을 보여준다. 누구나 쉽고 재미있게 읽을 수 있다는 점에서 우선 높은 점수를 줄 수 있는 이 책은 경제학 용어나 개념을 이해시키려는 것이 아니라 경제학이 우리의 일상생활과 얼마나 밀접한 학문인가를 역설적으로 증명한다.

'상관관계'는 두 가지 변수가 함께 움직이는지 여부를 밝히는 데 사용하는 통계학 용어다. 눈이 오면 바깥의 날씨는 추운 경향이 있다. 이 경우 이 두 가지 변수는 양陽의 상관관계에 있다고 한다. 한편 햇빛과 비는 음陰의 상관관계에 있다. 변수가 두 개밖에 없으면 상관관계 분석은 전혀 어렵지 않다. 하지만 변수가 200개로 늘어나면 상관관계 파악이 어려워진다. 회귀분석은 경제학자가 이런 거대한 양의 데이터를 분류할 때 이용하는 도구다. 회귀분석은 초점을 맞추고자 하는 두 가지 변수를 제외한 모든 변수를 인위적으로 일정하게 맞춰 놓고, 그 두 가지 변수가 서로 변하는 과정을 살펴보는 방법이다.

세상에서 벌어지는 일들을 우리가 전부 이해할 수는 없다. 그래서 부모와 자녀의 성적을 분석하기도 하고 범죄가 벌어지는 근본적인 원인을 고민하기도 한다. 그것들 사이에는 인과관계가 아니라 상관관계 혹은 회귀 관계가 있을 수도 있다. 물론 이론이 세상의 모든 문제를 해결할 수는 없다. 그러나 세상은 여전히 조금씩 앞으로 나아가고 있으며 사람들은 미래의 행복을 꿈꾸며 산다. 이런 세상이 모순된 모습으로 비춰진다면 우리가 세상을 '경제'의 잣대가 아니라 '도덕'의 잣대로 바라보기 때문이다. 경제학자 스티븐 레빗과 저널리스트 스티븐 더브너의 만남은 이런 모순에 대한 호기심에서 출발한다. 두 사람은 단순히 경제학에 관한 지식을 제공하는 것이 아니라 경제학적 관점으로 세상을 바라볼 수 있도록 잠자리의 눈처럼 넓고 다양한 관점을 제공한다.

신문 경제면을 이해하기 위한 경제 지식이나 데이터와 통계에 의존하는 경제학도 존재한다. 하지만 정작 우리에게 필요한 것은 세상을 움직이는 경제의 힘과 그것이 걸어온 과정을 보여줄 수는 역사적 관점이다. 경제체제에 적응하기 위한 몸부림이 아니라 비판적 관점에서 문제를 해결할 수 있는 삶의 태도를 갖기 위해서도 경제학은 우리에게 반드시 필요하다.

청소년의 반대말은
'자유'

《인권》, 최현 지음, 책세상, 2008 ★★★
《인권은 대학 가서 누리라고요?》, 김민아 지음, 끌레마, 2010 ★★
《세상을 향해 어퍼컷》, 육성철 지음, 샨티, 2008 ★

"일제시대 이래 학생들이 반세기 이상 입어오던 검은 교복을 하루아침에 벗어버리고 사복으로 바꿔 입었을 때 학부모 대부분은 이로 인해 청소년 범죄가 늘어나지 않을까 우려했었다."(동아일보, 1984. 3. 30.) 지나간 신문을 뒤져여보면, 1980년 교복·두발 자유화 이후 언론은 학부모들을 내세워 부정적 여론을 주도했다. 심지어 "교복 자유화 이후 디스코 클럽을 찾는 고교생들이 부쩍 늘었다. 이 같은 현상 때문에 청소년들의 행태가 점점 향락 지향적으로 흐른다는 지적이 많다."(동아일보, 1984. 12. 15.) 이 기사를 보면 웃음이 난다. 교복 자유화 이전에는 학생들이 디스코클럽에 교복을 입고 갔을까. 교복이 자유화되고 나서 실제로 디스코 클럽에 가는 학생이 신문에 날 만큼 늘었을까. 교복을 벗으니 향락 지향적으로 흐른다고 지적한 사람들은 누구일까. 지금 우리 사회는 이 프레임에서 얼마나 벗어났을까.

무엇보다 무서운 것은 수십 년 전 신문 기사가 전혀 낯설지 않다는 점이다. 청소년을 미성숙한 존재로 바라보는 한, 보호와 선도를 명목으로 청소년의 권리를 제한하고 억압하는 것을 당연하게 여기는 시선에서 자유로울 수 없다. 우리가 생각하는 인권이란 무엇인가. 인권의 적용 대상과 범위가 정해져 있지는 않다. 이 문제에 대해 사회적으로 합의하지 못한 상태에서 청소년의 인권을 이야기하면 사람마다 관점과 생각이 많이 다르다. 자신의 기억에 비추어 추억은 모든 기억을 아름답게 포장하기 때문이다. 예를 들어, 영화 〈말죽거리 잔혹사〉나 〈써니〉는 40~50대 중년들에게 '그때 그 시절'에 대한 그리움을 파는 향수 마케팅이 주효했다. 부모 세대가 겪었던 학창 시절을 조금 이해할 수는 있어도 공감하기는 어렵기에 요즘 청소년들에게는 크게 재미도 감동도 없다. 마찬가지로 그때의 잣대로 지금 청소년의 인권을 논할 수는 없다.

대한민국의 보편적 인권은 국가인권위원회가 설립된 21세기가 되어서야 본격적으로 논의되기 시작했다. 상황이 이렇다 보니 청소년의 인권에 대한 진지한 고민은 아직도 학교 담장을 넘어서지 못하고 있다. 더구나 학교 폭력, 교권 침해 문제와 맞물려 사회적 논란만 거듭하고 있다. 서울과 경기도에서는 학생 인권을 보호하는 조례가 제정되었지만, 이에 대해 반대 입장을 가진 사람들도 많다. 이성적이고 합리적인 차원이 아니라 전통적이고 정서적인 측면에서 접근하면 서로 의견이 다를 수밖에 없다. 하지만 인권의 소중함과 신성함을 서로 인정해야 하지 않을까.

그렇다면 우리가 말하는 인권의 기원은 어디에서 시작되었을까. 한마디로 말하기 어렵지만 미국 독립에 사상적 기초를 제공한 토머스 페인은 1791년에 발표한 《인권》에서 "인간의 평등권이라는 찬란하고 거룩한 권리는(그 기원이 인간의 창조주에게 있으므로) 생존한 개개인에게만 관련된 것이 아니라 뒤를 잇는 사람들의 세대와도 관련된다. 각 세대는 그 앞서 간 세대와 평등한 권리를 가지며, 그와 같은 원칙에서 각 개인은 그 동시대인과 평등한 권리를 갖고 태어난다."라는 말을 통해 인권의 기원이 자연권임을 주장하고 있다. 시대와 세대를 뛰어넘어 인간이 갖는 가장 기본적이고 보편적인 권리는 어떤 이유로도 어떤 제도로도 제한할 수 없다는 말이다. 모든 인간이 태어나는 순간부터 부여받는 기본적인 권리라는 측면에서 인권을 살펴봐야 한다.

최현의 《인권》은 '시민권' 차원에서 인권이란 무엇인지 살피고 있다. 프랑스 국회가 1789년 헌법 서문에서 채택한 〈인간과 시민의 권리 선언〉에 처음 등장하는 '인권'이라는 용어는 '시민권'과 동시에 탄생한다. 자연법에서 출발한 인권의 기원을 살펴보고 고대 시민권의 변화를 알아본 후 근대 인권 사상과 시민권 제도의 발전 과정을 살펴보자.

키케로의 자연법 사상은 만민법의 토대가 되었고 만민법은 시민의 지위에도 적용되었다. 아리스토텔레스의 논의에서 알 수 있듯이 고대 그리스나 초기 로마에서 시민의 지위는 그리스 혈통의 남성이나 로마 혈통의 남성에게만 부여되는 특별한 지위였지만 만민법이 적용되면서 모든 사람, 심지어 노예, 외국인, 야만인에게도 부여되어야 하는 것으로 새롭게 정의되었다. 신과 이성 앞에서 모든 인간의 영혼은 그들이 가진 지능, 성격, 재산 등의 불평등과 상관없이 평등하다는 자연법 사상에 기초해서 법도 모든 인간을 평등하게 대해야 한다는 사고방식이 발전한 것이다. 그리고 이러한 만민법의 원리에 따라 모든 인간은 시민의 지위를 가져야 한다고 자연스럽게 생각하게 되었다.

인권의 기원을 자연법과 고대의 시민권에서 찾고 있는 부분이다. 인권은 근대 이후 갑작스레 발명된 특별한 권리가 아니라 인류의 삶으로부터 자연스럽게 고민해왔던 생각이다. 특히 만민법은 인권의 기초가 될 만한 생각이 아닌가. '평등'이라는 전제하에서 인권도 출발하기 때문이다. 또한 자본주의 발달과 더불어 도시의 부르주아가 성장했다.

<blockquote>
자본주의와 함께 성장한 부유하고 교양 있는 도시민 부르주아는 이전에는 봉건 계급 질서를 정당화하는 데 이용됐던, 신 앞에 모든 인간은 평등하다는 아브라함의 보편주의 사상과 신을 중심으로 사람들을 결속시킨 보편성 및 계약에 근거한 근대 인권 사상을 발전시켰다.
</blockquote>

천부 인권설이라는 개념이 널리 퍼지면서 새롭게 인권에 대한 논의가 전개된다. 국민국가가 등장하고 시민권 제도가 확립되면서 인권은 시민권이라는 차원에서 접근한다. 특정 계층이었던 시민이 이제 보편적 개념으로 넓어지고 모든 사람에게 인권이 있다는 합리적 인식에 도달한다. 그러면서 차츰 인권은 모든 사람이 당연히 누려야하는 권리로 인식하기 시작했다. 저자는 인권의 역사적 과정을 살피면서 중요한 흐름을 짚어내고 있다.

우선 서양을 중심으로 홉스와 로크, 루소 사상의 핵심을 살펴본 후에 근대 국민국가인 프랑스의 사례를 점검한다. 현대사회의 인권은 여성과 다문화 등 보다 보편적이고 폭넓은 개념으로 접근해야 한다. 이 책에서도 지구 공동체 차원에서 인권의 개념과 범위를 확장시키자는 이야기로 마무리한다. 시대의 변화와 사회변동에 따라 인권의 개념도 달라질 수 있겠지만 이 책을 통해 인권의 역사를 살펴보면 우리의 현실을 다시 한번 돌아보게 된다. 특히 청소년 인권의 현주소는 어디쯤일까.

김민아의 《인권은 대학가서 누리라고요?》는 '나이가 어려도, 공부를 못해도, 대학을 가지 않아도 나는 지금 행복할 권리가 있다'는 부제처럼 청소년 인권의 중요성을 강조하고 있다. 학생만 청소년이 아니라 비학생도 청소년이다. 청소년은 언제나 보호해야 하는 미성숙한 존재도 아니다.

우리는 흔히 청소년은 나이가 적기 때문에 모두 미성숙하다고 생각한다. 하지만 세상에는 청소년보다 더 미성숙한 어른도 많다. 단순히 나이가 많아서 성숙하고, 나이가 적어서 미성숙한 것은 아니라는 말이다. 오히려 우리 사회가 어린 사람을 모두 미성숙한 존재로 여기는 편견에서 벗어나지 못하고 있는 것이 문제이다.

바로 이 관점이 청소년 인권을 논하는 핵심이 아닐까. 미성숙하기 때문에 판단 능력이 부족하고 보호받아야 한다는 관점은 그들을 권리의 주체로 인정하지 않는 이유다. 우리는 청소년을 권리의 주체로 바라보아야 한다. 그러면 세상이 조금 다르게 보인다. 동등한 인격체로 청소년을 바라보면 상하 관계가 아니라 수평 관계가 시작된다. 관심과 애정이라고 말하지만 그것을 표현하고 실천하는 방법은 다르다. "다 너를 위해서야."라는 어른들의 말이 청소년이 원하는 것일까. 그게 아니라면 정말 청소년을 위하는 방법은 무엇일까. 저자는 다양한 청소년들의 실제 고민과 사례를 중심으로 대한민국 청소년의 인권을 이야기한다.

인권 수업 중에 한 중학생이 청소년의 반대말은 성인이 아니라 '자유'라고 말했다. 이 말은 학교에서 청소년이 처해 있는 현실을 상징적으로 보여준다. 규율은 조직에 질서를 유지한다는 측면에서는 꼭 필요하지만 태생적으로 개인의 다양한 차이를 무시하고 억압하는 힘을 지녔다는 점에서 늘 논란의 대상이 된다.

가슴 아픈 일이지만 실제 청소년들이 느끼는 학교 구조는 억압적이고 가정 내에서의 규율은 엄격하기만 하다. 자유로운 분위기에서 툭 터놓고 대화를 나눌 기회도 많지 않다. 한 중학생이 말한 청소년의 반대말은 '자유'라는 말이 우리의 현실을 정확하게 말해주는 것 같다. 최현의 《인권》이 그 개념과 역사적 과정을 밝히는 책이라면 이 책은 대한민국 청소년들이 살아가는 현실을 이야기한다.

인간의 권리는 유예될 수 없다. 성인이 될 때까지 참으라는 말도 안 되는 이야기는 하지 말아야 한다. 가고 싶은 학교를 만들어 행복한 사회를 만들기 위해서는 '지금-여기'에 살고 있는 모든 사람의 인권, 특히 청소년의 인권이 보장되어야 한다.

이 책은 아동권리협약, 유네스코 교육차별금지협약 등 본문 관련 조항들을 각 장의 마지막 부분에 배치해서 주장의 근거와 타당성을 제공하여 설득력을 얻고 있다. 학생이 아니라는 이유로 남들과 다르다는 이유로

차별받지 않는 사회, 청소년을 하나의 인격체로 존중하는 학교, 스스로 생각하고 행동하는 능동적 주체로 자녀를 인정하는 부모가 되어 청소년 인권에 관심을 가져야 한다.

육성철은 《세상을 향해 어퍼컷》을 통해 서른여덟 명의 인권 지킴이들을 인터뷰했다. 인터뷰이는 실제 생활에서 부딪치는 문제를 제기하고 그것을 해결해낸 용기 있는 사람들이다. 이 책에는 청소년과 장애인, 비정규직 등 다양한 계층의 사람들이 등장한다. 강제 이발을 진정한 이태준의 〈끝나지 않은 노래, 교실 이데아〉 코너를 살펴보자.

"왜 바꾸지 않고 마음을 조이며 젊은 날을 헤맬까. 왜 바꾸진 않고 남이 바꾸길 바라고만 있을까. 됐어! 됐어! 됐어! 이제 그런 가르침은 됐어!"
서태지와 아이들의 3집 앨범에 실려 있는 〈교실 이데아〉의 노랫말입니다. '1990년대의 문화적 아이콘'으로 불리는 '시대의 문제아'들은 권위주의와 경쟁으로 표상되는 한국 제도 교육의 현실을 통렬하게 비웃었습니다.

헌법에 보장되어 있는 신체의 자유, 행복 추구의 권리를 정면으로 부정하는 강제 두발 단속을 인권위에 진정한 이태준 군은 용기 있는 학생이다. 부당한 현실을 외면하거나 있는 그대로를 인정하면 바뀌는 것은 아무것도 없다. 〈교실 이데아〉에서 외치고 있는 것처럼 '왜 바꾸진 않고 남이 바꾸길 바라고만 있을까.'라고 자각해야 한다. 혼자 꾸는 꿈은 공상에 불과하지만, 모두 함께 꿈을 꾸면 현실이 될 수 있다.

이 밖에도 비학생 청소년 차별을 진정한 박호언, 양심적 병역 거부를 진정한 양지운, 색각 차별을 진정한 김민수 씨 등의 이야기는 우리가 관심을 갖지 않고 스스로 행동하지 않으면 인권은 남의 이야기가 될 수밖에 없다는 사실을 확인해준다.

저자는 실제 현실에서 인권 지킴이들이 겪는 일들을 소개하며 인권의 중요성과 현실의 변화 가능성을 이야기한다. 교실은 물론 성차별, 장애, 노동, 군대뿐만 아니라 일상생활에서 잃어버린 권리는 우리 스스로 찾고 지켜야 한다.

같은 시대를 살아가는 사람들일지라도 생각은 조금씩 다르다. 지금까지 그래왔는데 무언가를 바꾸려는 노력을 하는 사람들은 그래서 용기가 필요하다. 그 용기는 개인의 이익과 취향이 아니라 인간이기 때문에 포기할 수 없는 가장 기본적인 권리에서 시작한다. 인권 감수성은 "타인을 배려하고 타인의 처지를 이해함으로써, 인간에 대한 외경심을 높이는 감성"이라는 국가인권위원회 김창국 초대위원장의 말을 다시금 되짚어 보자.

젠더 gender,
만들어진 성

《세상의 절반, 여성 이야기》, 우리교육 출판부 엮음, 우리교육, 2010 ★★
《권인숙 선생님의 양성평등 이야기》, 권인숙 지음, 청년사, 2007 ★
《여자의 탄생》, 나임윤경 지음, 웅진지식하우스, 2005 ★★

'여자라서 행복해요'가 우리 사회의 현실이라면 얼마나 좋을까. 안타깝게도 이 말은 그저 유혹적인 광고 카피에 불과하다. 이 기만적인 카피는 주방 가전제품을 선택하고 사용하는 것이 여자의 행복이라고 말한다. 과연 그럴까. 예쁘고 성능 좋은 냉장고를 살 수 있는 여자가 행복하다는 이 광고에는 우리 사회가 여성을 보는 왜곡된 시선이 숨어 있다. 누구나 편리하게 실용적으로 활용할 수 있는 제품이라는 이미지 대신 가사 노동을 여성들이 전담해야 하는 것으로 인식할 수 있기 때문이다. 할머니, 어머니, 누나, 여동생, 딸에 이르기까지 가족 안에서 여성의 역할과 지위를 생각해보면 우리 사회에서 여성이 어떤 존재인지 알 수 있다.

한국 고학력 여성들의 취업률이 OECD^{경제협력개발기구} 회원국 가운데 최하위인 반면, 여성 임시직 비율은 가장 높은 것으로 나타났다. 우리나라 대졸 여성 취업률이 60.1%로 OECD 33개 분석 회원국 가운데 최하위를 차지했다는 2013년 1월 어느 경제지에 실린 기사는 우리의 현실을 보여준다. 또, 2012년 대법관 후보 12명 중에도 여성은 단 한명도 없었다. 예전에 비해 여성의 권리가 신장되고 사회 진출이 활발해지고 있다고 하지만 객관적이고 공정한 각종 시험이 아니면 여전히 여성이라는 이유로 불이익을 받는 경우가 적지 않다. 눈에 보이지 않는 차별적 시선이 바로 여성들에게 가해지는 폭력이다.

이것은 우리만의 문제가 아니라 인류 전체의 문제다. 예를 들어 여전히 히잡을 쓰는 중동의 여인, 할례 의식을 하는 아프리카의 어린아이 등의 사례는 문화의 다양성으로만 받아들일 수 없는 심각한 인권 침해의 현실이다. 이런 사회적 불평등의 문제를 고민하고 생물학적인 성이 아니라 사회적 의미에서 성 역할을 다루는 젠더gender의 개념을 통해 여성학은 새로운 분야로 자리 잡았다.

정치와 경제 등 사회 각 분야에서 두드러진 활동을 보이는 여성들이 있지만 유럽에 비해 대한민국에서 여성의 역할과 지위는 분명히 한계가 있다. 출산과 육아 그리고 가사 노동으로부터 자유로울 수 없는 현실은 개인의 문제가 아니라 국가의 복지 차원에서 접근해야 할 문제다. 특히 육아 문제는 여성들의 사회 활동에 결정적인 걸림돌이다. 육아와 교육은 개인이 책임질 문제가 아니라 우리 사회 전체의 문제이다. 출산율 저하와 급격한 고령화로 인해 대한민국은 빠른 속도로 늙어간다. 하지만 근본적인 대책을 세우지 않으면 장기적으로 개선될 여지가 없다. 또한 미래 사회에는 여성의 사회적 역할이 더욱 중요해질 것이기에 우리에게는 다른 어떤 분야보다 먼저 여성에 대한 인식의 전환이 필요하다.

적극적이고 능동적인 여성만이 삶의 주체로 홀로 설 수 있다. 전통적으로 규정된 여성의 역할에서 벗어나 남성들과 경쟁에서 앞서는 여성들이 많다. 이런 현실은 남존여비라는 과거 유교적 이데올로기를 깨뜨리고 있다. 공정한 경쟁에서 남녀의 능력은 차이가 없다. 여성이 남성과 다르지만 그것은 '차별'이 아니라 '차이'를 말한다. 그 차이를 확인하기 위해서는 다양한 측면에서 여성의 문제를 생각해야 한다. 《세상의 절반, 여성 이야기》에는 성차별을 깨뜨리기 위한 즐거운 놀이마당이 펼쳐진다. 실제 여성들의 목소리를 통해 사례 중심으로 풀어낸 이 책은 우리 사회에서 여성이 어떤 존재인가를 진지하게 살펴본다. 다양한 여성들의 목소리는 단순히 성차별의 문제를 확인하는 데 그치는 것이 아니라 근본적인 원인을 살펴보고 대안을 모색하는 데까지 나아간다.

> 유교적 가부장제의 비합리성은 '부계 혈통제' 때문에 비롯되었습니다. '아들의 아들의 아들'을 통해 가문의 대를 잇고 혈통을 보존한다고 생각하는 부계 혈통제는 남자만 씨앗을 생산한다는 무지에서 생겨난 것이므로, 우리의 문화와 제도는 점차 양계 혈통세로 바뀌어야 합니다. 북미와 유럽의 경우 92.3%가 부모 양계 혈통주의를 택했다고 합니다. 양계 혈통주의를 택하는 나라에서는 어머니의 성을 따를 수 있는 것은 물론이고, 대를 잇기 위해 반드시 아들을 낳아야 한다거나 대를 잇지 못한다는 이유로 낙태하는 일은 일어나지 않습니다.

대한민국 여성 문제의 시작은 가부장제가 아닌가 싶다. 부계 혈통 중심의 가족제도와 문화는 철저하게 남성 중심이다. 제사와 상속 등 모든 권력이 남성에게만 집중되어 있다. 여성은 자연스럽게 주변에 머물러 있어야 하고 가사 노동과 대를 잇는 남아 출산의 의무를 진다. 전근대적인 사고방식이라고 할지 모르지만 주변을 둘러보면 아직 사람들의 생각이 많이 바뀐 것 같지 않다.

이런 현실의 모습은 무시할 수 없는 우리의 자화상이다. 세상의 절반이 여성인데도 불구하고 그들이 느끼는 차별은 상상 이상이다. 호주제가 폐지되고 남아 선호 사상이 확연히 엷어졌지만 가정, 학교, 직장 등 사회 곳곳에는 아직도 여성에 대한 차별이 존재한다. 양성평등의 분위기가 사회적으로 확산되고 예전과는 비교할 수 없을 만큼 여성들의 지위가 향상되었다고 하지만 보이지 않는 곳에서 벌어지는 일들은 결코 가볍지 않다.

"여자도 성공해야 한다. 여자도 진취적이어야 한다."
이런 말씀도 많이 하시는데요, 여기에 '도' 자를 붙이는 건 정말 못마땅해요.
"공부를 잘해야 시집도 잘 가는 거야."
이런 말을 들을 땐, 정말 왕짜증이에요. 우리가 시집을 가기 위해 공부하는 건 아니잖아요. 마치 여자의 인생에서 시집가는 것이 가장 중요한 일인 것 같다는 생각도 들어요.

여성에 대한 사회적 인식은 가정과 학교에서부터 시작된다. 이런 이야기를 듣는 여학생들은 여성의 역할과 자신의 인생을 어떻게 생각할까. 여성 문제는 우선 사회 구성원들의 인식의 전환이 필요하다. 양성평등은 가정과 학교에서부터 시작해야 한다. 그렇지 않으면 사회에 나가서도 소극적이고 수동적인 태도를 갖기 쉽다. 신체적 운동 능력의 차이가 있을지 모르지만 지적 능력이나 사회적 역할은 남성과 다르지 않다. 여성 스스로 자신감을 갖고 당당한 태도를 갖는 것이 필요할 뿐만 아니라 사회적 역할과 제도의 개선도 필요하다. 세계적인 천재 물리학자 아인슈타인의 아내 밀레바 마리치의 경우를 살펴보자.

"나도 남자 동료들처럼 훌륭한 물리학자가 될 수 있어요."
밀레바 마리치는 이처럼 자의식이 뚜렷한 여자였다.
"우리 둘이서 운동의 상대성에 관한 연구를 성공적으로 끝마치게 된다면 얼마나 기쁘고 자랑스러울지 모르겠소."
이것은 유명한 물리학자이며 노벨상 수상자인 알베르트 아인슈타인이 자신이 열정적으로 사랑했으며 지적으로도 높게 평가했던 밀레바 마리치에게 건넨 말이었다. 그러나 오늘날 그녀는 알베르트 아인슈타인의 아내로 알려져 있을 뿐이다.

여성이라는 이유만으로 그 능력을 마음껏 발휘하지 못하고 가정에 묻히거나 역사에 기록되지 못한 경우가 많다. 그뿐만 아니라 문학과 대중매체 속의 여성도 왜곡된 모습으로 그려지는 경우도 많다. 이렇게 과거의 여성과 현실의 모습을 점검하는 동안 우리는 세상의 절반인 여성의 이야기를 진지하게 경청하게 된다.

이 책은 가정과 학교 그리고 사회에서 여성이 길들여지는 과정을 보여주고, 대학생들의 발랄한 문제의식과 다양한 사회현상들에 대한 고민까지 즐겁게 펼쳐놓는다. 문학이나 대중매체에서 여성의 모습은 어떠하며 건강한 사랑을 하기 위해서는 어떤 인식의 전환이 있어야 하는지 살펴본다. 여학생들이 직접 쓴 꽁트 〈여자는 왜?〉, 마당극 〈다 함께 웃는 명절〉 그리고 〈새로 쓴 '신' 데렐라〉는 많은 생각 거리를 던져준다. 너무 심각하고 진지한 자세로 문제를 해결하려는데 초점을 두는 것이 아니라, 지금 벌어지고 있는 현실의 문제점을 경쾌하게 지적하고 즐겁고 긍정적인 태도로 바꾸려는 노력은 우리 사회를 바꾸어 나가는 원동력이 될 것이다.

이에 비해 《권인숙 선생님의 양성평등 이야기》는 남성과 여성을 비교하는 방법으로 여성 문제에 접근한다. 평등의 방법과 태도는 다양하다. 작가는 우리가 흔히 말하는 '남자다움'과 '여자다움'의 차이를 설명하면서 이야기를 풀어낸다. 어머니의 희생을 미화하고 강요했던 과거 우리 사회의 모습과 다이어트와 외모지상주의 문제가 어떤 의미를 갖고 있는지 꼼꼼하게 짚어본다.

한 다이어트 포털 사이트의 자료에서는 회원 30만 명을 상대로 조사한 결과 다이어트를 하고자 하는 사람들 중 85%가 '살빼기'가 필요하지 않은 정상 체중이라고 해. 15%만이 다이어트가 필요한 과체중으로 조사됐으며, 85%는 정상 체중이거나 저체중인 것으로 밝혀졌다는구나.

남녀노소 할 것 없이 대한민국은 외모 지상주의 열풍이 대단하다. 젊고 예뻐 보이고 싶은 마음은 본능에 가까울지도 모른다. 하지만 이렇게 외모에 집착하는 사람 중 대다수는 여성이다. 여성은 외모로 평가받는다는 생각이 아직 지배적인 것 같다. 정작 우리에게 중요한 것은 무엇일까.

특히 청소년기에는 근본적으로 남녀 간의 성 역할이나 남녀평등의 문제를 좀 더 깊이 고민해야 하는 게 아닐까.

저자는 청소년의 눈높이에서 여성의 특성은 물론이고 남성과의 불평등 문제를 하나하나 지적하고 있다. 단순히 여성을 사회적 약자로 볼 것이 아니라 왜곡된 생각을 바로잡아 대등하고 당당한 여성의 삶을 인정할 수 있는 마음의 준비를 해주고 있다. 양성평등은 머리가 아니라 가슴으로부터 우러나오는 내면의 변화에서 시작해야 한다.

나임윤경은 《여자의 탄생》을 통해 여자의 일생을 살펴본다. 태어나서 죽을 때까지 여성은 사회적으로 암묵적인 차별을 받는다. 저자는 여자의 생애 전체를 자신의 경험과 여성학 이론을 바탕으로 섬세하고 담담한 목소리로 이야기한다. 이 책은 여성으로 길러지는 과정의 문제점, 학교에서 남학생과의 강요된 차이, 사춘기에 느껴야 하는 정체성을 여성의 시각으로 바라본다. 사랑을 할 때도 착한 여자 콤플렉스에 빠지는 이유와 데이트 비용의 불평등이 어떤 결과를 초래하는지 생각해봐야 한다. 그리고 돈을 벌고 결혼하는 과정, 아줌마가 되어 받아야 하는 편견어린 시선에 대해서도 점검해보자.

성형수술보다는 간단하고 저렴한 화장품이 여성들의 구매력을 자극할 테지만, 한 번쯤 우리 자신에게 '왜 젊어 보이고 싶어 하는가?'라고 질문을 던져봐야 할 것입니다. 물론 요즘 남성들 역시 젊어 보이기 위해 성형외과를 많이 찾고 있다고들 하지만 '미시족'에 견줄 만한 남성 그룹이 아직 없는 것을 보면 젊음에 대한 욕망이 여성보다는 덜한 것이 아닐까 합니다. 왜 여성들은 결이 질문에 대한 답은 우리 마음속에 있다. 타인의 시선, 자기 자신에 대한 만족감 등 여러 가지 이유를 말할 수 있겠지만 사실은 외모에 대한 차별적 시선 때문이다. 생물학적 여성으로 태어나서 사회적 여성으로 규격화 되는 과정은 우리의 현실을 반영한다. 우리 사회에 널리 퍼져 있는 '아줌마' 혐오와 그에 대한 반발로 탄생한 '미시'는 좋은 사례다.

나임윤경은 이 책에서 여자로 태어나 철저하게 여자로 길러지고 여자로 살아가는 과정을 추적한다. 저자 자신의 실제 경험을 녹여내고 있기 때문에 친근하면서도 어렵지 않게 여성의 문제를 인식하고 그 대안까지 고민할 수 있다.

남자든 여자든 어느 한쪽의 성을 가진 사람들만으로 사회를 이루는 것은 불가능하다. 지속 가능한 사회, 모두 함께 행복한 사회를 만들기 위해서는 차별 없는 세상을 만들어야한다. 여성에 대한 사회적 편견과 왜곡된 시선은 여성뿐만 아니라 남성까지도 불행하게 한다. 더불어 함께 사는 지혜는 남성과 여성을 구별하는 데 있는 것이 아니라 상호 보완적인 관점에서 평등한 관계를 이루는 데 있다. 젠더gender는 태어나는 게 아니라 만들어지기 때문이다.

4장

수학과 과학, 문명을 발전시키다

자연과학은 인류가 이룩한 문명의 바탕을 이룬다. 과학적 사고는 과학자에게만 필요한 것이 아니다. 이 장에서는 수학에서 출발해 과학, 생물, 물리와 화학, 생태와 환경 분야의 책들을 두루 살펴본다. 구체적인 현실의 문제를 해결할 수 있는 고민의 시간을 가져보자.

우리 **삶**을 **지배**하는 **수학**,
그 **아름다움**

《수학의 유혹》, 강석진 지음, 문학동네, 2002 ★★
《기호와 공식이 없는 수학카페》, 박영훈 지음, 휴머니스트, 2005 ★★
《수학 오디세이》, 앤 루니 지음, 문수인 옮김, 돋을새김, 2010 ★★

뉴욕에 폭탄 테러가 일어날 수 있는 절체절명의 순간이다. 기폭 장치는 작동을 시작했고 멈출 수 있는 방법이 딱 한 가지 있다. 테러범은 존 맥클레인 형사(브루스 윌리스)와 그의 파트너에게 방법을 알려준다. 5갤런과 3갤런 물통 두 개를 가지고 정확히 4갤런의 물을 담아 저울 위에 올려놓아야 한다. 그것도 5분 안에! 수학 문제를 풀어야 테러를 막을 수 있다니, 두 형사는 이런 일을 상상이나 했을까. 〈다이하드3〉에서 테러리스트가 낸 이 문제를 얼마나 많은 사람이 풀었을지 궁금하다. 수학은 이렇게 수수께끼 같은 문제를 차분하게 고민하는 과정이 중요하다. 하지만 현실에서 수학은 어렵고 지겹지만 대학 진학을 위해 열심히 공부하지 않으면 안 되는 과목일 뿐이다. 즐기지 못하고 극복해야 하는 과목이라는 선입견 때문에 많은 학생은 집합과 명제 이상의 선을 넘어 수학의 세계로 들어오지 못한다.

눈을 뜨자마자 시계를 보면서 시작되는 현대인의 하루는 철저하게 수의 세계 안에 갇혀 있다고 해도 지나친 말이 아니다. 공부나 시험에서 벗어나 사물에 대한 호기심으로 수학에 접근하면 우리는 그제야 수학이 아름답다는 사실을 알게 된다. 알면 사랑하게 되고 사랑하게 되면 더욱 깊이 이해할 수 있는 법이다. 학교에서 배웠던 수학은 현실에서 적용할 수 없는 문제 풀이 위주의 추상화된 세계가 대부분이다. 지적 호기심을 자극하지 못하고 현실적 유용성도 없는 분야로 수학을 인식하게 되는 것은 시험과 점수에 대한 부담 때문이다. 이런 부담을 덜어내고 수학을 즐기는 방법은 없을까.

논리적이고 명쾌한 수의 세계에 매료되면 수학은 어떤 분야보다도 우리에게 많은 즐거움을 준다. 강석진은 《수학의 유혹》을 통해 이러한 즐거움의 세계로 우리를 유혹한다. 이 책의 가장 큰 장점은 작가의 수학에 대한 열정과 사랑이다. "미쳐야 미친다."라는 말도 있지만 수학에 미친 강석진의 이야기는 아름다운 수학의 세계를 보여주기에 충분히 재미있고 유쾌하다. 가장 실용적인 학문임에도 불구하고 가장 추상적인 내용의 문제 풀이에 익숙해진 학생들에게 이 책은 수학이란 무엇인가를 고민하게 할 뿐만 아니라 수학이 왜 재미있는 학문인지 알려준다. 우리에게 쓸모 있고 필요한 수학적 사고력은 많은 연습과 훈련이 필요하다. 하지만 그 연습과 훈련은 즐거워야 하지 않을까.

세타가 체스라는 게임을 발명해서 보급할 당시 인도의 왕자는 살라라는 사람이었다고 한다. 이 왕자는 세타가 발명해낸 체스 게임이 너무나 재미있어서 시간가는 줄 모르다가 어느 날 세타에게 큰 상을 내려야겠다고 생각했다. 그래서 세타를 불렀다.

"네가 만든 체스 게임이 너무나 재미있다. 그래서 짐이 네게 큰 상을 내리려 하니 원하는 걸 뭐든지 말해보아라."

그러면서 속으로는 고민했을 것이다.

'이게 혹시 내 재산을 다 달라고 하면 어떻게 하나?'

그런데 세타의 대답은 의외로 간단했다.

"왕자마마, 저는 바라는 게 별로 없습니다. 그저 체스판 한 칸에 수수알 한 톨, 그 다음 칸에 수수알 두 톨, 그 다음 칸에는 수수알 네 톨, 이렇게 다음 칸에는 앞의 칸보다 수수알을 두 배씩 얹어서 주시면 됩니다."

체스판은 가로세로 정사각형 8개씩 64개의 칸이 있다. 마지막 칸에는 수수 몇 톨을 넣으면 될까, 계산해보자. 마지막 칸에는, 2^{63}개의 알을 놓아야 한다. 상상을 초월하는 양이다. 왕자의 전 재산을 넘는 상금을 요구한 사실을 모른 왕자는 세타를 쫀쫀한 녀석이라고 비웃으며 너그럽게 허락했다. 왕자가 '거듭제곱의 위력'을 조금이라도 이해했더라면 세타에게 무례하다고 화를 냈을 것이다. 무식하면 용감하다는 말이 왕자에게 딱 들어맞는다.

이렇게 역사의 일화를 가져오기도 하고 때로는 자신의 이야기를 통해 자연스럽게 수학에 대한 흥미를 불러일으킨다. 말하자면 수학은 생활 밀착형 학문이라는 사실을 끊임없이 주장한다. 수학 안에 숨어 있는 비밀들을 하나씩 알아가다 보면 보이지 않던 것들이 아름답게 보이기 시작한다.

"근데 말야. 아빠 학생들이 아빠보고 '싸이' 닮았대다."

갑자기 녀석이 쿡쿡 웃기 시작했다.

"애들이 저도 그렇대요."

(그렇겠지. '붕어빵'이 별수 있겠냐? 미안하다. 네 인생까지 어렵게 만들어서.)

우리가 붕어빵이다. 국화빵이다 하며 서로 매우 닮았다고 얘기할 때 그 의미는 '느낌이 비슷한 것'을 말하는 것 같다(그런데 사실 붕어빵이나 국화빵은 모양과 크기가 같으니까 '합동'에 더욱 가까운 얘기 아닌가?). 그러니까 아버지와 아들이 붕어빵처럼 닮았다고 말할 때 사실은 디테일을 무시하고 보면 커다란 틀은 같다. 크기는 좀 다르지만 모양이 같다. 뭐 이런 뜻일 것이다. 이것을 수학적으로 좀 더 다듬어 두 도형이 '닮았다'는 것을 다음과 같이 정의한다.

학교에서 신입생들에게 가수 '싸이'를 닮았다는 이야기를 듣고 아들과 나눈 대화의 한 장면이다. 저자는 이렇게 자연스럽게 일상생활의 사례로 도형의 닮음비를 설명하고 독자들은 고개를 끄덕이며 이야기를 듣는다. 이처럼 수학적 스토리텔링은 곳곳에서 힘을 발휘한다. 적절한 비유와 예시는 수학을 이해하는 데도 큰 도움을 준다. 스토리텔링은 현란한 수사로 이야기를 만들어내는 것이 목적이 아니라 상상력을 발휘하게끔 하는 것이다.

가끔 하늘이 파란 이유가 궁금했던 어린 시절로 돌아가고 싶은 마음이 든다. 세상에 대한 호기심과 사물에 대한 관심은 놀라운 발견과 발명의 시작이다. 수학을 대하는 우리들의 마음도 이렇게 궁금증으로 가득해야 하지 않을까. 수학을 '잘' 하기 위해 쏟아져 나온 수많은 이론적인 해설서와 수학 공부 비법이 오히려 아이들과 수학 사이를 멀어지게 하는 것은 아닐까. 이 책을 읽는다고 해서 단기간에 점수가 올라가지는 않을 것이다. 하지만 수학에 흥미를 느끼고 수학의 중요성을 스스로 체득하는 데는 더할 수 없는 도움을 줄 것이다.

어떤 일이든 실력을 키우는 데는 그만한 시간과 노력이 필요하다. 결코 만만치 않은 내용을 설명하면서도 수학적 원리와 문제 해결 과정을 알기 쉽게 풀어내는 저자의 솜씨는 이 책의 또 다른 장점이다. 축구공의 표면을 덮고 있는 정다면체의 비밀을 수학으로 설명하면서 우리가 친근하고 편안하게 느끼는 것들일수록 수학의 숨결과 신비가 숨어 있다고 말하는 강석진은 수학이 우리 생활을 더욱더 풍부하고 깊이 있게 만들어준다는 믿음을 준다.

실제 생활에서의 유용성과 재미를 통해 수학에 흥미를 갖게 되었다면 수학의 기원을 더듬어 볼 차례다. 박영훈의 《기호와 공식이 없는 수학카페》를 따라가면 또 다른 수학의 세계를 경험하게 된다. 오로지 공식을 외우고 수많은 기호를 통해 정해진 답을 찾는 것이 수학이라고 생각하는 사람이라면 이 책을 통해 수학의 기원을 살펴보자.

안타깝게도 우리는 너무도 추상화된 수학에 압도당한 나머지 이를 제대로 느끼기 어렵지만, 애초에 수학은 순전히 실생활의 필요에 따라 만들어졌다. 원시사회에서도 물물 거래는 일어나게 마련이며, 그에 따라 어느 정도의 셈은 필요했다. 원시인들은 자연스레 손가락과 발가락을 가지고 간단한 셈을 하기 시작했다.

모든 학문이 그러하듯이 수학도 인간의 삶에서 비롯되었다. 우리의 삶에는 끊임없이 해결해야 할 문제들이 등장한다. 수학은 이런 문제를 해결할 수 있는 좋은 도구이며, 수학이라는 학문은 인류가 그러한 문제들을 해결하는 과정에서 축적한 문화유산이라는 저자의 생각은 수학에 접근하는 자세를 바로잡아준다. 우리의 인생을 비춰볼 수 있는 거울이 수학이라고 말하는 강석진의 말이나 문제 해결의 도구라고 말하는 박영훈의 이야기는 기능적 수학이 아니라 인문학적 소양으로서 수학의 역사를 이해해야 하는 이유를 설득력 있게 전달하고 있다.

그리스인들의 아름다움에 대한 관념은 절제를 담은 표준화였다. 그들은 조각을 표준화한 것과 마찬가지로 건축물도 표준화하였다. 그리스의 단순하고 간결한 건축물들은 항상 직각 모양을 이루었고 이때 물론 두 변의 비율도 고정되었다. 아테네의 파르테논 신전은 거의 모든 그리스 신전에서 발견되는 양식과 비율의 본보기라 할 수 있다. 이상적인 두 변의 비율을 고집하는 것은 형식에 대한 집착, 그것도 추상적 형식에 대한 집착과 밀접한 관련이 있다. 따라서 아름다움을 중시한 그리스인들의 진리 찾기는 그 바탕에 수의 조화가 깔려 있음을 인식하지 못하고는 결코 이해할 수 없다.

수학도 예술이다. 그리스 예술의 바탕에는 이렇게 수학적 아름다움이 숨어 있다. 고대 철학자들이 수학자였다는 사실은 널리 알려진 사실이다. 논리적인 사고와 자연현상에 대한 호기심은 철학자들을 자연스럽게 수학으로 이끌었을 것이다. 최초의 수학자 탈레스부터 피타고라스와 플라톤은 물론이고 유클리드까지 말이다. 여러 수학자의 이야기를 인문학적 관점에서 살펴보고 있는 이 책은 수학이 시작된 역사의 현장을 직접 찾아다니며 수학의 신비와 아름다움을 깨닫게 한다.

1부터 9까지 숫자 중에 하나를 떠올려보자. 그 숫자에 9를 곱하고 두 자리 수가 나오면 각각의 숫자를 더한다. 그 수에서 5를 빼고 제곱을 한 다음 2를 더하면 당신이 어떤 숫자를 떠올렸든지 답은 '18'이다. 마술 같은 수의 세계를 이해하기 시작하면 즐겁고 재미있는 수학을 만날 수 있다. 중세 문학을 전공한 앤 루니의 《수학 오디세이》는 단순히 수학의 즐거움을 이야기하거나 수학의 역사를 기술하는 데 그치지 않고 수학이 발생한 배경과 역사를 꼼꼼하게 살피고 있다. 인류 역사와 더불어 자연스럽게 발생하게 된 수학은 시대에 따라 그 발달 속도를 달리한다. 기원전 400년경에 고대 그리스인들의 관심에서 비롯되어 2000년 전 나일강의 삼각주와 티그리스 유프라테스강 사이의 평지 사이에서 단순한 셈 이상의 수학적 활동이 시작되었다.

눈에 보이는 확률과 대수의 법칙 사이에서 확률 문제는 점점 복잡해졌다. 동전의 뒷면이 연속해서 다섯 번 나올 가능성은 얼마인가? 세 개의 주사위를 던졌을 때, 세 주사위 모두 6이 나올 가능성은 얼마인가?
이것을 알기 위해서는 확률과 관련된 계산을 해야 한다. 동전의 뒷면이 연속해서 다섯 번 나올 확률은 $1/2^5 = 1/32$이고 주사위 세 개가 모두 6이 나올 확률은 $1/6^3 = 1/216$이다.

친구와 동전 던지기나 주사위 놀이를 할 때, 복권을 사거나 카지노를 할 때, 주식을 투자할 때 등 확률과 통계는 우리 일상을 지배한다. 이렇게 다양한 수학의 역사와 수학자에 대해 궁금하지 않은가. 앤 루니는 수학의 시작인 숫자에서 시작해서 수열, 기하학, 삼각법, 대수학과 방정식은 물론이고, 미적분과 통계에 이르기까지 수학 전 영역의 기원과 발생 과정을 옛이야기 들려주듯 풀어놓는다.

살아가면서 어떤 문제에 부딪치면 우리는 여러 가지 방법을 생각하고 고민한다. 문제 해결 과정에는 뛰어난 상상력과 추론 능력이 요구되기도 하지만 대부분의 경우 합리적이고 논리적인 생각이 기본이 된다. 수학은 이런 기본기를 만들어주고 생각하는 힘을 길러준다. 수학적 사고력을 기르기 위해서는 공식과 계산에 얽매이지 말고 실제 주어진 문제 상황을 해결하기 위해 노력하는 과정을 즐길 수 있어야 한다. 합리적이고 논리적인 사유 방식은 세상을 살아가는 매우 중요한 도구이기 때문이다.

한 알의 모래에서 우주를 보는
과학적 상상력

《거의 모든 것의 역사》, 빌 브라이슨 지음, 이덕환 옮김, 까치글방, 2003 ★★
《과학, 일시 정지》, 가치를꿈꾸는과학교사모임 지음, 양철북, 2009 ★
《거짓말 새빨간 거짓말 그리고 과학》, 셰리 시세일러 지음,
이충호 옮김, 부키, 2010 ★★★

한 알의 모래에서 우주를 보고

들판에 핀 한 송이 꽃에서 천국을 본다

그대의 손바닥에 무한을 쥐고

찰나의 시간 속에서 영원을 보라

영국의 시인 윌리엄 블레이크의 〈순수의 전조〉라는 시의 일부다. 스티브 잡스에게 상상력과 영감을 준 것으로 더욱 유명해진 이 시에는 자연의 신비와 놀라움이 숨어 있다. 과학은 한 알의 모래를 들여다보고 한 송이 꽃이 피는 과정에 호기심을 가지면서 시작되었을 것이다. 그 비밀의 문을 열고 들어간 과학자들은 자연과 우주의 신비에 감탄한다. 인류의 역

사는 이렇게 질문과 상상력을 통해 발전해왔으며 과학은 그 질문에 대한 대답이라고 할 수 있다. 무지한 인간에게 자연은 경외의 대상이었지만 차츰 그것은 극복해야 할 삶의 조건으로 바뀌었다. 21세기를 살아가는 우리에게 과학은 모든 것의 시작이며 끝이라고 할 수 있다.

밤하늘의 별을 바라보며 누구나 한 번은 그곳에 가보고 싶다는 상상을 했을 것이다. 도대체 우주는 얼마나 큰 세계이며 그 끝은 어디일까. 지구는 어떻게 만들어졌으며 또 지구에 생명체는 언제 생겼을까. 이렇게 근본적인 호기심에 답을 하려는 시도가 바로 《거의 모든 것의 역사》에 담겨 있다. 과학에 문외한이라는 작가의 말을 믿기 어렵지만 이 책을 읽다 보면 왜 그렇게 말하는지 조금은 짐작할 수 있다. 실제로 빌 브라이슨은 과학자가 아니다. 과학이 해결하려고 했던 가장 흥미롭고 중요한 의문을 따라가는 여행자에 불과하다. 그 여행의 기록이 이렇게 멋진 책으로 태어났다. 500쪽이 넘는 분량이지만 어려운 과학 용어와 수식을 동원하지 않고 자연과 우주의 신비를 알기 쉽게 설명한다.

이 책은 과학이 심오하고도 철학적인 대상도 아니며 우리가 살아가는 세상이 놀라움과 환희로 가득 차 있지도 않다고 말한다. '우주의 크기는 얼마나 될까.', '지구의 중심에는 무엇이 있을까.', '인간은 어떻게 만들어졌을까.' 같은 아주 사소하고 근본적인 질문에 답을 찾아가는 과정을 보여준다.

우주의 관점에서 놀라운 사실은, 모든 것이 우리에게 얼마나 유리하게 만들어졌는가 하는 것이다. 만약 우주가 아주 조금만 다르게 생성되었더라면, 만약 중력이 아주 조금 더 강했거나 아니면 조금 더 약했거나, 팽창이 조금 더

느리거나 아니면 조금 더 빠르게 일어났더라면, 우리 인간은 물론이고 우리가 서 있는 땅을 구성할 안정한 원소들이 절대 만들어지지 못했을 수도 있었다.

우주에서 시작해보자. 인간의 힘으로 조절할 수 없는 자연의 조건들이 만들어지기까지 그 놀라운 과정 자체가 과학이다. 우리에게 최적의 조건으로 형성된 자연을 어떻게 이해해야 할까. 우주와 지구의 역사를 더듬다 보면 인간은 정말 하찮은 존재처럼 여겨진다. 자연 앞에 우리는 조금 더 겸손해질 필요가 있지 않을까. 오만한 인간이 현재 지구에게 가하는 폭력에 대해서도 생각해보아야 한다.

하늘과 땅은 언제부터 이런 모습이었을까. 우리가 살고 있는 땅이 움직인다는 사실을 알고 있는가. 베게너에 의해 판게아^{Pangaea} 이론이 처음 등장했을 때 아인슈타인조차도 맹렬히 비난했다. 그러나 과학은 그 사실을 이렇게 증명했다.

현재의 대륙과 과거의 대륙 사이의 관계는 상상하던 것보다 훨씬 더 복잡한 것으로 밝혀졌다. 카자흐스탄은 한때 노르웨이와 뉴잉글랜드에 붙어 있었던 것으로 밝혀졌다. 스태튼아일랜드는 한쪽만이 유럽에 속하고, 대부분은 뉴펀들랜드에 속한다. 매사추세츠 해변의 자갈과 가장 가까운 것은 오늘날의 아프리카에 있다. 스코틀랜드의 고원과 대부분의 스칸디나비아 지역은 아메리카에 속한다. 남극 대륙의 섀클턴 산맥의 일부는 한때 미국 동부의 애팔래치아 산맥에 속했을 수도 있다. 다시 말해서 암석들은 돌아다닌다.

지금도 지구는 움직이고 있다. 우리가 살고 있는 이 땅이 움직이고 있다. 우주에 떠 있는 자그마한 행성 지구에 발 딛고 잠시 생명을 유지하는 인간은 대자연 앞에서 작고 초라해보인다. 하지만 인간의 관찰과 호기심은 우리의 삶을 편리하게 만들었고 문명을 발달시켜 왔다. 이 과정을 우리는 과학이라고 부른다.

이 책에서 배울 수 있는 것이 있다면, 그것은 우리가 이곳에 존재한다는 것이 엄청난 행운이라는 것이다. 여기에서 '우리'는 살아 있는 모든 생물이라는 뜻이다. 우리의 우주에서 어떤 형태이거나 상관없이 생명을 얻는다는 것 자체가 엄청난 성과이다. 물론 인간인 우리는 두 배의 행운을 얻은 셈이다.

저자의 마지막 말은 이 책의 의미뿐만 아니라 과학을 통해 무엇을 얻을 수 있는지 알려준다. 인류가 쌓아온 지식을 모두 이해할 수는 없다. 다만 그 지식을 탐구하는 흥미진진한 과정을 따라가는 데 이 책을 읽는 목적이 있다. 사물에 대한 관심과 세상에 대한 무수한 질문으로 가득한 사람에게 과학은 생각하는 방법을 제시해준다. 빌 브라이슨은 우주의 시작, 지구와 생명 탄생의 과정 그리고 우리의 미래를 이야기한다. 책을 읽는 동안 우리는 세상에 존재하는 모든 것들의 기원을 거슬러 올라가는 시간 여행을 즐길 수 있다.

시간을 거슬러 긴 여행을 마쳤다면 이제 현실로 돌아오자. 과학은 실험실 안에 갇힌 학문의 대상이 아니라 바로 '지금-여기' 현실의 문제를 가장 명확하게 해결해줄 수 있는 도구다. 가치를꿈꾸는과학교사모임에서 펴낸 《과학, 일시 정지》는 매우 현실적인 과학의 문제에 대해 이야기한다. 열세 명의 과학 교사들은 기후변화에서 동물 실험, 연구 윤리와 원자력 에너지, 줄기세포, 나노 기술에 이르기까지 다양한 주제를 다루고 있다.

폴링은 맨해튼 프로젝트의 참가를 제안받은 적이 있어요. 맨해튼 프로젝트는 1941년 미국이 극비리에 추진했던 핵폭탄 제조 프로젝트예요. 당시 연구 책임자였던 오펜하이머^{Franz Oppenheimer} 박사는 폴링이 맨해튼 프로젝트의 화학 분야를 담당해주길 바랐지만 폴링은 거절했지요. 당시 이름 있는 과학자들 대부분이 그 프로젝트에 참여했어요. 그런 상황에서 폴링이 그처럼 소신 있는 선택을 할 수 있었던 것은 과학의 사회적 책임을 인식했기 때문일 거예요. 그 후 폴링은 아인슈타인 등이 주도하는 원자 과학자 비상 위원회 활동을 하면서 적극적으로 반핵운동에 뛰어들게 돼요.

노벨 화학상(1954)을 받은 폴링이 1962년에 노벨 평화상을 받은 것은 과학자의 연구 윤리를 보여주는 대표적인 사례다. 한 번 받기도 어려운 노벨상을 두 번이나 받은 것이 중요한 게 아니라 과학이 인간에게 어떤 의미인가를 생각해보게 하는 일화이기 때문이다. 눈부시게 발전하는 현대 과학이 어떻게 활용되어야 할까. 유비쿼터스 세상에 대해 생각해보자.

유비쿼터스의 문제점을 이야기할 때 "빅브라더가 보고 있다."라는 말을 하곤 합니다. 빅브라더는 조지 오웰의 《1984년》이라는 소설에 나오는 가상의 인물로, 절대 권력을 가진 독재자예요. 빅브라더는 사람들을 유비쿼터스 시스템과 유사한 쌍방향 통신 장치인 텔레스크린으로 감시하고 세뇌시켜요. 이

사생활이 모두 노출된 것 같은 디지털 세상은 이전의 삶과 비교할 수
없다. 첨단 과학기술은 편리하고 유용한 만큼 인간다운 삶이나 기본적인
권리를 침해할 여지도 커졌다. 이 책을 쓴 과학 선생님들은 지식을 전달
하기 위해 노력하는 것이 아니라 숨 가쁘게 질주하는 현대 과학에 브레
이크를 걸고 있다.

짤막한 글들이지만 도입 부분에서는 스토리텔링 기법을 활용하고 있
다. 학생들의 눈높이에 맞춰 쉽게 이야기를 풀어내고 있기 때문에 흥미
를 유발하는 데 좋다. 하지만 여기에서 다루고 있는 내용은 가볍고 즐거
운 이야기가 아니다. 인간의 가치가 개입되지 않은 과학적 판단이 가능
할까. 현대 과학의 눈부신 발전 속도와 별개로, 이것을 활용하는 현실에
서는 여러 문제가 발생한다. 이 문제들을 해결하기 위해서는 사회 구성
원들의 합의가 필요하며, 다양한 관점과 의견들을 모아서 판단해야 한
다. 이 책을 통해 우리는 과학이 장밋빛 미래만을 제시하는 것은 아니라
는 사실을 확인할 수 있다. 과학은 단순히 호기심의 충족이나 현실의 개
선에 그치지 않고 지속 가능한 미래까지 고민해야 한다.

우리가 살고 있는 은하에만 1000억 개가 넘는 별들이 빛난다는 믿기
어려운 사실. 그런 은하가 1000억 개 넘는다고 하니 밤하늘에는 보이든
보이지 않든 1000억×1000억 개의 별이 존재하는 셈이다. 지구라는 조
그마한 별에 살고 있는 나를 돌아보는 것은 순전히 상상력의 힘이다. 그

상상력의 바탕이 되는 것이 바로 과학이다. 하지만 과학이 세상의 진실을 말해줄 것이라는 순진한 생각은 버려야 한다. 셰리 시세일러는《거짓말 새빨간 거짓말 그리고 과학》을 통해 잘못된 과학 정보에 대해 이야기한다. 빌 브라이슨이나 수많은 과학자가 자연의 놀라움에 대해 밝히고 그것을 재미있게 설명하는 데 초점을 두었다면, 셰리 시세일러는 과학적 지식의 위험성과 한계에 대해 경고한다.

우리는 뇌가 아주 합리적인 방식으로 정보를 처리한다고 믿는 경향이 있다. 그러나 심리학자, 교육자, 신경생물학자가 행한 수많은 실험 결과는 우리의 생각에 많은 결함이 있음을 보여준다. 그런 결함은 나이와 교육 수준에 상관없이 모든 사람에게서 나타난다. 예를 들면, 확증 편향은 아주 보편적으로 나타난다. 즉, 자신의 견해와 일치하는 정보에는 큰 관심을 보이는 반면, 어긋나는 증거는 의도적으로 무시한다.

대표적으로 어떤 문제에 이해가 걸려 있는 사람들은 누구이며, 그들의 입장이 어떤 것인지 생각할 때 확증 편향을 조심해야한다. 인간은 생각보다 불완전 존재라는 사실을 기억하자. 나름대로 합리적이고 이성적으로 생각하는 힘이 뛰어나다고 생각하는 과학자들조차 확증 편향에서 벗어나기 어렵다. 그것은 과학이 의심의 여지가 없는 확실한 진리라고 생각하는 오류를 벗어나기 위해 꼭 필요한 태도다.

관점에 따라 사물이 다르게 보이듯 과학도 의도와 달리 새빨간 거짓말을 할 수 있다. 저자는 마지막에 이런 오류에 빠지지 않기 위해 유용한 도구 사용법 스무 가지를 제시한다. 그중 하나를 살펴보자.

어떤 것은 어떤 사건의 원인이라는 '증거'로 일화가 제시되는 경우가 종종 있다. 그러나 어떤 일이 어떤 사건 앞에 일어났다는 이유만으로 그것을 원인이라고 볼 수는 없다. 조금만 생각해보면 가능성이 있는 여러 가지 원인을 찾아낼 수 있다. 복잡한 문제는 여러 가지 원인이 상호작용하여 일어나는 경우가 많다.

혼동 인자는 원인을 알아내는 과정을 방해한다는 내용이다. 빨간색 안경을 쓴 사람에게는 세상이 온통 빨갛게 보인다. 그래서 토마스 울지는 "자신의 머릿속에 집어넣는 것에 아주 조심해야 합니다. 한 번 들어간 것은 다시 꺼낼 수 없을 테니까."라고 말한다. 우리가 알고 있는 과학적 상식은 '과학 논문→보도 자료→신문 기사, 라디오나 텔레비전 방송'의 경로를 거친다. 원래 정보의 출처는 사라지고 가공되거나 왜곡되거나 일부만 전달되는 경우가 많다는 의미다. 한술 더 떠 우리는 들은 것을 주관적으로 판단하고 마음대로 추측한다. 객관적 사실과 과학적 이론을 잘못 받아들이면 새빨간 거짓말을 하면서 살아갈 수도 있다.

과학은 우리에게 수많은 질문에 대한 답을 제공하고 장밋빛 미래를 제시하기도 하지만 현실적인 위험과 한계를 드러내기도 한다. 우리는 과학을 통해 논리적으로 판단하고 합리적으로 판단할 줄 아는 생각의 힘을 기를 수 있다. 하지만 과학이 모든 것을 가능하게 하지는 못한다. 세상을 조금씩 바꾸어나가는 것은 우리의 생각과 실천이다. 과학은 인간의 삶을 좀 더 풍요롭게 하기 위해 필요한 도구이자 방법이라는 점을 잊지 말자.

마법 같은
생명의 탄생과 소멸

《현실, 그 가슴 뛰는 마법》, 리처드 도킨스 지음, 김명남 옮김, 김영사, 2011 ★
《털 없는 원숭이》, 데즈먼드 모리스 지음, 김석희 옮김, 문예춘추사, 2006 ★★
《낙타는 왜 사막으로 갔을까》, 최형선 지음, 부키, 2011 ★

세 명의 신 오딘, 빌리 그리고 베는 세상을 만들었다. 산과 계곡, 강과 시냇물, 나무와 꽃을 바라보던 신들은 뭔가 부족함을 느끼며 물푸레나무와 느릅나무를 바라보았다. 오딘이 나무에 숨결과 영혼을 불어넣자 그 나무는 즐거움과 슬픔을 함께 느낄 수 있게 되었다. 빌리는 수액을 따뜻한 피로 만들었고 그 피로 인해 두 나무는 형태가 바뀌어 물푸레나무는 남자, 느릅나무는 여자가 되었다. 마지막으로 베는 남자와 여자에게 생각하고 배우고 깨달을 수 있는 의지를 주었다.

인간이 어떻게 처음 만들어졌는지 궁금하지 않은가. 이 북유럽의 신화는 인간의 기원에 대한 여러 가지 형태 중 하나다. 우리는 정말 어떻게 만들어졌을까. 생명은 어디에서 시작되었을까. 생명 탄생의 신비로움은 과학적으로 증명된 사실보다 훨씬 더 우리들의 상상력을 자극한다.

　45억 년 전 지구가 만들어지고 바다에서 생물이 발생했다는 사실보다는 아이가 태어나고 자라는 과정이 구체적이고 현실적인 느낌을 준다. 생명이 태어나서 자라고 죽는 과정은 과학으로 온전히 설명되지 않기 때문에 더 놀랍고 신비롭다. 인간의 호기심은 이 과정에 대한 끊임없는 관찰과 연구를 통해 많은 비밀을 밝혀냈다. 리처드 도킨스의《현실, 그 가슴 뛰는 마법》은 생명에 대한 경외감을 보여준다.

　먼 은하는 어떤가? 너무 멀어서 맨눈에는 보이지 않는다. 세균은 어떤가? 너무 작아서 강력한 현미경이 없으면 안 보인다. 이런 것들은 우리에게 안 보이니까 존재하지 않는다고 말해야 할까? 아니다. 분명 우리는 특수한 도구를 써서 감각을 향상시킬 수 있다. 은하라면 망원경을, 세균이라면 현미경을 써서 감각의 범위를(이 경우에는 시각의 범위를) 넓힐 수 있다. 그리고 그것들이 보여준 광경 덕분에 은하와 세균의 존재를 확신하게 된다.

　우리가 사는 현실은 놀라운 마법으로 가득하다는 리처드 도킨스의 주장에 동의하는가. 눈에 보이는 것이 전부가 아니듯 손으로 만지고 귀에 들리거나 냄새 맡을 수 있는 세계를 우리가 전부 지각할 수는 없다. 과학은 이 놀라운 세상의 마법을 우리에게 조금 보여줄 수 있을 뿐이다. 세상이 만들어진 과정을 보면 더욱 그렇다.

　저자는 이 놀라운 세계를 '마법'이라고 표현하며 친근한 문장과 다양한 사례를 통해 과학과 생명의 신비한 세상으로 독자들을 초대한다. "나는 현실 세계에도 마법이 있다는 것을 보여주려 한다. 현실이기에 더 마법 같고, 우리가 그 작동 방식을 이해하기에 더 마법 같다. 현실이야말로 가슴 뛰는 마법이다."라는 근사한 말은 그의 의도를 잘 드러낸다.

어떤 의문의 여지도 없이 확실한 사실은, 우리가 지구의 모든 다른 동식물 종들과 공통 선조를 갖고 있다는 점이다. 동물, 식물, 세균을 비롯한 모든 살아 있는 생명체가 똑같아 보이는 유전자를 몇 공유하고 있다는 사실이 그 근거이다. 게다가 무엇보다도, 우리가 이제껏 살펴본 모든 현생 생물들에서 유전 부호 자체가 (모든 유전자가 단백질로 번역될 때 마치 사전처럼 따르는 규칙 체계가) 다 같았다. 우리는 모두 친척이다.

1억 8,500만 세대 전 할아버지는 물고기였다는 사실로부터 생명의 기원을 찾아보자. 모든 생명은 하나에서 출발했다. 인간이 특별한 존재가 아니라는 사실은 놀라운 마법처럼 흥미롭다. 시간을 거슬러 올라가는 일에는 상상력이 필요하다. 마치 타임머신을 타고 과거를 여행하듯 과학은 우리에게 시간과 공간을 뛰어넘어 세상의 끝으로 안내한다. 그 세상의 끝은 우주 공간일 수도 있고 수억 년 전일 수도 있다.

과학이 우리에게 건네는 말들은 마법이라고 할 수 있을 만큼 우리가 모르는 비밀로 가득하다. 저자의 《이기적 유전자》가 인간이라는 존재를 전혀 다른 방식으로 풀어냈기 때문에 다윈의 《종의 기원》만큼 지적 충격을 주었다면, 이 책은 독자들에게 과학의 경이로움을 깨닫게 해준다. 그 놀라움의 시작은 물론 생명이다.

하지만 '신비' 혹은 '마법'이라는 말도 따지고 보면 인간의 관점일 뿐이다. 사물이 어떻게 생기기 시작했으며 어떤 과정을 거쳐 어떻게 소멸하는지 이해하지 못한 것이다. 생명도 그렇지 않을까. 아주 오래전 어느 순간 어떻게 시작되었으며 그것이 어떤 진화의 과정을 거쳐 현재 우리의 모습으로 변화했는지 알아가는 과정이 과학이다. 리처드 도킨스는 그 과정을 알기 쉽게 설명하고 있다.

> 게으르게끔(패배주의자가 되어) "초자연적 현상임에 분명하다."라거나 "기적임에 틀림없다."라고 말해서는 안 된다. 대신 그것은 수수께끼이고, 이상한 일이고, 극복할 과제라고 말하자. 관찰의 진실성을 의심함으로써 극복하든, 과학을 새롭고 흥미로운 방향으로 확장시켜 극복하든, 그런 과제에 대한 적절하고 용감한 대응은 정면으로 맞서는 것이다. 수수께끼에 대한 적절한 답을 찾을 때까지는 그저 이렇게만 말해도 괜찮다. "우리는 아직 이것을 이해하지 못하지만, 한창 연구하는 중이다." 사실, 이렇게 말하는 것만이 유일하게 정직한 일이다.

종교와 신화, 미신까지 더해져 사람들은 자신의 몸과 마음조차도 받아들이기 어려운 일을 쉽게 믿기도 한다. 하지만 현실을 있는 그대로 바라보는 것이 과학이다. 새로운 어떤 것을 만들어내는 것보다 우선 있는 그대로의 현실을 아는 것이 중요하다. 그것이 바로 현실을 가슴 뛰는 마법으로 만드는 방법이 아닐까. 데이브 매킨의 그림은 마법을 상상하는 데 큰 도움을 준다.

우리를 둘러싼 사물과 자연과 우주를 살펴보았다면 이제 본격적으로 '인간'에 집중해보자. 데즈먼드 모리스의 《털 없는 원숭이》에서는 인간을 생물학적으로 접근한다. 종교와 신화를 통해 끊임없이 인간은 자신을 미화하고 특별한 존재로 인식해왔다. 스스로 자존감을 갖고 살아간다는 면에서 나쁠 것 없는 일이지만 과학의 눈으로 보아도 과연 그럴까. 1967년 이 책이 처음 나왔을 때, 사람들은 자신의 동물적 특성을 자세히 바라보고 거기에서 교훈을 얻을 준비가 되어 있지 않았다. 인간은 여전히 자신의 생물학적 본성을 인정하지 않으며 강한 거부감을 드러냈다. 이 책을 판매 금지시키고 교회에서는 몰수해 불태우기도 했다. 당시에는 이런 주장이 꽤 충격이었을 것이다.

> 머리와 겨드랑이와 생식기 주변에 눈길을 끄는 이채로운 털이 나 있는 것을 제외하면 현저한 대조를 이룬다. 사실, 일부 원숭이와 유인원은 엉덩이나 얼굴이나 가슴에 조그맣게 노출된 피부를 갖고 있지만, 인간과는 비교도 되지 않는다. 192종 가운데 어떤 것도 인간의 조건에는 감히 접근하지 못한다.
> 더 이상 조사할 필요도 없이 이 시점에서 우리는 이 새로운 종을 '털 없는 원숭이'라고 이름 지을 수 있다. '털 없는 원숭이'는 단순한 관찰에 바탕을 둔 단순하고 묘사적인 호칭이며, 주제넘은 가정은 전혀 포함되어 있지 않다. 인간을 '털 없는 원숭이'라고 부르면, 우리가 균형 감각과 객관성을 유지하는 데 도움이 될 것이다.

'털 없는 원숭이'라는 호칭이나 그것이 균형 감각과 객관성을 유지하는 데 도움이 된다는 저자의 주장에 대해 사람들은 어떤 느낌을 받았을까. 진화론을 과학으로 받아들이지 않는 사람들의 생각은 21세기에도 바뀌지 않았다. 그러니 이 책이 당시에 얼마나 논란이 되었는지 짐작할 수 있다. 하지만 여전히 데즈먼드 모리스의 주장이 설득력을 얻고 있는 이유는 과학적 근거가 분명하기 때문이다. 우주와 지구의 역사 그리고 인류의 발생 과정을 과학적으로 접근하면 인간은 그저 털 없는 원숭이에 불과할 뿐이다.

인간의 기원, 짝짓기와 기르기에 이르는 과정은 침팬지 등 영장류와 크게 다르지 않고 기본적인 속성은 더더욱 유사하다. 인간은 다른 동물들과 확연히 구별되는 몇 가지 특징이 있다. 하지만 우월성을 입증하기 위해 그 차이만을 고집할 이유는 없다. 차이보다는 공통점이 훨씬 많은데 사람들이 이 불편한 진실을 외면하는 이유는 도대체 무엇일까.

예술가든 과학자든 탐험 행위를 할 때는 새로운 것을 좋아하는 충동(네오필리아 충동)과 새로운 것을 싫어하는 충동(네오포비아 충동) 사이에 갈등이 일어난다. 새것을 좋아하는 충동은 우리를 새로운 경험으로 내몰고, 우리는 새로움을 갈망한다. 새것을 싫어하는 충동은 우리를 억제하고, 우리는 낮익은 것에 안주하고 싶어 한다. 우리를 흥분시키는 새로운 자극과 우호적인 낮익은 자극이 우리를 양쪽에서 끌어당긴다.

침팬지와 어린아이의 유사성은 더욱 두드러진다. 새로운 것을 좋아하는 특성 때문에 눈부시게 문명이 발달했지만 위험에 빠지고 재난을 당하기도 한다. 이 두 가지 충동은 아마 털 없는 원숭이를 털 있는 원숭이와 구별 짓게 하는 가장 큰 특징이 아닌가 싶다.

인간의 본성에 대한 동물학적 관찰 결과에 대해 논란은 있을 수 있다. 하지만 이 책이 여전히 "인간이란 무엇인가."라는 근본적인 질문에 대한 답으로 읽히는 이유는 간단하다. 침팬지와 인간은 진화 역사 중 대략 99.5%를 공유하고 있다. 인정하고 싶지 않다고 해서 인간을 신화와 종교적 차원에서만 바라볼 수는 없다. 과학이 보여주는 진실의 세계는 어쩌면 매우 불편하다. 그러나 인간은 그저 한 마리 '털 없는 원숭이'에 불과하다는 주장을 인정하지 않는다고 해서 인간이 특별한 존재가 되는 것은 아니다.

인간을 제외한 동물의 세계 또한 크게 다르지 않다. 넓은 의미에서 살펴보면 모든 동물적 특성은 종種에 따라 다르게 나타날 뿐이다. 언어와 불의 사용 그리고 직립보행으로 인한 손의 자유로움이 지금 우리를 태어나게 했다면 다른 동물 종들도 나름의 방식대로 자연에 적응하며 진화해 왔다. 최형선의 《낙타는 왜 사막으로 갔을까》는 이렇게 동물들의 진화 과정을 가볍게 들여다볼 수 있는 책이다.

일본원숭이 무리는 가난한 공동체처럼 알뜰히 먹고, 여유 있는 마음으로 행동한다. 이들은 서로 먹이 경쟁을 줄이며 협력 체제를 구축해 성공한 집단이 되었다. 일본원숭이의 이성적 성향과 행동은 환경의 압력을 뛰어넘은 것이다. 동물로서는 대단한 행동 진화다.

치타 얼굴에 까만 줄이 있는 이유부터 고래가 바다로 들어간 이유까지 다양한 삶의 방식을 선택한 동물들을 살펴보는데, 동물에 대한 저자의 애정이 듬뿍 느껴진다. 에베레스트 산을 넘는 줄기러기와 험한 세상에서 엄마 노릇을 하는 캥거루의 행동 습성은 단순히 흥미로운 관찰의 대상을 넘어 환경에 적응하며 살아가는 인간의 모습을 돌아보게 한다. 저자가 여는 글에서 밝히듯 모든 동물들은 '가까스로 살아남은 것들'이기 때문이다. 최선을 다해 살아남은 모든 존재는 이처럼 아름답다.

포식자와 먹이 경쟁을 피해 사막으로 간 낙타에 대해 "험한 환경 속에서 고통을 이겨내면 삶의 자세가 진중해진다. 낙타는 자신을 드러내려고 설치는 짓을 하지 않는다. 늘 심오하고 조신해보인다."라고 말하는 저자의 평가는 인간의 관점이다. 동물의 행태를 단순히 호기심의 차원이 아니라 생명이 탄생하고 성장하고 소멸하는 과정에 대한 깊은 애정으로 바라볼 때, 비로소 우리는 현실에 감춰진 '마법'의 세계를 발견할 수 있다. 이 책은 그런 의미에서 인간과 함께 살아가야 하는 다른 종에 대한 관심과 공감의 표현이다.

다윈의 《종의 기원》이 세상에 나온 지 150년이 지났다. 그간 생명에 대한 수많은 논쟁은 이 한 권의 책에 대한 주석에 불과한지도 모른다. 창조론과 진화론의 대립이 아니라 수많은 생물 종과 생명 자체의 기원에 대한 새로운 관심과 해석이 여전히 우리의 가슴을 뛰게 하는 마법이다. 그 비밀의 문을 열고 조용히 들어가보자.

세상 '비밀의 문'을 여는
물리와 화학

《파인만의 여섯 가지 물리 이야기》, 리처드 필립 파인만 지음, 박병철 옮김, 승산, 2003 ★★★
《물리법칙으로 이루어진 세상》, 정갑수 지음, 양문, 2007 ★★
《지구를 부탁해》, 박동곤 지음, 사이언스북스, 2011 ★
《진정일의 교실 밖 화학 이야기》, 진정일 지음, 양문, 2006 ★★

스티븐 호킹은 "우리 개인은 오직 짧은 시간 동안만을 존재하면서, 오직 우주 전체의 작은 부분만을 경험한다. 그러나 인간은 호기심이 많은 종species이다. 우리는 궁금증을 품고 대답을 찾는다."라는 말로 《위대한 설계》를 시작한다. 인간은 우주의 작동 원리와 실재reality의 본질 그리고 우주의 창조자에 대한 질문에 매달려왔다. 그 질문에 대한 답은 이제 '철학'이 아니라 '과학'이다. 하루가 다르게 새로운 사실이 발견되고 우주의 비밀이 벗겨지면서 사람들은 세상의 본질에 대해 새로운 고민을 시작했다. 세상의 진실은 무엇일까, 인간은 어떤 존재인가. 그 비밀의 문을 여는 중요한 역할은 물리와 화학의 몫이었다. 스티븐 호킹의 말을 빌리자면 과학이 여러 분야로 분화되면서 각각의 영역은 더 세분화되었지만 시작은 모두 호기심에서 출발했다고 할 수 있다.

세상을 움직이는 모든 힘과 운동 그리고 에너지의 관계는 물리학의 주된 관심사였고, 수많은 과학자는 눈에 보이지 않는 세계에서부터 우주의 신비에 이르기까지 그 작동 원리를 밝히고 싶어 했다. 리처드 파인만은 눈에 보이지 않는 추상적인 대상을 엄청나게 복잡한 수학으로 설명하는 이론물리학으로 간단하고 명쾌하게 당대의 과제들을 해결했다. 《파인만의 여섯 가지 물리 이야기》는 엄밀한 수학 체계를 통해 물리학의 이론을 설명하는 책이 아니다. 1961~1962년 칼텍의 1, 2학년 학생들을 대상으로 강의한 내용을 담은 이 책은 일반인의 눈높이에서 물리학의 세계를 맛볼 수 있게 해준다.

이 강의의 주된 목표는 자연을 서술하는 것이다. 이러한 목표 의식을 갖고 기체(사실은 모든 물질이 마찬가지지만)를 관찰해보면, 그것은 정신없이 움직이고 있는 무수히 많은 입자로 이루어져 있음을 알 수 있다. 따라서 앞서 우리가 해변에서 보았던 여러 대상들 사이에는 당장 모종의 관계가 성립된다.

물리학을 전공하지 않는 학생들과 일반인의 교양을 위한 강의는 쉬워야 한다. 이 책은 물리학의 기초를 다지기 위해 원자에서부터 출발한다. 다양한 사례와 생활 속의 이야기도 충분히 활용한다. 파인만은 물리의 기초가 자연의 법칙을 이해하는 데 있다고 힘주어 말한다. 그것은 자연에 대한 애정 때문이 아니라 사물의 존재 이유와 원리를 밝히는 과정이기 때문이다.

에너지보존법칙은 다양한 환경 속에서 앞으로 벌어질 상황을 예측할 때 매우 유용하게 써먹을 수 있다. 여러분은 고등학교 시절에 도르래와 지레에 관한 여러 가지 법칙을 배웠을 것이다. 이제 여러분도 짐작하겠지만, 이 모든 법칙들은 모두 '동일한 사실을 조금 다르게 서술한 것'에 불과하다. 그러므로 70여 개나 되는 법칙들을 모두 외우고 있을 필요는 없다.

파인만은 에너지보존법칙을 설명하면서도 좀 더 알기 쉬운 예를 든다. 이론과 실제의 간격을 좁히고 보이지 않는 세계를 이해시키는 일은 쉽지 않다. 아인슈타인이 "쉽게 설명할 수 없다면 당신은 그것을 충분히 잘 안다고 할 수 없다."라고 했을 만큼 지식을 전달하는 것은 어렵다. 그러나 파인만은 연구자로서 명성만큼이나 쉽고 재미있는 강의로도 유명했다. 파인만의 강의에서 가장 놀라운 것은 수학이나 전문용어를 늘어놓지 않고 지극히 일상적인 사례들로부터 최첨단의 물리 개념을 자연스럽게 이끌어낸다는 점이다. 자질구레한 설명을 통해서가 아니라 우리가 느끼고 경험하는 일상에서 심오한 물리학 이론을 유추해낸다. 원자에서 시작해서 기초 물리학, 물리학과 다른 과학과의 관계, 그리고 에너지, 중력, 양자적 행동 등에 관한 여섯 가지 물리 이야기는 누구나 관심을 갖고 읽어볼 수 있다. 우리가 살아가는 세상에 대한 진지한 호기심과 그것을 해결하려 했던 파인만의 열정을 여섯 가지 물리 이야기를 통해 확인해보자.

더 현실적으로 물리학에 대해 체계적인 접근이 필요하다면《물리법칙으로 이루어진 세상》을 살펴보자. 이 책은 케플러의 법칙, 자유낙하운동으로 시작해서 초전도와 엔트로피를 거쳐 원자론과 불확정성의 원리를 지나고 쿼크 이론과 빅뱅 이론과 초끈 이론을 경험하는 동안 빛의 속도와 전자의 전하량에 도착한다. 말하자면 물리학의 백화점 같은 책이라고 할 수 있다. 그렇다면 물리학의 이론들을 통해 우리가 배울 수 있는 것은 무엇일까.

'최소 원리는 프랑스 수학자인 페르마Pierre de Fermat가 빛의 전달에 대해 연구하면서 처음으로 도입했다. 그는 빛이 묽은 매질(공기)에서보다 진한 매질(물)에서 더 빨리 진행한다는 데카르트의 가설을 반박하고, 자연에서 일어나는 사건은 가능한 한 짧은 시간 동안에 이루어진다는 '경제 원리'를 주장했다.

이처럼 자연에서 배우는 '최소 작용의 원리'는 인간의 삶에도 적용할 수 있다. 자연의 일부인 인간의 삶에도 그 원리가 필요하기 때문이다. 정갑수는 힘과 운동, 물질과 에너지, 원자와 소립자, 별과 우주 그리고 마지막으로 크기와 숫자와 관련된 이론을 소개한다. 물리학에 관심을 갖고 있는 일반인은 물론 이제 막 물리의 세계에 발을 들여놓는 학생들에게 안내서의 역할을 하고 있는 책이다.

아인슈타인의 유명한 엘리베이터 사고실험을 살펴보자. 엘리베이터 속의 관찰자는 밖의 관찰자처럼 중력이 모든 물체를 아래로 잡아당기는 것을 알고 있다. 만약 엘리베이터가 자유낙하한다면 엘리베이터 속의 관찰자는 중력을 느끼지 못할 것이다. 그런데 중력이란 물체들 사이에서 그 물체의 질량에 비례하여 끌어당기는 힘이다. 어떤 물체의 무게가 두 배가 되면 그 물체를 끌어당기는 중력도 두 배가 된다. 뉴턴의 중력 법칙에 의하면 중력과 질량은 정확하

일반상대성이론을 아인슈타인의 엘리베이터 사고실험으로 설명하고 있다. 특수상대성이론이 서로 일정한 속도로 상대적으로 움직이는 물체에 적용된다면, 일반상대성이론은 서로에 대해 가속운동을 하고 있는 물체에 적용된다. 물리학에서 다루고 있는 다양한 실험과 이론을 통해 우리는 자연스럽게 세상이 물리법칙으로 이루어져 있다는 사실을 깨달을 수 있다. 또한 수많은 과학자의 고민과 연구 결과를 살펴보며 우리가 살고 있는 세상의 숨어 있는 비밀들을 확인할 수 있다.

이렇게 수많은 비밀을 밝혀내는 데 화학은 또 다른 방식으로 우리에게 새로운 아이디어를 제공해왔다. 《무소유》를 남긴 법정 스님의 사망 원인은 폐암이다. 담배를 피우지도 않았고 도심의 공해에서 멀리 떨어진 산속 암자에서 직접 가꾼 신선한 야채를 드시면서 스트레스 없는 생활을 하셨는데 폐암이라니 아이러니한 일이다. 하지만 암자의 부엌 아궁이에서 태운 마른 솔잎의 연기인 미세 먼지를 매일 마셨다고 생각하면 그 이유를 짐작할 수 있다. 화학자는 바로 이런 시선으로 문제의 원인을 추측하기도 한다.

세상에 존재하는 모든 것을 화학식으로 표현할 수 있을까. 화학을 이해하는 방식에는 여러 가지가 있다. 박동곤의 《지구를 부탁해》는 조금 특별한 방식으로 '지구'가 아닌 '화학'에 접근하고 있다. 눈에 보이지 않는 '원소'부터 떠오르는 화학은 너무 작은 세계를 다루고 있어서 추상적인 학문으로 느껴진다. 영국 철학자 길버트 라일은 인간을 '모든 것을 잘

게 분해해 분리된 상태로 이해하려는 분석적 속성 때문에 막상 전체를 잘 보지 못하는 현상'인 '범주 착오'에 빠진 존재라고 정의한다. 이성적이고 분석적일 것 같지만 인간은 이성적이지도 합리적이지도 않은 판단과 행동을 하며 초생명체인 지구를 망가뜨리고 있는 것은 아닐까.

> 서해안과 같이 완만한 경사를 가진 넓은 해안은 의외로 드물어서, 우리나라 서해안을 따라 발달된 일련의 갯벌들은 세계에서 유사한 예를 찾기 힘든 매우 잘 발달된 해안 습지다. 이 갯벌들은 바닷물 속의 유기물을 걸러내어 없애주는 가장 우수한 바닷물 정화 장치로 어떤 대가를 치르더라도 반드시 보호되어야 하는, '살아 있는 지구'에 없어서는 안 될 가장 중요한 부분 중의 하나다.

습지는 천연의 정화 장치이다. 천문학적인 돈을 들여 인공 정화 장치를 만드는 일은 가치 있는 자연을 보존하기 위한 우리의 의무다. 작가는 화학이라는 학문의 의미를 이렇게 해석하고 있다. 지구를 지키는 일은 지속 가능한 삶을 유지하기 위한 선택이다. 그러기 위해서는 대기권, 수권, 암석권 등 지구의 구석구석을 이해하는 일이 먼저다. 말하자면 지구는 거대한 하나의 생명체다. 저자는 지구 전체를 조망하는 방식으로 화학의 색다른 재미를 알려준다.

이에 비해 진정일의 《교실 밖 화학 이야기》는 우리가 매일 경험하는 일상에서 화학이 얼마나 중요한지 살펴본다. 역사의 신비를 화학 이야기로 풀어내 흥미진진하게 독자들을 책 속으로 끌어들인다. 그 다음에는 건강하게 잘 살기 위한 '웰빙well-being'을 중심으로 화학을 이야기한다. 생활 속의 화학, 화학 속의 생활을 통해 저자는 우리가 알지 못했던 화학의 중요성과 필요성을 알려준다. 이어서 자연 속의 화학과 현대 문명 속에 숨어 있는 화학을 통해 독자들은 자연스럽게 화학식을 암기하던 학창 시절의 악몽에서 벗어날 수 있다. 거꾸로 학생들은 화학의 신비로움에 접근할 수 있다.

> 주머니 난로에 사용하는 철가루는 너무나 미세해서 그 표면적이 매우 넓으므로 공기와 쉽게 접촉해 공기와의 산화 반응이 빨라지며 이때 열이 난다. 그래도 탈 정도로 열이 나지는 않는다. 주머니 난로 속에 들어 있는 고운 철가루를 순수한 산소 속에 넣으면 매우 빨리 산화되어 급속히 열이 난 뒤 식지만, 시판되고 있는 제품들은 흔히 12시간 정도 계속 열을 내도록 몇 가지 다른 성분을 섞어 놓았다. 예를 들어 활성탄 가루, 소금, 수분 등이다.

가령, 추운 겨울 학생들이 주머니 속에 가지고 다니는 주머니 난로에도 화학의 비밀이 숨어 있다. 미처 생각지 못한 일상생활 속의 화학은 우리 삶에서 떼어놓고 생각할 수가 없다. 다른 과학 분야와 같이 화학도 주기율표를 외우는 데 그치지 않고 실제 인간의 삶에 다양하게 응용되고 있다는 점을 기억해야 한다.

다른 분야도 마찬가지지만 관심과 애정은 과학을 인간의 삶에 적용할 수 있게 하는 전제 조건이다. 아는 만큼 사랑하게 된다는 평범한 진리를 다시 한 번 떠올려주는 물리와 화학 이야기에 조금 더 귀를 기울여보자. 모든 것이 물리적으로 혹은 화학적으로 보일지도 모른다. 이렇게 과학은 언제나 우리와 함께 생활하고 있다.

지속 가능한 삶을 위한
우리의 선택

《침묵의 봄》, 레이첼 카슨 지음, 김은령 옮김, 에코리브르, 2011 ★★
《오늘의 지구를 말씀드리겠습니다》, 김추령 지음, 양철북, 2012 ★
《죽음의 밥상》, 피터 싱어·짐 메이슨 지음, 함규진 옮김, 산책자, 2008 ★★

한국전쟁이 한창이던 1952년 12월 5일, 영국 런던에서는 짙은 스모그 때문에 10미터 앞도 분간할 수 없는 일이 벌어졌다. 추운 날씨가 계속되자 사람들은 화덕에 땔감인 석탄을 퍼부었고, 가정과 공장에서는 오염 물질이 평소보다 많이 배출되었다. 이 더운 공기는 하늘로 흩어지지 못하고 지표면에 머물렀다. 차고 습한 공기가 지표면에 머물러 기온 역전층이 형성되었기 때문이다. 이 기간 동안 무려 1천 톤의 매연 입자와 370톤의 아황산가스가 배출되었다. 그러자 상상을 초월하는 일이 벌어졌다. 매캐한 냄새가 진동하는 갈색 안개가 닷새 동안 계속된 결과 무려 4,703명이 사망한 것이다.

환경오염은 인간의 모습을 되돌아보게 하는 거울의 역할을 해왔지만,

큰일이 닥치기 전까지 인간은 생태와 환경에 대해 무감하기 쉽다. 그러나 '지속 가능한 삶'을 위해서 생태와 환경에 대한 예민한 관심은 반드시 필요하다. 이것은 과학기술의 발달이 빚어낸 비극에 대한 반성에서부터 출발해야 한다. 산과 강, 바다와 하늘, 거기에 사는 수많은 생물은 인간을 위해 기꺼이 존재하는 것이 아니다.

과학이 발달하고 산업혁명이 일어난 후부터 소위 굴뚝 산업이 경쟁적으로 늘어났다. 이때부터 자연은 본격적으로 몸살을 앓기 시작했다. 인류가 자연을 극복하며 문명을 발전해온 과거와 달리 언제부턴가 자연은 정복의 대상이 되었다. 하지만 지금 지구는 병들어가고 생태와 환경문제는 우리 모두의 삶을 위협하는 수준에 이르렀다. 이런 상황에 대한 경고는 오래 전부터 이어져왔다. 레이첼 카슨의 《침묵의 봄》은 환경오염 문제를 정면으로 다룬 책으로 이젠 고전으로 자리 잡았지만 1962년 출간 당시에는 미국 사회에 충격을 주었다. DDT의 미국 내 제조 금지나 환경 보호를 위한 주 정부와 연방 정부 차원의 규제를 요청하는 시민운동을 이끌어낸 것은 레이첼 카슨 개인의 힘이 아니라 그녀에게 공감한 많은 사람의 힘이라고 할 수 있다. 이렇게 한 권의 책은 우리 삶의 변화를, 생태와 환경에 대한 관심을 이끌어냈다.

지식의 '성배'를 주장하던 과학자들은 자신들의 무지를 인정해야 했다. 책 한 권이 자본주의 체제를 바꿀 수는 없지만, 그녀의 도전에서 과학과 정부가 책임감을 느껴야 한다는 시민환경운동이 시작되었다. 카슨은 한 개인이 사회를 어떻게 바꿔놓을 수 있는지 보여주는 사례가 되었다. 그녀는 모든 생명체의 권리를 지키는 혁명적인 대변인이었다. 자연 파괴라는 문제에 과감히 의견을 표명했으며 모든 생명체의 권리에 관한 논쟁의 틀을 만들었다.

인체를 생태학적으로 바라본 카슨의 시각은 인간과 자연환경의 관계를 보여주는 사고의 중요한 출발점이라고 한 린다 리어의 서문에서 단적으로 드러난다. 카슨은 한 사람이 사회를 어떻게 바꿔놓을 수 있는지 분명하게 보여주었다. 자연을 이용하며 살아왔던 인간이 어떤 식으로 생태계를 망쳐놓았는지 그것이 어떻게 고스란히 인간에게 되돌아오는지 보여주는 실증 사례들은 단순한 시행착오가 아니라 인간의 이기심과 욕망을 적나라하게 드러낸다.

지구 생명의 역사는 생명체와 그 환경의 상호작용의 역사라고 할 수 있다. 넓은 의미로, 지구에서 서식하는 동식물의 물리적 형태와 특성은 환경에 의해 규정된다. 지구 탄생 이후 전체적인 시간을 고려할 때 그 반대 영향, 즉 생물이 주변 환경에 미치는 영향은 상대적으로 미미하다. 20세기에 들어서 오직 하나의 생물 종(種), 즉 인간만이 자신이 속한 세계의 본성을 변화시킬 수 있는 놀라운 위력을 획득했다.

레이첼 카슨의 이 아픈 지적은 앞서 말한 대로 산업혁명 이후 근대화 과정에서 벌어진 인간의 행태를 고스란히 드러낸다. 지구 자체가 하나의 거대란 생명체라는 사실을 잊고 인간은 자신을 위해서만 지구를 이용하는데 급급해왔다. 습지를 망가뜨리고 강의 흐름을 인위적으로 바꾸고 갯벌을 메우는 어리석은 일을 하는 이유는 인간의 이기적 욕망 때문이다. 개발이라는 미명하에 생태계를 파괴하고 환경을 오염시키는 게 아닐까.

물론 화학 살충제의 전면적인 금지를 주장하려는 것은 아니다. 내가 지적하려는 것은, 독성이 있고 생물학적 문제를 일으킬 잠재성을 가진 살충제를 그 위험을 제대로 알지 못하는 사람의 손에 쥐어주고 있다는 사실이다. 우리는 수많은 사람에게 이 독성 물질을 다루도록 허락했다. 그들에게 어떤 동의를 구하거나, 안전한 사용을 위해 필요한 지식을 알려주지도 않은 채 말이다.

농산물을 잘 자라게 하기 위해 여전히 화학비료를 사용한다. 인간이 자연에 대항하기 위한 화학물질들은 해충을 없애기 위해 제조되었다. 그래서 살충제라는 이름이 붙게 되었다. 하지만 해로운 곤충이라는 용어는 인간의 입장에서 살아 있는 생명체를 살생하기 위한 목적으로 만들어진 것이다. 그렇게 제조된 살충제의 무분별한 살포는 고스란히 생태와 환경을 파괴했고 결국 가장 피해를 입게 되는 생물 종은 다름 아닌 인간이다.
자연이라는 말은 글자 그대로 '저절로自 그러한然' 것이다. 인간의 노력과 인공적인 결과물이 아니다. 하지만 우리는 끊임없이 자연의 흐름을 거스르는 문명을 만들어오지 않았는가. 오로지 인간의 이익만을 위해서 말이다. 인간의 이런 '부자연'스런 행위에 대해 자연은 또 다시 적응해나간다. 자연은 결코 인간을 위해 존재하는 대상이 아니다.

자기만족을 위해 자연을 일정한 틀에 꿰맞추려고 온갖 위험을 무릅쓰다가 결국 그 목적을 달성하지 못하는 것은 결정적인 역설이다. 하지만 이것이 바로 우리가 처한 상황이다. 자연은 결코 인간이 만든 틀에 순응하지 않는다. 곤충은 자신에 대한 화학적 공격을 우회적으로 피해가는 방법을 찾아낸다. 이것은 굳이 언급하지 않더라도 누구나 알고 있는 진실이다.

DDT와 같은 살충제는 물론 유독 화학물질이 환경과 공중위생에 얼마나 끔찍한 영향을 미쳤는가. 만물이 소생하는 아름다운 봄에 왜 새가 울지 않고 꽃을 볼 수 없는지 생각해보면 카슨이 '침묵'의 봄이라고 한 이유를 알 수 있다. 저자는 산과 강, 하늘과 바다의 생태계가 파괴되고 환경이 오염되는 모습을 담담하게 서술한다. 다양한 사례를 통해 독자에게 전하는 저자의 목소리가 더욱 큰 울림으로 다가오는 것은 무엇보다도 자연에 대한 그녀의 깊은 애정 때문이다.

골드버그의 연쇄 반응 장치와 같이 지구는 하나의 커다란 유기적인 생명체라고 볼 수 있다. 어느 한 지역이나 어떤 한 생명체가 전체 시스템을 망가뜨려서는 안 된다. 꼬리에 꼬리를 무는 연쇄 반응 장치처럼 인간의 작은 환경오염이 모여 결국 건강한 지구를 병들게 한다. 김추령의《오늘의 지구를 말씀드리겠습니다》는 일기예보를 하듯 지구 곳곳의 상태를 진단하고 설명한다. 황사는 왜 점점 심해지는지, 북극 빙하가 녹는다는데 왜 남극 빙하는 늘어나는지 궁금한 것은 단순한 호기심이 아니라 우리가 살아가는 지구에 대한 관심이다.

12월 5일
별일 없었음. 아, 아니. 기분 더러운 날이었음. 날씨는 되게 따가움.
친구가 내 널빤지를 안 내놓았다. 그 녀석이 가지고 수영하던 건 분명히 어제 비행기 착륙장에서 가지고 놀던 내 판자 썰매였다. 어제 나무 썰매를 그냥 두고 온 것은 나답지 않은 실수다. 킹타이드$^{king\ tide}$(일 년에 두 번씩 밀물이 가장 높은 해수면까지 꽉 차는 현상)가 가까워져 오기 때문에 비행장에도 발등이 덮을 정도로 물이 들어와 있어서 나무 널판을 손으로 열심히 밀다가 위에 올라타면 쭉 미끄러지면서 멀리까지 나간다.

1년에 평균 5.3mm씩 바닷물이 차오르고 있는 남태평양의 섬나라 투발루에 사는 리또의 일기장이다. 왜 이런 일이 벌어지는 걸까. 대기 중에 과도하게 방출된 온실가스가 지구의 온도를 천천히 데우고 급기야 바닷물의 온도까지 올라가게 만들었기 때문이다. 지난 100년 동안 해수면이 1.17m나 상승했다는 사실을 알고 있는가. 여기에 지구 전체 물의 3%에 해당하는 얼음이 녹고 있다. 앞으로도 투발로는 조금씩 물에 잠길 예정이고 언젠가 바다 밑으로 사라져버릴 것이다. 이렇게 해수면이 높아지는 이유는 바로 우리들 때문이다. 스스로 불에 뛰어드는 부나방처럼 살아가는 인간의 모습은 지구 곳곳에서 확인할 수 있다.

지구라는 거대한 생명체의 변화는 우리가 살아가는 삶의 조건이 변화한다는 뜻이다. 김추령은 인간이 지구를 함부로 해서는 안 된다는 메시지를 간접적으로 전하고 있다. 이 책은 지구 곳곳의 상태와 전체적인 변화를 우화를 통해 재미있게 보여준다. 저자는 온도 상승과 슈퍼 태풍, 온실가스와 해수면의 상승, 피크 오일과 에너지 문제 등을 통해 지구의 기후변화와 지속 가능한 적정 기술이 무엇인지 끊임없이 질문을 던진다.

시야를 좁혀 이제 오늘 우리 집의 식탁을 들여다보자. 브리야 사바랭은 《미식예찬》에서 "당신이 무엇을 먹었는지 말해 달라. 그러면 당신이 어떤 사람인지 알려주겠다."라고 말했다. 이 말을 염두에 두고 피터 싱어의 《죽음의 밥상》을 읽어보면 왜 내가 먹는 음식이 나를 말해주는지 알 수 있다. 단순히 배가 고파서, 생존을 유지하기 위해서 먹는 음식과 달리 웰빙의 시대에 걸맞은 음식과 소비는 어떠해야 하는지 살펴볼 수 있는 이 책은 윤리학의 관점으로 우리들의 배 속을 점검한다.

오늘날 식육용으로 길러지는 돼지의 90% 이상이 콘크리트와 강철로 지은 좁아터진 축사 속에 갇혀 지낸다. 일생에 한 번도 바깥나들이를 못 하며, 풀밭을 발로 밟아보지 못한다. 심지어 밀짚더미 위에서 잘 수조차 없다. 가장 철저하게 갇혀 지내는 돼지는 번식용 암퇘지다. 공장식 농장의 엄격한 생산 일정상, 이 돼지들은 최대한 빨리 새끼를 낳고 또 낳아야 한다. 즉 살면서 대부분을 새끼를 밴 상태로 보내야 한다. 16주일 정도 지속되는 임신 기간에, 대부분의 암퇘지들(미국의 경우)은 '임신용 우리gestation crate'에 갇혀 지낸다. 그것은 철창으로 지은 상자형 또는 반원형 우리로, 돼지의 몸보다 기껏 1피트나 클까 말까이다. 그래서 그 속에 갇힌 암퇘지는 몸을 돌릴 수도 없다.

복사용지 한 장의 면적에서 사육당하는 닭고기, 끔직한 도살장의 풍경 등 피터 싱어는 동물들이 우리 식탁에 오르는 과정을 추적한다 무엇을 먹을 것인지 혼란스러울 정도로 적나라한 이야기는 우리가 어떤 존재인지를 돌아보게 할 정도다. 우리들의 밥상은 어떤 풍경인가. 과연 윤리적인 소비는 어떤 수준까지 요구되는 것일까.

식탁 위에 음식이 오르는 과정을 거꾸로 추적하는 과정을 통해 피터 싱어는 먹거리에 대한 새로운 관심과 반성을 요구한다. 완전한 채식주의자는 아니어도 양심적인 잡식주의자로 거듭나야 한다고 주장하는 피터 싱어의 말은 우리가 매일 먹는 모든 음식을 돌아보게 한다. 실제 현장을 누비며 쓴 이 책을 읽다보면 자연스럽게 그의 말과 생각에 고개를 끄덕이게 된다. 그러나 공감보다 중요한 것은 실천의 문제다. '나 하나쯤이야.'라는 생각 때문에 현실은 요지부동이다. 참여와 실천의 문제는 이 책을 읽은 사람들의 몫으로 남겨진다.

레이첼 카슨은 "우리가 오랫동안 여행해온 길은 놀라운 진보를 가능케 한 너무나 편안하고 평탄한 고속도로였지만 그 끝에는 재앙이 기다리고 있다. '아직 가지 않은' 다른 길은 지구의 보호라는 궁극적인 목적지에 도달할 수 있는 마지막이자 유일한 기회다."라는 말로 생태와 환경의 문제가 '선택'이 아니라 '생존'의 문제임을 상기시켰다. 지속 가능한 삶은 바로 지금 이 순간 나의 실천과 행동에 따라 달라질 수 있다. 생태와 환경에 대한 관심과 생각의 변화가 작은 실천으로 이어지고 그것이 지구를 건강하게 만든다는 사실을 기억하자. 지구의 건강은 곧 우리들의 행복한 미래와 건강한 삶을 의미한다.

5장

예술, 우리 삶에 감동을 주다

예술은 언제나 우리 삶을 풍요롭고 가치 있게 만들어준다. 위로와 공감을 건네고 깊은 감동과 새로운 도전을 꿈꾸게 하는 분야이다. 이 장은 문화로 시작해 미술과 음악, 영화와 사진, 건축과 만화에 이르기까지 즐거움이 가득하다. 책 읽기가 언제나 행복하고 즐거운 삶을 이끌어준다는 사실을 함께 확인하자.

문화는 '좋고 나쁘다'를
판단할 수 없다

《처음 만나는 문화인류학》, 한국문화인류학회 지음, 일조각, 2003 ★★
《놀이의 달인, 호모 루덴스》, 한경애 지음, 그린비, 2007 ★
《대중문화의 겉과 속(1~3)》, 강준만 지음, 인물과사상사, 1999~2006 ★★

지구라는 행성에는 대략 70억 명의 사람이 살고 있다. 오늘도 지구인들은 제각각 다른 생각, 다른 생활 방식으로 살아간다. 만약 지구가 백 명의 마을이라면 24명은 밤에 전기를 사용하지 못하고 17명은 글을 전혀 읽지 못하며 7명만 컴퓨터를 사용한다고 한다. 대한민국은 IT 강국이고 세계 10대 경제 대국이다. 그런데 우리보다 훨씬 많은 사람이 손으로 밥을 먹는다는 사실을 잘 알지 못한다. 더구나 인터넷이 안 되는 곳에서는 살 수 없다고 생각한다. 하지만 세상에는 우리와 다른 방식으로 살아가는 사람들이 훨씬 더 많다. 그것이 문화의 차이다.

한 사회에서 특징적으로 나타나는 행동 양식과 사고방식을 통틀어 문화라고 한다. 즉, 넓은 의미에서 문화는 인류가 살아온 과정과 결과를 망라한다. 하지만 좁은 의미에서는 그것이 지역의 단위이든 국가의 단위이든 상관없이 다른 사회집단과 뚜렷이 구별되는 생각과 행동을 이르는 말이다. 따라서 문화는 '좋다, 나쁘다'라고 가치를 판단할 수 없고, '맞다, 틀리다'라고 판정을 내릴 수도 없다. 문화에 따라 인류의 보편적 가치에서 벗어난 악습이 남아 있는 지역도 있다. 하지만 다른 문화를 우리의 시각으로 판단할 수는 없다.

한국문화인류학회에서 펴낸 《처음 만나는 문화인류학》에는 세계 각 지역의 다양한 문화가 가득 담겨 있다. 문화인류학자뿐만 아니라 사회와 역사 그리고 철학 등을 전공한 열네 명의 전문가가 들려주는 이야기는 함께 살아가는 사람들에 관한 것이다. 인간의 진화에서 경제에 이르기까지 다양한 측면에서 살펴본 인류의 삶은 매우 흥미롭다.

우리는 세상을 '있는 그대로 본다.'고 생각하지만 사실은 '배운 대로 본다.'고 하는 편이 더 적절한 표현이다. 눈을 뜨면 물체가 보이기 때문에 어느 누구도 보는 법이 배움의 결과라고 생각하지 않을 뿐이다. 그러나 모든 사람들은 같은 물체를 동일하게 보지 않는다는 사실을 인식하는 것이 중요하다.

한경구의 이 말은 문화에 대한 우리의 관점을 그대로 드러낸다. 우리는 스스로 객관적으로 혹은 있는 그대로 본다고 생각하지만 사실은 우리 사회의 문화를 자연스럽게 내면화하는 과정에서 생긴 하나의 관점을 가지고 있다. 다양한 문화를 제대로 이해하는 과정은 자기중심적 사고에서 벗어나 타인의 삶을 이해하고 존중하는 과정이다. 이기적인 태도와 편협한 관점으로는 나와 다른 사람들의 생각과 행동을 이해할 수 없기 때문이다. 아버지를 중심으로 한 가부장제가 전부라고 생각하는 사람들에게 모계사회의 모습은 어떻게 비칠까.

미국 서남부에 사는 인디언 부족인 나바호 Navaho 사회에서는 대부분의 사람들이 일생 동안 네다섯 번씩 혼인하고 이혼하며, 혼인할 때에도 배우자와 일생을 같이할 것으로 기대하지 않는다. 나바호 사회는 나야 사회처럼 모계사회이지만, 나야와 달리 여자의 성적 파트너가 처가에 들어가 살거나 처가 가까이에 산다.

가족제도는 시대와 문화에 따라 다양하게 변해왔다. 지금도 일부다처제 혹은 일처다부제 사회가 있다. 우리의 경험과 앎의 세계가 전부가 아니라는 사실은 문화인류학을 통해 쉽게 확인할 수 있다. 이렇게 다양한 가족의 형태를 살펴보면서 가족의 의미를 생각해볼 수 있고 현재 우리 삶의 모습도 돌아볼 수 있다.

소비의 차별화 전략은 계급간의 문화적 구별 짓기에서도 잘 드러나고 있다. 부르디외는 현대 프랑스 사회에서 문화적 취향과 사회 계급 간에 매우 긴밀한 상관관계가 있음을 주장했다. 음악, 회화, 영화, 문학, 연극과 같은 예술 분야뿐 아니라 대중문화, 스포츠, 가구, 복장, 화장품, 사진을 향유하는 방식에서 학력 수준과 사회 계급에 따라 뚜렷한 차이가 발견된다는 것이다. 음악적 취향에 대한 예를 든다면 교사나 지식인은 바흐의 '평균율 클라비어곡집'에 대한 선호도가 높은 반면, 노동자나 상인은 요한 슈트라우스의 '왈츠'에 대한 선호도가 높았다.

인간의 진화 과정과 여성과 남성의 오래된 논쟁을 문화인류학적 관점으로 살펴보는 것도 중요하지만 동시대인의 문화적 차이를 아는 것도 중요하다. 오명석은 경제적 관점으로 문화의 차이를 설명하고 있다. 한 사회내의 문화적 차이를 분석하고 그 원인을 생각해보면 다른 문화에 대해서도 비슷한 시각을 적용할 수 있다. 사회학자 부르디외의 '구별 짓기'를 통해 문화적 취향이 어떻게 사람들을 구별하고 계급적으로 다른 문화를 형성하게 하는지 생각해보자. 바로 우리들의 이야기를 하고 있는 부분이니까.

김은실의 '몸' 이야기는 더욱 공감이 간다. 과거와 현재, 서양과 동양에서 다루는 몸은 조금씩 차이가 있다. 우선 아름다운 여성을 떠올려보자. 누가 떠오르는가. 아니, 어떤 몸을 상상했는가. 아마 이 책을 읽는 사람들의 머릿속에 떠오른 이미지는 비슷할 것이다. 작은 얼굴에 큰 이목구비를 갖춘 날씬하면서도 건강해보이는 이미지 아닐까. 이런 서구적인 현대 미인상은 서구에서조차도 근대 부르주아 시민사회의 등장 이후 나타났다.

식량이 부족했던 전前 산업사회나 낮은 농경사회에서 뚱뚱한 몸은 건강과 부의 상징이었으며, 높은 지위와 능력을 보여주는 몸의 이미지였다. 따라서 자연히 뚱뚱함은 사회적으로 높은 평가를 받았다. 반면, 마른 몸은 빈곤하고 지위가 낮으며 건강하지 못한 것이라는 사회적 의미를 갖기 때문에 낮은 평가를 받았다.

미디어가 만들어낸 환상과 자본주의적 욕망이 결합된 아름다운 여성의 이미지는 현대 여성들에게 다이어트와 성형수술이라는 문화를 창조했다. 근대적인 몸에 대한 생각의 변화는 우리 사회의 문화를 보여주는 하나의 기준이 될 수 있다. 이렇게 다른 시대와 구별되는 특징, 다른 사회와 차이 나는 현상들이 바로 문화의 척도다.

'왜 먹고 살 만큼만 일하면 안 되나, 일부일처제가 가장 합리적인 결혼제도일까, 종교는 정치에 어떻게 이용되었을까, 아름다움의 기준은 무엇인가.' 등의 문제를 조금 더 고민해보자. 문화인류학은 이런 질문에 대한 답을 찾는다. 인간의 진화, 여성과 남성, 혼인과 가족, 경제, 정치, 차별, 몸, 아름다움, 종교, 역사, 세계사에 이르기까지 다양한 주제를 통해 문화인류학의 즐거움을 전해주는 이 책은 21세기를 살아가는 우리들에게 문화의 중요성을 일깨워줄 뿐 아니라 우리의 삶을 돌아보게 하는 거울의 역할을 한다.

"다른 문화와 대면해야만 비로소 자신의 문화적 가치들이 절대적인 것이 아니며 자신의 삶의 방식이 유일하고도 필연적인 것이 아니라는 사실을 깨달을 수 있다. 문화상대주의는 때때로 고통과 혼란을 수반하기도 하지만, 다른 문화와의 대면은 성장 과정에서 무뎌지거나 억압되었던 자신의 문화에 대한 의문과 호기심과 감수성을 회복시켜 준다. 즉, 자기 문화를 더 잘 바라볼 수 있게 해준다."라는 말은 21세기를 살아가는 우리들에게 타문화에 대한 관심과 이해의 필요성을 직설적으로 말해준다. 내가 누구인지 알기 위해서 거울을 들여다보는 대신 다른 사람들의 생각과 행동을 관찰하고 이해해보는 것은 어떨까.

이러한 문화적 다양성에도 불구하고 모든 인간의 공통된 욕망 중에 하나는 '놀이'다. 우리는 놀기 위해 일하고 일하기 위해서도 논다. 삶의 목적과 방법이 사람마다 조금씩 다르지만 즐겁고 행복한 사람은 놀이의 즐거움을 아는 사람들이다. 한경애는 《놀이의 달인, 호모 루덴스》를 통해 우리 삶에서 놀이의 중요성을 강조한다. 인류의 문화와 예술은 놀이에서 출발했으며 지금도 모든 사람은 놀고 있다.

전통적인 삶의 방식이 모두 파괴되고 모든 것이 사고파는 상품이 되어버린 이곳에서, 아무도 나의 생존과 미래를 보장해주지 않는다는 공포는 끝없는 노동을 강요한다. 과거 어느 시대와도 비교할 수 없는 물질적 풍요로움을 누리고 있지만, 사람들의 삶은 훨씬 바쁘고 힘들어졌으며 노동은 고통스럽지만 하지 않으면 안 되는 것이 되어버렸다. 행복은 끝없이 연기되고, 미래에 대한 공포가 현재를 지배하고 있다.

요한 하위징아의 《호모 루덴스》를 현대적으로 재해석한 한경애의 시각과 관점은 분명하다. 제대로 놀자는 것이다. 놀이는 자유로움이다. 현대인들에게 진정한 놀이 문화가 무엇인지 다시 생각해보자. 청소년에게도 놀이 문화가 있고 성인들도 나름의 놀이 문화를 가지고 있지만 그것이 모두 경쟁과 노동의 힘겨움을 이겨내는 수단이 돼버린 것은 아닐까. 그러니 놀이의 주인이 아니라 노예가 되지는 않았는가. 이렇게 되면 컴퓨터나 스마트폰을 통한 단순한 게임에 집착하게 되고 롤플레잉 게임 등에 중독되기 쉽다. 진정한 놀이의 주인이 되고 내 삶의 주체가 되기 위한 방법은 자극에 탐닉하는 게 아니라 자신의 삶을 통제할 수 있는 내실을 갖추는 것이다. 저자의 이 말을 현재 우리가 하고 있는 모든 놀이에 적용해보기 바란다.

외부의 자극에 수동적으로 반응하고, 조금씩 마비 상태가 되어 더 큰 자극을 욕망할 때 나는 놀고 있는 게 아니다. 욕망의 노예가 된 채 매뉴얼대로 움직이는 아바타에 불과할 뿐. 노는 것, 무언가를 진심으로 즐길 수 있는 천진함은 언제라도 그것을 그만둘 수 있을 때, 바로 내가 놀이의 주인일 때 가능하다.

미래를 위해 열심히 일(공부)해야 한다. 게으름은 죄악이다. 쉬지 말고, 놀지 말고 열심히 해야 한다는 맹목적인 강요와 믿음이 계속되는 세상이다. 우리는 이 책을 통해 진짜 행복을 위해 제대로 놀 줄 아는 방법에 대해 깊이 고민해야 한다.

이렇게 많은 사람이 즐기는 놀이와 문화를 고급 예술과 구별해서 대중문화라고 한다. 강준만은 《대중문화의 겉과 속 1~3》을 통해 엘리트와 상대되는 개념으로, 수동적·감정적·비합리적인 특성을 가진 '대중^{mass}'의 문화를 분석한다. 특히 미디어에 의한 문화 현상을 집중적으로 다루고 있는 이 책은 대중문화의 표면적 현상들에 감추어진 이면적 진실을 보여준다. 대중문화를 움직이는 기본적인 시스템과 대중들의 반응은 시간이 흘러도 크게 달라지지 않는다. 다만 SNS 등 다양한 네트워크를 통해 매체와 방법만 조금씩 변할 뿐이다.

연예 저널리즘의 호황에 부응하여 연예인 중심의 텔레비전 토크쇼도 늘어났다. 〈한겨레〉 2005년 2월 1일자에 따르면, "일주일 내내 밤마다 '공공재'인

전파는 연예인들끼리의 수다를 안방으로 실어 나른다. …… 이젠 일주일에 7개, 평균 하루에 한 프로로 늘어났다. 상업방송이라는 SBS는 3개, 나머지 두 공영방송은 2개씩이다. …… 토크쇼는 인지도 있는 진행자만 섭외되면 기본 시청률은 확보할 수 있다는 것이 방송가의 판단이며, 지금까지 증명된 바다. '좁은 길'로 가지 않으려는 안이한 판단에 토크쇼가 넘쳐난다."

대표적인 대중매체인 텔레비전 프로그램에 대한 이야기다. 이번 주 텔레비전 편성표를 한번 들여다보자. 점점 더 늘어나는 대중매체의 영향력과 우리의 현실을 교차해 살펴보는 일이 필요할 것 같다. 인터넷과 휴대폰을 중심으로 대중문화 현상을 분석하고 그 의미를 살펴보는 2권과 3권의 내용도 비슷한 관점에서 서술하고 있다. 현대사회에서는 스마트폰을 비롯해 새로운 매체가 등장하고 그에 따라 대중은 새로운 문화를 새롭게 만들어가고 있다. 이 책은 이러한 변화의 흐름과 방향을 읽어내고 대중이 문화의 창조적 주체가 되기 위해 딛는 디딤돌 역할을 충분히 하고 있다.

시간은 내가 살아 있는 매 순간이며 삶 그 자체이다. 그 시간은 과거와 현재와 미래의 구분 없이 연속적으로 흘러간다. 시간의 흐름 속에서 우리는 문화를 확인하고 삶의 모습을 성찰해야 한다. 다양한 문화 현상을 이해하는 일은 우리의 현재를 통해 미래를 고민하기 위해 꼭 필요하다.

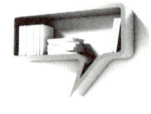

예술적 상상력으로
세상을 보라

《미학 오디세이(1~3)》, 진중권 지음, 휴머니스트, 2004 ★★
《비밀 많은 디자인 씨》, 김은산 지음, 양철북, 2010 ★
《그림이 들리고 음악이 보이는 순간》, 노엘라 지음, 나무수, 2010 ★★

21세기는 '베스트^{best}'가 아니라 '유니크^{unique}'가 필요한 시대다. 생태계에서 경쟁은 피할 수 없는 생존 원리지만 사람이 사는 세상에서 경쟁의 논리만을 앞세우면 끔찍한 결과를 초래한다. 단 한 사람, 일등을 제외한 모든 사람이 패배자가 되는 세상은 얼마나 불행할까. 경쟁의 방법이 공정하지 않고 경쟁의 대상이 우리 삶을 풍요롭게 하는 것이 아니라면 더 말할 것도 없다. 지구에 살고 있는 70억 인류가 모두 행복하게 사는 건 꿈일까. 그러기 위해서는 베스트를 위한 치열한 경쟁보다 나만의 빛깔과 향기로 내 삶을 채울 수 있는 개성과 창조적 상상력이 필요하다. 이런 삶을 위해 반드시 필요한 것이 예술적 감수성이다.

　예술은 수동적 감상의 대상이 아니라 적극적인 참여의 놀이다. 그림과 음악을 하는 사람들이 속한 세계가 예술이라면 우리는 예술의 바깥에 서 있는 셈이다. 하지만 모든 예술은 우리처럼 평범한 사람의 삶에서 시작됐다. 모든 인간은 놀이에 대한 본능을 가지고 있으며 언제든 즐겁고 재밌게 놀 수 있는 능력을 가지고 있다. 그 능력을 최대한 발휘하고 미적 안목을 기르는 과정에서 예술은 조금씩 변화하고 발전해왔다.

예술이란 무엇이며 우리 삶에서 어떤 역할을 하는지 진중권의 《미학 오디세이(1~3)》에서 자세히 살펴볼 수 있다. 미학美學은 예술과 자연은 물론 인생에서 경험할 수 있는 아름다움을 감성적으로 인식하는 학문이다. 철학의 한 분야지만 대상을 이성적이고 논리적으로 인식하는 것이 아니라 감성적으로 받아들이는 방법을 고민한다. '경험이 가득한 긴 여정'이라는 사전적 의미를 가진 '오디세이'라는 말과 결합된 이 책의 제목은 우리 삶에서 예술이 어떤 의미를 갖고 있는지 상징적으로 표현하고 있다.

인간은 왜 예술이란 걸 하게 되었을까? 감상하려고? 아니다. 우리가 아는 한, 감상을 위한 예술의 전통은 겨우 몇 백 년밖에 안 된다. 르네상스 때조차 예술은 뚜렷한 실용적 목적을 갖고 있었다. 게다가 인류 치초의 그림들은 대개 깊숙한 동굴 속에 그려져 있다. 만약 감상하기 위한 거라면, 왜 그것들을 동굴 속에다 그렸겠는가? 알타미라 동굴로 가보자.

수천 년 동안 인류가 살아온 과정과 결과를 오늘날 우리는 예술이라고 한다. 감상을 목적으로 예술 작품을 만든 것이 아니라 실용적인 목적으로 그리고 만들었다. 진중권은 이 책을 통해 사람들에게 미학에 대한 관심을 불러일으켰다. 단순히 그림을 감상하는 방법이나 그림에 대한 해설 혹은 음악에 대한 이론을 설명하는 책과 달리 보이지 않는 세계의 이미지, 관념적인 세계에 대한 접근 방법을 알려준다.

예술은 절대적 진리를 드러내는 매체다. 헤겔은 이렇게 이념이 예술 속에서 감각적 형태로 드러난 게, 곧 '미'라고 보았다. 진정한 미란 곧 예술미다. 물론 예술 밖에도 미는 있다. 가령 자연의 아름다움 말이다. 하지만 헤겔이 보기에 자연은 이념의 그림자일 뿐 아직 주관성에 도달하지 못했기 때문에, 자연의 아름다움은 완전한 게 못된다. 이런 자연미의 결함에서 예술미의 필연성이 나온다. 예술은 자연미의 결함을 제거해 완전한 아름다움을 만들어낸다. 특히 (이념에 합치하지 않는) 불순물이 섞이지 않은 순수한 형상^{Gestalt} 속에서 이념이 빛날 때, 헤겔은 이를 '이(념)상'이라 했다.

예술의 정의는 사람마다 다를 수 있으나 작가는 헤겔의 말을 빌려온다. 우리가 생각하는 일상적 아름다움과 예술적 미는 조금 차이가 있다. 이렇게 진중권은 미학사, 철학, 실제 작품이라는 세 개의 축을 따라 이야기를 전개한다. 미학은 철학에 대한 기초 지식을 갖춰야 이해할 수 있기 때문에 아리스토텔레스와 플라톤의 대화를 통해 미학에 필요한 기본 개념을 짚어준다.

취미론은 애매한 이중 구조를 갖고 있어 자연스럽지 못하다. 그래서 현대에 들어오면 미는 아예 완전히 주관화하기 시작한다. 마음먹기에 따라 모든 게 아름다울 수 있다. 그렇다면 아름다운 대상이 어떤 성질을 가졌는지 따져

봤자 아무 소용도 없다. 문제는 주관이 어떤 상태에 있을 때 대상이 아름답게 보이느냐다. 과거에 사람들은 '무엇이 아름답냐.'고 물었지만, 이제 사람들은 '언제 아름답냐.'고 묻는다.

1권은 주로 시간의 흐름에 따라 역사적 시대구분을 기준으로 인류의 역사를 더듬어보고, 2, 3권에서는 현대 미술을 집중적으로 살피고 있다. 시대를 뛰어넘어 미학적 관점으로 예술을 이해하고 현대 예술의 의미를 생각하는 동안 우리는 예술의 세계에 흠뻑 빠져들 수 있다. 미술은 즐거운 놀이이고 인간 정신의 표현이다. 현실을 뛰어넘는 초월적 세계에 대한 경험이며 상상력이 극대화된 창조적 세계다. 에셔와 마그리트 그리고 피라네시가 그것을 증명하듯 저자의 이야기를 받쳐주고 있다. 이 세 개의 축이 각자 흐름을 가지고 서로 도움을 주면서 진행이 되다가 어느 순간 한곳에 모인다.

놀이처럼 예술 작품도 닫혀 있으면서 동시에 열려 있다. 즉 작품의 텍스트 자체는 닫혀 있어 그 누구도 그걸 변경할 수 없지만, 그 완결된 텍스트에서 저마다 다양한 의미를 끄집어낸다. 작품은 '작가-텍스트-독자'이 게임이다. 이 삼각형의 게임 속에서 독자는 늘 바뀐다. 물론 그때마다 게임의 내용과 의미도 달라진다. 그러므로 작품의 삶은 한 번에 끝나는 게 아니다. 작품은 후세의 해석에 열려 있다. 따라서 작품이 가진 '근원적' 의미란 있을 수 없다. 그것이 시대마다 열어주는 각각의 의미가 다 근원적이다.

책장을 덮으며 우리는 다시 의문이 생긴다. 예술의 본질이란 무엇일까, 하고 말이다. 진중권은 정의할 수도 없고 정의할 필요도 없다는 말로 우리의 생각을 뒤집어버린다. 작가와 독자 사이에 놓여 있는 작품을 감상하고 그것을 다양하게 해석하는 즐거움은 오롯이 독자의 몫이다. 그뿐만 아니라 그 너머의 세계를 분석하려는 미학자의 이야기 또한 우리에게 또 다른 즐거움을 준다.

> 예술에 본질이란 게 없다면, 물론 예술은 정의할 수도 없다. 더군다나 예술을 정의하는 게 바람직한 것도 아니다. 가령, 새로운 형태의 예술 작품이 나왔다 하자. 만약 이 새로운 예술이 불행히도 기존의 예술의 정의에 들어맞지 않으면, 사람들은 이를 예술 작품으로 인정하지 않을 것이다. 이는 결국 예술적 창의력을 억압하는 불행한 결과를 낳는다. 그 때문에 예술은 정의할 수 없을 뿐더러, 정의할 필요도 없다.

이 책이 스테디셀러가 될 수 있는 이유는 미학이라는 새로운 영역을 실제 작품을 통해 구체적으로 보여주었기 때문이다. 예술을 다루고 있지만 철저하게 구어체를 살리기 위한 흔적이 돋보인다. 작가는 도판을 보여주며 짧은 문장으로 어려운 개념들을 간단명료하게 짚어준다. 감성과 지적 호기심을 자극하는 책을 좋아하는 독자라면 다른 매체에서는 찾을 수 없는 즐거움을 맛볼 수 있다. 눈에 보이지 않는 세계에 대한 감수성과 인식의 힘을 길러 주는 이 책은 예술에 대한 새로운 감각을 키워준다.

스티브 잡스는 현대판 영웅이다. 혁신의 아이콘이 되어버린 잡스는 디자인과 기술에 대한 자신의 독특한 철학으로 사람들의 눈과 귀를 즐겁게 해주었다. 나이젤 휘틀리는 "이제 디자인은 현대 생활 그 자체이다."라는 말로 일상생활과 밀접한 관계를 맺고 있는 디자인의 힘을 강조한다. 미술관이나 박물관에 가야 예술 작품을 감상할 수 있고 화가나 음악가만 아름다움의 세계를 창조하는 것은 아니다. 김은산은《비밀 많은 디자인 씨》에서 보통 사람들도 디자인을 통해 세상을 읽을 수 있다고 말한다. 이 책에는 디자인이 무엇이며, 우리에게 어떤 의미가 있고 그것이 어떠해야 하는지에 대한 진지한 성찰과 고민이 담겨 있다.

인간과 디자인이 만나는 다양한 차원을 기능과 형태만으로 제한할 수는 없다. 또한 기능과 형태를 따로 떼어놓고, 인위적으로 대립시키는 것도 문제다. 기능과 형태 중 어느 하나를 우선해야 한다거나 둘 중 하나를 선택해야 한다는 사고는 강박에 가깝다.

어떤 물건을 살 때 형태와 기능 중 어떤 부분을 중요하게 생각하는가. 우리 속담에 "이왕이면 다홍치마"라는 말이 있다. 같은 기능이라면 디자인이 예쁜 것이 좋다는 뜻이다. 최신 전자 제품에서 종이책까지 디자인이 빠지는 곳은 없다.

소비의 중요한 법칙은 브랜드가 인격을 대체한다는 것이다. 브랜드에 집착하는 이유는 그것이 바로 '되고픈 나'를 만들어준다고 믿기 때문이다. 브랜드를 소비하면서 사람들은 자신의 정체성을 확인한다. 상품은 '작은 나'와 같다. '아이맥iMac'이며 '아이팟iPod'이다. 브랜드를 소비하는 길은 자기 자신을 브랜드처럼 변화시키는 과정이기도 하다.

저자는 십대를 위해 썼다고 밝히고 있지만 독자의 나이는 중요하지 않다. 이 책은 디자인 자체에 대한 호기심을 갖고 있는 사람은 물론 자신의 삶을 새롭게 디자인하고 싶은 사람들, 더 나아가 세상을 디자인해보고 싶은 사람들에게 도움을 준다. 의지와 열정을 통해 삶을 변화시키고 싶은 열망이 있는 사람이라면 이 책을 통해 자신의 삶을 새롭게 디자인해보자. '디자인'을 통해 사람들의 삶과 세상에 대해 새로운 시야를 열어주는 김은산의 이야기가 들을 만하다.

시장의 논리에 갇힌 채 디자인의 역량은 사적인 소비 영역에 집중되고, 공공의 행복이나 안녕과 밀접하게 관련된 공공의 영역으로부터 멀어졌다. 그 결과 디자인이 실제로 수행할 수 있고, 수행해야만 하는 다양한 사회적·문화적·정치적 역할을 외면하게 되었다. 디자인이 과연 사회에 이로운 것인지, 디자인이 정말로 필요한 사람들에게 필요한 것을 제공하고 있는지 질문을 던져보아야 할 때가 온 것이다.

음악이 없는 세상은 상상할 수도 없다. 이 책을 읽으면서도 아마 많은 사람은 음악을 듣고 있을지 모른다. 예술의 영역에서 미술만큼 친근하고 우리 생활에 깊숙하게 영향을 미치고 있는 음악은 우리 삶에 어떤 의미가 있을까. 학교에서 배우는 음악에는 대중가요가 없다. 그렇다고 클래식이 썩 가슴에 와 닿지도 않는다. 그래서 대부분의 사람들은 학교에서 배우는 음악과 좋아하는 음악이 다르다. 서양 고전음악인 클래식을 조금 더 쉽고 재미있게 이해하는 방법은 없을까.

바이올리니스트 노엘라의 《그림이 들리고 음악이 보이는 순간》은 조금 색다른 방법으로 음악과 그림을 소개한다. 음악가와 화가 두 사람을 짝지어 공통점을 설명하고 저자의 감상을 드러낸다. 정서적으로 접근하기 때문에 어려운 음악 이론보다 이해하기 쉽다.

　　드뷔시는 모네와 동시대를 산 인상파 작곡가다. 드뷔시는 피사로, 모네, 드가, 르누아르 등 인상파 화가들과 시인 말라르메의 집에 모여 예술에 대해 자주 토론하고 의견을 나눴다. 그의 음악을 인상파라 부르는 것은 바로 그의 음악이 이들 인상파의 영향을 받은 데서 유래된 것. 모네의 그림처럼 드뷔시의 음악은 순간을 들려준다. 모네가 그림으로 '순간'을 담아냈다면 드뷔시는 그가 보고 느낀 것을 음악으로 승화시켰다.

　모네와 드뷔시가 짝을 이루고 클림트와 시마노프스키, 고야와 베토벤, 폴록과 케이지가 한 팀을 이뤄 그림과 음악 이야기를 들려준다. 음악을 전공한 노엘라는 슬픔과 불안, 사랑과 이별 등 감성의 세계를 효과적으로 제시하여 예술적 감수성을 자극한다. 이 책은 먼저 화가들의 그림을 소개하고 그 이면의 모습을 상상한다. 마치 대화를 하듯 그림을 어루만지고 그에 어울리는 음악을 떠올리며 음악가를 소개하는 방식이 낯설지만 신선하다. 노엘라의 이야기를 듣다보면 어느 순간 그림이 들리고 음악이 보이기 시작한다.

　예술적 감각은 인간의 본능이다. 모든 사람은 아름다움에 대한 갈망, 표현하고 싶은 욕구, 대상에 대한 감정이입 등의 속성을 가지고 있다. 다양한 예술을 주체적으로 즐길 수 있다면 우리의 삶은 더욱 행복하고 풍요로워진다. 자, 이제 본격적으로 그림과 음악을 즐겨볼 차례다.

세상을 바라보는
또 다른 프레임

《열일곱, 영화로 세상을 보다》, 이대현 외 지음, 다할미디어, 2010 ★★
《스토리텔링의 비밀》, 마이클 티어노 지음, 김윤철 옮김, 아우라, 2008 ★★
《사진이란 무엇인가》, 최민식 지음, 현문서가, 2005 ★★

지나가는 순간을 포착하는 사진은 우리의 기억을 영원히 기록해준다. 그런데 사진이 1초에 스물네 장씩 지나가면 마치 움직이는 것처럼 보이는데 이것이 바로 영화의 원리다. 정지된 순간들이 모여 시간의 흐름을 만들고 그 흐름이 모여 우리의 삶이 되는 것처럼 영화는 정지된 화면에서 움직이는 화면으로 발전했다. 그래서 처음에는 영화를 활동사진이라고 불렀다. 사진과 영화는 발터 벤야민의 말대로 기술 복제 시대의 예술작품이다. 하나의 원본만 존재하던 시대와 달리 과학기술의 발달로 무한 복제가 가능한 예술이 탄생한 것이다. 게다가 이제는 오감을 만족시키는 3D와 4D 영화로까지 발전했다.

1895년 뤼미에르 형제가 대중을 상대로 영화 상영을 시작했으니 120

년도 안 되는 짧은 기간 동안 영화는 눈부시게 발전했고 세상 사람들을 사로잡았다. 인류의 기원과 함께 시작된 미술이나 음악보다 대중을 사로잡은 영화의 매력은 무엇을 상상하든 그 이상을 보여주는 재미와 상상력에 있다. 이렇게 단기간에 엄청나게 많은 영화가 쏟아지고 지금도 끊임없이 만들어지는 것은 놀랄만한 일이다. 매주 새로운 영화가 극장에 걸리기에 영화 관람은 현대인이 가장 손쉽게 즐길 수 있는 여가 생활이 되었다. 영화는 단순한 재미를 위해 즐길 수도 있지만 때로는 우리에게 정서적 충격을 주기도 하고 삶의 태도를 바꿔주기도 한다. 인간과 사회에 대해 깊이 생각하게 하는 영화도 있고 자연과 역사에 대해 새로운 관점을 갖게 하는 영화도 있기 때문이다. 그래서 좋은 영화 한 편은 어떤 예술 작품보다도 깊은 감동과 여운을 남긴다.

넘어지고 방황하고 주저앉아 답답해하는 청소년에게 영화는 재미 이상의 의미를 갖는다. 새로운 꿈을 주고 미래에 대한 희망을 갖게 하는가 하면, 현실을 직시하고 그 원인과 해결 방법을 고민하게 만들기도 한다. 그렇다면 어떤 영화를 어떻게 봐야 할까. 삶을 풍요롭게 하는 영화를 고르는 안목은 저절로 길러지지 않는다. 어떤 영화를 보는 것이 좋을지 막막할 때 《열일곱, 영화로 세상을 보다》를 펴자. "어떤 곳을 가는 길은 히나가 아니며, 세상에는 한 가지 정답만 있는 것이 아니란 사실"을 깨닫게 해주는 것이 영화라는 이대현의 말은 "같은 영화에서 다른 세상을 만나기도 했고, 다른 영화에서 같은 세상을 만나기도 했다."라는 의미와 일맥상통한다. 저자는 이 책을 통해 공부에 시달리는 아이들에게 또 다른 세상을 보여주고자 한다.

"누가 이렇게 늙은 소를 사느냐."라고 사람들이 비웃듯 한 말은 할아버지를 향한 말이기도 하다. 그래서 100만 원 밖에 안 된다는 소의 가치에 할아버지는 비애를 느낀다. 늙은 생명에 대한 세상의 무시. 할아버지가 끝까지 500만 원이라고 우기는 것은 할아버지 자신의 가치이기도 하다. 그 가치를 지키기 위해 할아버지는 비록 더 힘들더라도 죽는 날까지 소를 지켜주기로 마음먹는다. 늙은 자신의 존재 가치를 존중하는 일이기도 하니까.

영화 〈워낭소리〉에서 소와 할아버지는 거울과 같은 존재다. 다큐멘터리 형식으로 소의 일생과 그 곁을 지키는 할아버지의 관계를 보여준다. 서로에 대한 보이지 않은 사랑이 감동적인 영화다. 생명의 가치는 물론 낡고 늙는다는 의미까지 돌아보게 한다. 소의 일생이 우리의 인생을 상징하는 것은 아닐까. 경북 청송에서 40년 동안 죽도록 일만 하다 죽은 소는 우리 아버지, 또는 할아버지의 모습과 겹쳐 보인다. 힘겹게 농사를 짓는 최원균 할아버지의 모습은 어쩌면 도시에서 살면서 소처럼 일하는 우리의 모습일지 모른다. 이렇게 영화는 인생의 의미를 묻기도 하고 타인의 삶을 통해 자신을 성찰하게도 한다.

영화는 노예와 다름없는 생활을 하는 단과 구의 조심스러운 만남으로 시작한다. 구는 어린 시절부터 소중히 간직해 온 하얀 아오자이를 건네며 단에게 청혼한다. 프랑스가 떠난 후의 혼란을 틈타 둘은 다른 곳으로 도망치는데 성공하고, 한 작은 마을에 정착해 네 명의 아이를 낳는다. 〈하얀 아오자이〉는 프랑스 식민 지배에서 벗어나고, 이념의 대립으로 인한 남북의 분단 상황을 맞는 베트남의 격동적인 역사 속에서도 빛을 잃지 않는 모성애에 초점을 맞춘다.

영화 〈하얀 아오자이〉를 본 저자의 글이다. 이 책은 기자 출신 영화 평론가인 저자가 열일곱 살인 지은, 동륜, 유경과 함께 4년 동안 영화를 골라보고 이야기를 나누는 과정을 담고 있다. 따라서 청소년의 눈높이에서 다양한 영화를 이해할 수 있는 장점이 있다. 열일곱의 나이는 세상에 막 눈을 뜨는 시기다. 타인의 삶에 관심을 갖고 인생에 대해 고민도 한다. 영화를 보고 그 의미를 생각하는 동안 아이들은 조금씩 자란다.

아이들은 나름대로 자신의 눈을 믿는다. 감독의 연출 의도나 영화가 보여주려고 하는 것보다 아이들이 영화를 통해 세상을 이해하고 자신의 삶을 돌아보는 과정이 중요하지 않을까. 한 편의 영화가 어쩌면 우리의 인생을 뒤바꿀 수도 있을 테니 말이다.

참 스승은 '인생의 등불'이다. 평생 길을 안내하고, 어려울 때마다 용기를 주며, 내가 올바르게 나아가도록 끝없이 단련시킨다. 좋은 대학에 합격하도록 도와주고, 다른 사람보다 뛰어난 재능을 발휘하도록 기술을 가르쳐주는 사람도 스승이라 할 순 없다. 지식과 기술을 통해 '인생'을 가르쳐주지 못한다면 단순한 지식의 '전달자'일 뿐이다.

우리가 영화를 보는 이유는 시간을 때우기 위해서도 아니고 단순한 오락거리를 찾기 위해서도 아니다. 우리에게 영화는 과거이고 현실이며 미래의 삶이다. 또, 인생에 대한 성찰의 시간이며 내 삶의 태도와 방법을 고민하는 시간이다. 〈킹콩을 들다〉는 감동적인 스포츠 드라마를 넘어 인생의 멘토에 관한 영화다. 가르치고 배우는 연쇄의 과정은 인생의 과정과 닮아 있다. 이 영화는 그 과정을 감동적으로 전달한다. 우리는 때때로 영화 같은 삶을 꿈꾸고 현실 같은 영화를 본다. 인간과 세상에 대해 이야기하는 다양한 영화를 통해 세 아이들은 미래를 꿈꾸며 현재를 들여다보았다. 그 과정에서 삶이 무엇인지 세상은 어떤 곳인지 충분히 느끼고 생각했을 것이다.

영화를 조금 더 깊이 즐기는 또 하나의 방법은 모든 영화의 구조를 살펴보는 것이다. 아주 오래된 아리스토텔레스의 《시학》은 모든 예술의 바탕이 되었다. 내용이 어렵기 때문에 이 책을 통해 영화에 접근하기는 힘들다. 그렇지만 마이클 티어노의 《스토리텔링의 비밀》을 통해서라면 조금 쉽게 영화의 구조를 들여다볼 수 있다. 이 책은 '아리스토텔레스와 영화'라는 부제가 말해주듯 《시학》의 원리를 통해 영화의 이야기가 어떻게 구성되어 있는지 설명해준다.

아리스토텔레스는 플롯을 짜는 능력 또는 강력한 이야기 구조를 만들어내는 능력을 글쓰기에서 가장 중요한 요소로 보았다. 훌륭한 작가는 이야기를 위해 일하고, 시원찮은 작가는 자신의 생각을 말하기 위해 일한다. 이 책 끝부분을 읽을 때쯤 당신은 이야기가 원하는 것을 말하는 게 작가에게 왜 중요한지 알 수 있으며, 당신이 그렇게 하고 있는지 안하고 있는지 판단할 수 있게 되리라.

영화를 이끌어가는 스토리텔링의 비밀을 알면 우리는 영화를 더 잘 이해할 수 있지 않을까. 모두 시나리오 작가가 되자는 말이 아니라 영화를 훨씬 더 재미있게 볼 수 있고 그 의미를 깊이 이해할 수 있는 좋은 방법이 될 수 있을 테니 말이다.

복합 플롯이 끊임없이 이어져오고 있는 것에는 이유가 있다. 설득력이 있기 때문이다. 아카데미상을 수상한 영화 〈아메리칸 뷰티〉의 시나리오가 사용한 방식을 토대로 좀 더 새로운 플롯을 찾아보라. 아니면 최소한 그 방식을 배워 그런 플롯 구조가 왜 어떻게 관객들의 마음을 움직이는지 이해하라.

스토리텔링은 영화뿐만 아니라 현대사회의 다양한 분야에서 활용되고 있다. 내용이 조금 어렵게 느껴질 수도 있겠지만 한 편의 영화를 보는 것만큼 영화의 구조를 살피는 일도 중요하다. '시작과 중간과 결말부터 시작하자.', '가장 비극적인 일은 가족 사이에서 생긴다.', '실제든 꾸며진 것이든 역사는 반복된다.' 등의 주제는 관객의 입장에서도 관심 있는 내용이다. 다양한 주제에 대해 실제 영화를 가지고 원리를 설명하기 때문에 천천히 읽다보면 영화를 보는 새로운 안목을 기를 수 있다.

그런가 하면 영화 한 편보다 사진 한 장이 우리에게 깊은 감동을 줄 때기 있다. 한 줄로 서서 관광지에 다녀온 사실을 증명하는 사진도 있지만 예술적 가치를 담고 있는 사진도 있다. 최민식의 《사진이란 무엇인가》를 보면 왜 사진이 영화만큼 깊은 감동을 주는지 단박 이해할 수 있을 것이다. "나의 사진은 세상을 향한 발언이며 싸움이다."라는 말로 자신의 사진 세계를 표현하는 최민식은 우리나라의 대표적인 사진작가다.

사진작가는 다양한 사회집단과 사람들의 주장과 의견에 열린 태도로 귀 기울여야 한다. 자신이 동의하지 않는 다른 생각이라고 해도 존중해야 한다. 또한 사진작가에게는 주위 현실에 대한 의식적이고 이성적인 통찰력이 요구된다. 자신과 타인, 그리고 역사에 대한 성찰과 믿음은 사진작가를 진실의 길로 인도하는 길잡이 구실을 할 것이다.

렌즈는 인간과 세상을 향해 열려 있어야 한다. 사진작가는 그 열린 렌즈를 통해 세상을 바라본다. 다만 언제 셔터를 누를 것이고 무엇을 찍을 것인가에 대한 고민은 사진작가의 개성을 만든다. 사진이 무엇인지, 무엇을 어떻게 찍을 것인지에 대한 고민은 실제 사진을 보면서 해야 한다. 풍부한 사진 자료와 함께 최민식의 노하우가 담겨 있는 이 책은 노출과 앵글 같은 사진의 기술적인 측면이 아니라 사진의 정신에 대해 말하고 있다.

우리들에게 사회에 대해 새로운 눈을 뜨게 하고 정신의 성숙함을 가져다준 불후의 걸작들은 사진의 역사뿐만 아니라 인류사에도 영구히 빛날 것이다. 사진은 곧 인종과 국경, 시대의 장벽에 구애받지 않는 국제 언어라 할 수 있다. 따라서 우리는 사진 언어를 통해 공간과 시간의 한계를 뛰어넘어 진실한 삶의 모습을 발견하게 된다.

로버트 카파의 〈공화군 병사의 죽음(1936)〉이라는 사진에 대한 작가의 설명이다. 숱한 종군기자들의 목숨을 건 사진들을 보면서 우리는 당시 절박했던 상황과 텍스트로 볼 수 없는 장면에 감동을 느낀다. 작가의 '내가 사랑한 작가'를 통해 세계적인 작가들과 그들의 사진을 감상해보자.

사진의 새로운 즐거움을 맛볼 수 있다. 이제, 내 삶의 기록뿐만 아니라 세상과 타인의 삶을 이해하기 위해 뷰파인더 너머 세상을 바라보자.

사진과 영화는 근대 이후 현대사회를 대표하는 가장 대중적인 예술이 되었다. 일상생활 속에서 여유 있게 즐길 수 있는 분야지만 조금 더 깊고 넓게 이해한다면 타인을 이해하고 다양한 관점으로 세상을 바라보는 수단으로도 활용할 수 있다. 영화와 사진을 이해하는 가장 좋은 방법은 무엇보다도 많이 보고 직접 찍어보는 것이다. 좋은 영화를 보러 갈까, 아니면 사진을 찍어볼까. 세상을 보는 또 다른 안목을 키워보자.

건축은
우리 사회의 자화상

《건축, 음악처럼 듣고 미술처럼 보다》, 서현 지음, 효형출판, 2004 ★★
《건축, 우리의 자화상》, 임석재 지음, 인물과사상사, 2005 ★★
《딸과 함께 떠나는 건축여행》, 이용재 지음, 멘토프레스, 2007 ★

백화점 1층에는 화장실이 없다. 그 큰 건물에 창문이 없고 어디에도 시계를 찾아볼 수가 없다. 건물의 구조와 환경이 철저하게 계산되어 고객들이 오로지 쇼핑에만 몰입하도록 유도한다. 네모난 상자 속에 동선을 고려해서 구역을 나누고 은은한 조명과 화려한 디스플레이로 호시탐탐 당신의 주머니를 노린다. 겉모습부터 꿈과 환상을 심어주기 위해 노력하고 있는 백화점에 들어서는 순간 우리는 잠시 현실을 잊어버린다. 하지만 건축이라는 관점에서 보면 백화점은 그저 네모난 상자에 불과하다.

　단순히 기능만 고려한 건축은 예술이 될 수 없다. 우리가 건축을 예술이라고 하는 이유는 인간의 삶을 고민하기 때문이다. 기능적인 측면에서 편리하고 시각적인 측면에서 아름다움을 느낄 수 있는 창조적 건축은 우리를 행복하게 한다. 집이든 미술관이든 학교든 공공기관이든 일상에서 마주치는 수많은 공간을 떠올려보자. 우리를 즐겁게 해주는 공간, 편안함을 주는 장소, 추억이 깃든 곳은 어디인가. 건축은 이렇게 우리 삶의 모든 순간과 함께한다. 풀과 나무를 이용해서 움집을 짓던 시대부터 최첨단 시설을 갖춘 건물에 거주하는 현대에 이르기까지 건축의 역사는 바로 인류의 역사라고 해도 과언이 아니다.

자연과 조화를 이루고 주변 환경에 어울리면서도 감탄을 자아낼 만큼 새롭고 아름다운 공간을 창조해내는 일을 하는 사람이 건축가다. 빈 공간을 채우면서도 또 다른 공간을 창조하는 건축은 그 자체가 우리들의 삶이다. 서현의 《건축, 음악처럼 듣고 미술처럼 보다》는 '건축이 뭐야?'라는 생각이 들 때 읽기 좋은 책이다. 전공을 고민하는 중고생뿐만 아니라 일반들에게도 건축의 기초를 생생하게 전해준다. 점, 선, 면에서 시작해서 공간으로 확장되는 건축의 기본적인 원리를 잠시 살펴보자.

사람이 그 안에 들어갈 수 있다는 것은 건축을 구성하는 아주 중요한 사실이다. 공간을 건축의 핵심적인 요소로 만드는 것이다. 조각에서도 공간이 주된 아이디어로 거론되는 경우가 있기는 하다.

건축과 조각의 다른 점에 대한 작가의 설명이다. 그러면 건축과 그릇의 공통점은 무엇일까. 그렇다. 바로 비어 있는 공간만을 활용한다는 것이다. 아무리 예쁜 그릇, 멋있는 건축이라도 그것이 만들어 놓은 빈 공간을 활용하는 것이 아이러니하게 느껴진다. 건축의 특성을 이해하기 위해서는 공간과 빛을 이해해야 한다.

빛의 또다른 매력은 시간의 흐름에 따른 잔잔한 변화에 있다. 벽에 떨어지는 빛과 그림자, 창을 통해서 실내로 들어오는 빛의 변화는 공간을 살아 있게 만든다. 빛은 공간에 생명을 주는 마법사 같은 존재다. 건축이 단지 기술이 아닌 예술이 되게 하는 분수령, 합리성과 수치만으로 거론할 수 없는 부분이 바로 빛이다.

자연현상과 인간의 삶을 이해하고 그 흐름을 거스르지 않는 건축은 감동을 준다. 가장 인공적인 분야 중 하나가 건축일 텐데 그것이 예술의 경지에 오르게 된 데는 그만한 이유가 있다. 그것은 외관의 아름다움뿐만 아니라 자연을 수용하고 주변과 조화를 이루는 소통 능력 때문이다. 기능적인 구조물로 인간의 삶에 편리성과 유용성을 더해준다는 것뿐만 아니라 미적 즐거움을 준다는 측면에서 건축은 가장 친근한 예술이라고 할 수 있다. 그 건축에 생기를 불어넣는 것은 물론 인간의 삶이다.

파주 출판 단지에 가면 높지 않은 출판사 건물들이 주변과 조화를 이루며 나름의 개성을 뽐내는 것을 볼 수 있다. 헤이리 마을을 디자인한 건축가도 가장 중요하게 생각한 것은 주변 자연환경과의 조화라고 말한다. 아무리 아름답고 편리한 건축이라도 홀로 빛날 수는 없다. 철저하게 인간과 자연 그리고 사회와 조화를 이루어야 한다.

건물은 지어지는 과정에서부터 철거되는 순간까지 사회와 계속 관계를 맺는다. 고층 아파트를 짓겠다고 저층 아파트를 허무는 것으로부터 시작하여 총독부 청사를 허무는 예와 같이, 건물은 존재의 마지막 순간까지 사회의 정치, 경제적 논리를 반영하게 된다. 누가 자본의 흐름을 통제하고 권력의 중심에 어떤 측면에서 보면 건축은 가장 세속적이면서 예술을 지향하는 두 얼굴을 가지고 있다. 건축주의 욕심과 건축가의 욕망이 충돌하고 조화를 이루며 기능과 아름다움을 조화시켜야 하는 어려움 때문인지도 모른다. 그래서 "저 건물은 멋있는 겁니까?"라는 물음에 저자는 이 질문의 대답은 질문자 스스로 해야 한다고 말한다. 자신의 두 눈으로 대상을 감상하고 판단해보라고 권한다. 그 판단의 기준을 마련하기 위해 이 책을 꼼꼼하게 살펴보라는 뜻이다.

서현의 건축에 대한 무한한 애정이 느껴진다. 이 책은 전문용어와 이론이 아니라 원리와 방법을 친절하게 설명해주기 때문에 누구라도 건축에 흥미를 갖게 하는 매력이 있다. 그 매력은 물론 건축에 대한 저자의 애정에서 비롯된다. 알면 사랑하게 된다고 하지 않던가. 건축을 알게 되면 그 매력에 빠질 수밖에 없다. 내가 살아가는 공간, 일터, 여행지, 방문하는 장소 등 눈에 보이는 모든 건축을 새로운 눈으로 들여다볼 수 있는 안목을 길러보자.

벽돌과 콘크리트로 된 구조물 너머에는 인간의 정신이 담겨 있다. 어떤 삶을 살 것인가, 어떤 일을 할 것인가, 무엇을 어떻게 보여줄 것인가 등 우리의 삶이 지향하는 정신을 드러내고 있는 것이 바로 건축이다. 공간을 창조한다는 것은 단순히 먹고 잠자고 일하는 네모반듯한 장소를 만드는 데서 그치는 것이 아니다. 건물이 만들어지는 과정은 우리 사회의 모든 속성이 고스란히 드러나는 현실 그 자체이며 그렇게 만들어진 건축은 곧 우리의 자화상이라고 할 수 있다. 저자는 "건축은 벽돌과 콘크리트가 아니라 인간의 정신으로 이루어진다는 것이 이 책에서 이야기할 결론이다."라고 시작하는 말에서 책의 메시지를 분명히 하고 있다. 과연 무엇을 볼 것인지, 짓는 이의 마음은 어떤지, 건물과 도시의 관계, 건축과 이데올로기 등에 관련된 이야기는 단순히 건축에 대한 이야기가 아니라 우리들 삶의 역사이며 현재이고 미래를 내다볼 수 있는 전망이라고 할 수 있다. 이것은 곧 건축이 우리 삶을 비춰보는 거울이라는 뜻이다.

《건축, 우리의 자화상》에서 임석재는 건축에 반영되어 있는 이 시대의 일그러진 자화상을 보여준다. 언제부턴가 건축은 사람들에게 돈을 버는 수단으로 인식되었다. 후기 자본주의 현상이라고 하기에는 현실이 너무 어둡다. 이렇게 불로소득을 얻는 사람들 때문에 건축은 더욱 뒤틀린 오해를 받는다. 이 책은 탐욕의 포로가 된 우리의 현실을 아프게 꼬집는다. 일기를 쓰는 심정으로 건축에 비친 우리의 자화상을 기록했다는 임석재는 고속철 역사, 관공서, 교회, 영화관, 백화점, 모텔에서 시작해서 모델하우스, 아파트, 테헤란로, 대형 의류매장, 광장에 이르기까지 이 시대의 건축을 통해 현실을 통렬하게 비판하고 있다.

관공서 가운데 권력 서열이 높은 건물들에는 서양 고전주의가 쓰인다. 국회의사당, 헌법재판소, 대법원 등이 대표적인 예이며 전쟁기념관도 같은 예에 속한다. 모두 서양의 이런저런 권위주의 양식을 모방한 것들이다. 모두 군사독재 시절에 지어졌다는 공통점도 있다. 또한 모두 건축계에서 서양 고전주의 논쟁과 권위주의 논쟁을 일으켰던 공통점도 있다. 도대체 왜 대한민국을 대표하는 권력기관이 서양 고전주의로 지어져야 하는가.

관공서 양식이라 명명한 건물들을 떠올려보자. 좌우대칭, 화강석 사용, 큰 계단, 굵고 높은 기둥 등 개성 없이 위엄 있게 보이고 싶은 욕망이 보이지 않는가. 작가는 이런 서양 고전주의 양식을 생각 없이 반복하고 있는 관공서 양식을 비판한다. 이것은 하나의 사례에 불과하다. 교회, 영화관, 백화점은 물론 아파트와 광장에 이르기까지 우리 사회를 반영하는 건축에 대해 비판적인 시선을 거두지 않는다. 저자는 건축을 바라보는 안목이나 새로운 상상력을 불어넣는 데 목적을 두지 않았다. 비판적 시선으로 현실을 반성하고 우리의 삶을 성찰하는 데 이 책을 쓴 목적이 있다. 물론 그 비판이 우리 삶과 사회에 대한 애정에서 비롯되었다는 사실은 에필로그에 잘 나타나 있다.

건축에 대한 전반적인 이해를 통해 현실의 어두운 면을 비판적 시선으로 바라보았다면 이제 본격적으로 여행을 떠나보자. 《딸과 함께 떠나는 건축 여행》은 즐거운 주말 여행기이다. 대학원에서 건축 평론을 전공했고 다양한 건축 전문 잡지사를 운영하던 이용재는 IMF때 전 재산을 날린다. 그리고 택시 운전기사가 되어 딸과 함께 주말마다 건축 여행을 떠난다. 이 책은 그 여행을 바탕으로 절두사 순교 성지, 워커힐 힐탑바, 지유센터, 국립 현대미술관 등 가까운 곳에서부터 박수근 마을, 정토사 무량수전, 탄탄스토리하우스, 해남 공룡화석지 보호각, 거제도 30평집에 이르기까지 역사와 인물, 예술과 관련된 다양한 건축을 소개한다.

박수근 고택은 18평 현시세로 8억이다. 이에 대해 유홍준 문화재청장이 한 말씀하셨다. "박수근 고택은 우리 근현대 미술사의 한 획을 영원히 장식할 공간으로, 반드시 보존해야 한다. 서울시와 협의해서 매입은 물론 근대문화재나 서울시 유형문화재 등으로 지정하는 방안을 적극 검토하겠다." 좋은 말씀이시다. 그런데 이참에 부탁드리고 싶다. 검토도 중요하지만, 먼저 박수근 고택부터 매입하는 것이 어떨까요.

"딸아 오늘은 왠지 쓸쓸하군. '인생은 나에게 술 한 잔 사주지 않았다.' 갑자기 이 말이 떠오르는군요."

"아빠, 왜 그래? 우리 기차 타고 어디라도 떠날까."

헛되도다. 하루 온종일, 박수근 살아생전 100원에 넘긴 〈할아버지와 손자〉가 머릿속을 맴돌았다.

작가는 짧고 간결한 문장과 재치 있는 표현으로 인문학적 배경지식을 지루하지 않게 전달한다. 딸과 장난스런 대화가 삽입되어 있고 간간히 시를 소개하기도 하며 개인적인 감상을 잘 표현하고 있기 때문에 건축에 대한 색다른 에세이로 읽힌다. 재미있는 일화와 건축관 등 관련된 다양한 이야기를 담고 있어서 400쪽이 넘는 분량이지만 지루하지 않다.

건축은 우리 삶의 일부이며 떼려야 뗄 수 없는 공간이다. 서현은 "건축의 가치는 멋있다고 표현될 수 있는 것 너머에 있다. 건축은 우리의 가치관을, 우리의 사고 구조를 우리가 사는 방법을 통하여 보여주는 인간 정신의 표현이다."라는 말로 그 의미를 되새긴다. 채우지 않고 비우고 덜어내며 타인과 공감하고 함께 살아갈 수 있는 사람은 얼마나 행복한가. 건축도 마찬가지다. 우리 삶을 껴안고 그 정신을 표현할 수 있는 개성 있고 아름다운 건축은 또 하나의 축복이다.

글과 **그림**의
협력 플레이

《만화의 이해》, 스콧 맥클라우드 지음, 김낙호 옮김, 비즈앤비즈, 2008 ★★
《쥐 I, II》 아트 슈피겔만 지음, 권희종, 권희섭 옮김, 아름드리미디어, 1994 ★★
《울기엔 좀 애매한》, 최규석 지음, 사계절, 2010 ★

초등학교에 다닐 때 전쟁이 나면 국회의사당 돔이 열리고 마징가 제트가 출동한다는 말을 믿었다. 불가능이 없다고 믿던 시절이었으니 인생에서 가장 행복한 시간이 아니었을까. 그때 그 시절 우리를 가장 행복하게 만들어준 것이 바로 만화다.

만화는 읽는 재미에 보는 즐거움까지 기쁨이 두 배다. 스마트폰으로 무엇을 하느냐는 질문에 웹툰 보기가 5위 안에 들어간다는 결과는 얼마나 많은 사람이 만화를 즐기는지 보여준다. 시대가 변하면서 만화에 대한 접근 방법도 진화해서 이제는 언제 어디서든 만화를 즐길 수 있게 되었다. 하지만 전통적인 형태의 만화책은 여전히 사람들에게 다른 것과 비교할 수 없는 재미와 즐거움을 선물한다. 한때 만화가 단순하고 저급

한 대상으로 취급당해온 것도 사실이다. 이는 만화에 대한 진지한 성찰과 이해가 부족했기 때문이다.

만화의 사전적 의미는 "어떤 대상이든 그 사물의 형태나 사건의 성격을 과장된 표현 또는 생략된 표현으로 웃음의 소재나 풍자의 대상으로 삼은 회화繪畵"이다. 하지만 이 정의에는 만화에서 중요한 요소인 글이 빠져 있다. 또한 과장되지 않은 만화, 웃음과 풍자를 다루지 않은 만화를 포함하지 못한다. 《만화의 이해》에서 스콧 맥클라우드는 만화를 수용자에게 정보를 전달하거나 미학적 반응을 일으키기 위하여, 의도된 순서로 병렬된 그림 및 기타 형상들이라고 재정의한다. 이 말에는 애니메이션을 포함한 다양한 종류의 만화에 대한 폭넓은 고민이 담겨 있다. 만화를 예술의 한 형식으로 바라보면 다른 예술과 구별되는 뚜렷한 특징이 떠오른다. 만화가 어떤 형식의 예술이며 무엇을 어떻게 그리고 있는지를 진지하게 분석하고 있는 이 책은 '만화란 무엇인가.'에 대한 해설이라고 할 수 있다. 말하자면 만화를 분석한 만화책이다.

만화는 현실에서 멀어질수록 상상력을 극대화한다. 복잡한 것에서 단순한 것으로, 사실적인에서 아이콘화한 것으로, 특정한 것에서 보편적인 것으로 표현할 때 사람들의 상상력을 자극한다. 그렇다고 해서 만화가 현실과 무관한 공상의 세계만을 다루는 것은 아니다. 다른 예술에서 표현하기 힘든 방법으로 만화 특유의 상상력을 만들어낸다. 장면과 장면 사이의 생략이야말로 만화의 묘미이며, 시간의 경계를 넘나들며 단순한 몇 개의 선으로 여백을 독자 스스로 채우게 하는 마술을 펼친다.

아이콘들이 작동하기 위해서는 우리가 직접 참여를 해야 합니다. 아이콘의 생명은, 여러분이 부여해준 만큼만 생겨납니다. 저를 순간적으로 재창조해내는 것은 바로 여러분의 일입니다. 만화가의 임무만은 아니죠. 매클루언이 20세기 말 세대들은 결과보다 참여를 원할 거라고 예언한 지 20여년이 지났습니다. 그것이 바로 시각 아이콘 언어가 원하는 바이기도 합니다.

스콧 맥클라우드는 자신의 캐릭터를 만화에 등장시켜 만화의 역사와 특징을 설명한다. 만화의 그림은 단순성에서 출발한다. 그것이 아이콘이 되어 하나의 상징으로 쓰이기도 한다. 그래서 우리는 만화에 점점 더 빠져드는지 모른다. 다른 예술과 달리 만화는 아이들에게 나쁜 영향을 미치고 저급하다는 사회적 통념이 널리 자리 잡아왔다. 시대가 바뀌어 요즘은 웹툰이 대세를 이루고 만화에 대한 인식도 많이 달라졌다.

광고와 애니메이션 등 다양한 산업으로 발전하고 있으며 영화의 원작으로 문학의 역할을 대신하기도 한다. 이렇게 만화는 여러 분야에서 응용 가능한 스토리텔링의 보물 창고가 되었다. 어린 시절 추억에 잠기게 만드는 데 만화만 한 것이 있을까. 어린이들이 처음 접하는 모든 책은 글보다 그림이 많다. 그것은 인류가 걸어온 길이기도 하다.

우리 사회에서는 어린이들이 글과 그림을 섞어 쓰는 것이 정상입니다. 성장하면서 결국 그 단계를 빠져나올 수만 있다면 말입니다. 전통적으로, 진정으로 위대한 예술이나 문학작품이라면 둘 사이가 멀찌감치 떨어져 있어야 한다는 생각이 오랫동안 지속되어 왔습니다. 글과 그림을 섞는 것은 좋게 말해서 대중을 위한 오락, 나쁘게 말하면 형편없는 상업주의의 소산 정도로 간주되었습니다.

글과 그림 중 어느 것이 더 중요할까. 어떤 책이 더 좋은 책인가. 쉽게 답할 수 없다. 인간의 발달 단계에 따라 그림과 글이 적절하게 조화를 이루어야한다. 성인이 되면 모두 글만 읽어야 한다는 게 아니라 성장 과정에서 그림에 대한 관심과 욕구는 본능에 가깝다는 말이다. 쉽고 재밌게 시작해서 조금 어렵고 복잡한 세계를 이해하는 것이다.

처음에는 보여주기로 시작해서 말하기 단계로 넘어가는 성장 과정은 만화의 기본 요소와 같다. 무엇을 보여주고 어떤 것은 말해야 하는지 결정하고 구성하는 창작 능력이 만화의 재미를 좌우한다. 보여주기와 말하기가 적절하게 배치된 만화는 어떤 즐거움과도 비교할 수 없다.

저자는 보여주기와 말하기의 조화를 강조한다. 만화는 회화의 한 형식이 아니라 글과 그림이 적절하게 조화를 이룰 때 다른 어떤 예술에서도 느끼기 어려운 미적 쾌감을 맛볼 수 있다. 이 책 또한 만화에 대한 이론과 미학적 접근을 만화의 형식으로 시도하고 있기 때문에 어렵지 않게 이해할 수 있다.

만화는 '발상(목적), 형식, 작품, 구조, 기술, 겉모습'의 여섯 단계를 거쳐 완성한다. 저자는 모든 만화를 몇 가지 이론으로 규정하려는 것이 아니라 기존의 만화를 철저하게 분석하고 만화에 대한 근본적인 형식과 내용을 탐구하고 있는 것이다. 그리고 이렇게 만화의 역할과 의미에 대해서도 정확하게 지적하고 있다.

무려 3,000년도 더 전의 이야기입니다! 믿어지지 않을 만큼 풍부한 고대 만화들이 있었는데, 그중 일부는 만화의 미래에 대한 열쇠를 쥐고 있습니다. 이 작품들을 찾아내고 정리하는 일은 이미 시작되었습니다.

만화책 한 권 완성하는 데 8년이 걸렸다면 독자들은 믿을까. 왠지 시간이 주는 무게와 진지함은 만화라는 형식과 어울리지 않을 것 같다. 아트 슈피겔만의 《쥐 Ⅰ, Ⅱ》는 이런 편견을 깨트린다. 이 만화는 제2차 세계대전 당시 유태인을 대량으로 학살했던 끔찍한 수용소 아우슈비츠에서 살아남은 아버지의 이야기를 다룬다. 익숙한 소재와 전달 방식이 아니기 때문에 다소 충격적이다. 숱한 화제를 남긴 이 만화는 단순한 재미와 거리가 멀다.

이 책에는 사람이 등장하지 않는다. 유태인은 쥐로, 나치는 고양이로, 폴란드인은 돼지로, 미국인은 개로, 프랑스인은 개구리로, 소련인은 곰으로 묘사한다. 하지만 이야기의 장면과 내용은 영화 장르에서 활용되었던 다큐멘터리식 현실 수용, 에이젠슈타인의 몽타주 편집 등의 다양한 기법을 동원하고 있다. 이것은 만화가 얼마나 정교한 예술인지 보여주는 사례이기도 하다.

만화에 등장하는 아버지 블라덱의 회상 형식으로 스토리가 전개된다. 마치 소설의 액자 형식처럼 이야기 속의 이야기 구조를 활용하고 있다. 현실에선 아버지와 아들이 대화를 나누고 일상생활을 하지만 만화의 주된 내용은 아버지의 기억을 더듬어 이우슈비츠로 향한다. 하지만 아들 슈피겔만과의 현재도 중요한 이야기의 흐름이다. 과거와 현실이 교차하면서 보여주는 끔찍한 역사는 만화라는 형식을 통해 독자들에게 새로운 감동을 선사한다. 만화는 때때로 현실보다 더욱 생생한 장면을 만들어내고 과거를 되살려내기도 한다.

《십시일반》처럼 인권 현실을 보여주는 만화, 강풀의 《순정만화》,《그대를 사랑합니다》같은 감동적인 창작 만화, 허영만의 《식객》, 《꼴》 시리즈처럼 글과 그림이 조화를 이룬 좋은 만화도 많이 있지만 최규석의 《울기엔 쫌 애매한》은 대한민국 청소년의 현실을 적나라하게 보여준다는 측면에서 의미가 있다. 사춘기를 거치면서 성인이 되고 사회에 진출하는 과정은 누구나 비슷하다. 그러나 그들이 겪는 고민과 아픔은 저마다 다르다. 그 과정을 관심 있게 지켜보는 작가의 시선이 따뜻하다.

답답하고 우울한 현실에 대해 고민하지 않는 청소년이 어디 있을까. 최규석은 미대 입시를 준비하는 미술 학원을 중심으로 대학을 가기 위한 미술이 따로 존재하는 현실을 적나라하게 드러낸다. 제목처럼 울기엔 조금 애매한 우리의 현실은 여전히 '희망'이라는 이름으로 단단히 포장되어 있다. 초등학생처럼 엉엉 울어버릴 수도 없는 현실에서 우리가 걸어야 할 길과 고민해야 하는 미래는 결코 밝지 않다. 무엇이든 열심히만 하면 된다는 격려와 위로보다 있는 그대로의 현실을 찬찬히 들여다보는 데서부터 내일을 준비해야 하는 것은 아닐까.

이렇듯 만화는 공상의 세계부터 치열한 현실까지 폭넓은 분야를 담아낸다. 만화에 대한 진지한 접근을 통해 무한한 상상력과 기발한 아이디어를 즐길 수 있다. 요즘은 학습을 위한 도구로 만화를 활용한 학습 만화가 유행하고 있다. 만화의 본래 목적과 달리 수단으로 활용하는 경우다. 긍정적인 측면과 부정적인 측면을 살펴볼 필요가 있다. 하지만 만화는 여전히 그 자체로 우리에게 말할 수 없는 재미와 감동을 주는 예술이다. 언제든 가장 손쉽게 그리고 즐겁게 펼쳐볼 수 있는 만화책 한 권 펼쳐볼까. 편안하고 여유 있게 상상의 날개를 펼쳐보자.

추천 도서 목록

'나는 누구인가'에 대한 질문 – 정체성
- 《자기만의 철학》, 탁석산 지음, 창비, 2011
- 《나를 찾습니다》, 마르틴 라퐁 지음, 신성림 역, 개마고원, 2011
- 《열일곱 살의 인생론》, 안광복 지음, 사계절, 2010

세상을 바라보는 서로 다른 시각 – 관점
- 《소크라테스의 삶과 죽음》, 이종훈 편역, 한국학술정보, 2012
- 《소크라테스 두 번 죽이기》, 박홍규 지음, 필맥, 2005
- 《철학의 교실》, 오가와 히토시 지음, 안소현 옮김, 파이카, 2011

가슴은 뜨겁게, 머리는 차갑게! – 논리적 사고
- 《설득의 논리학》, 김용규 지음, 웅진지식하우스, 2007
- 《변호사 논증법》, 최훈 지음, 웅진지식하우스, 2010
- 《논쟁의 대가들》, 로베르토 카사티·아킬레 바르치 지음, 이현경 옮김, 연대림, 2005

철학, 인간에게 '새로운 눈'을 주다 – 철학과 인접 분야
- 《철학 정원》, 김용석 지음, 한겨레출판, 2007
- 《철학 영화를 캐스팅하다》, 이왕주 지음, 효형출판, 2005
- 《철학카페에서 시 읽기》, 김용규 지음, 웅진지식하우스, 2011

자본주의적 삶에 대한 도전, 내 삶의 주인 되기 – 삶의 목적과 방향

- ≪나를 만나는 스무살 철학≫, 김보일 지음, 예담, 2010
- ≪상처받지 않을 권리≫, 강신주 지음, 프로네시스, 2009
- ≪조화로운 삶≫, 헬렌 니어링 · 스코트 니어링 지음, 류시화 옮김, 보리, 2000

'성공'이 아닌 '행복'을 위한 공부 – 공부

- ≪이것이 공부다≫, 이한 지음, 민들레, 2012
- ≪10대 너의 배움에 주인이 되어라≫, 양희규 지음, 글담출판사, 2012
- ≪다른 십대의 탄생≫, 김해완 지음, 그린비, 2011

자기 혁명을 위한 프레임의 전환 – 자기 계발

- ≪프레임≫, 최인철 지음, 21세기북스, 2007
- ≪아웃라이어≫, 말콤 글래드웰 지음, 노정태 옮김, 김영사, 2009
- ≪시골의사 박경철의 자기혁명≫, 박경철 지음, 리더스북, 2011

10대는 여전히 아프고 외롭다 – 상담, 심리

- ≪청소년을 위한 정신 의학 에세이≫, 하지현 지음, 해냄출판사, 2012
- ≪십대라는 이름의 외계인≫, 김영아 지음, 라이스메이커, 2012
- ≪너, 외롭구나≫, 김형태 지음, 예담, 2011

현실에 발 디뎌야 미래가 보인다 – 노동, 미래사회

- ≪이것은 왜 청춘이 아니란 말인가≫, 엄기호 지음, 푸른숲, 2010
- ≪4천원 인생≫, 안수찬 외 지음, 한겨레출판, 2010
- ≪3차 산업혁명≫, 제러미 리프킨 지음, 안진환 옮김, 민음사, 2012

행복한 삶을 위한 나의 일! – 진로, 직업

- ≪나는 무슨 일 하며 살아야 할까?≫, 이철수 외 지음, 철수와영희, 2011
- ≪성적은 짧고 직업은 길다≫, 탁석산 지음, 창비, 2009
- ≪세상을 바꾸는 천개의 직업≫, 박원순 지음, 문학동네, 2011

좋은 책이란 다른 좋은 책을 읽게 하는 책 – 책 읽기

- ≪책 읽는 책≫, 박민영 지음, 지식의 숲, 2005
- ≪책읽기의 달인, 호모 부커스≫, 이권우 지음, 그린비, 2008
- ≪교양인의 행복한 책읽기≫, 정제원 지음, 베이직북스, 2010

모든 독서의 종착역은 글쓰기 – 글쓰기

- ≪나를 바꾸는 글쓰기 공작소≫, 이만교 지음, 그린비, 2009
- ≪글쓰기 훈련소≫, 임정섭 지음, 경향미디어, 2009
- ≪몸과 삶이 만나는 글≫, 누드 글쓰기, 고미숙 외 지음, 북드라망, 2011

문학의 비밀을 알려주는 열쇠 – 문학에 접근하는 태도와 방법

- ≪읽지 않은 책에 대해 말하는 법≫, 피에르 바야르 지음, 김병욱 옮김, 여름언덕, 2008
- ≪책을 읽는 방법≫, 히라노 게이치로 지음, 김효순 옮김, 문학동네, 2008
- ≪정여울의 문학 멘토링≫, 정여울 지음, 이슈, 2012

박제된 고전에 날리는 하이킥 – 고전

- ≪전을 범하다≫, 이정원 지음, 웅진지식하우스, 2010
- ≪멋지기 때문에 놀러왔지≫, 설흔 지음, 창비, 2011
- ≪방드르디, 태평양의 끝≫, 미셸 투르니에 지음, 김화영 옮김, 민음사, 2003

소설을 넘어 '스토리텔링'으로 – 소설

- ≪이야기의 힘≫, 이창용 외 지음, 황금물고기, 2011
- ≪아빠, 나를 죽이지 마세요≫, 테리 트루먼 지음, 천미나 역, 책과콩나무, 2009
- ≪어둠의 혼≫, 김원일 지음, 창비, 2005

시가 우리에게 건네는 말들 – 시

- ≪청소년, 시와 대화하다≫, 김규중 지음, 사계절, 2010
- ≪시심전심≫, 정끝별 지음, 문학동네, 2011
- ≪난 빨강≫, 박성우 지음, 창비, 2010

몇 줄이라도 진짜 내 얘기를 써보는 것 – 수필

- ≪근원수필≫, 김용준 지음, 열화당, 2009
- ≪감옥으로부터의 사색≫, 신영복 지음, 돌베개, 1998
- ≪어디 아픈 데 없냐고 당신이 물었다≫, 김선우 지음, 청림출판, 2011

세계사로 시작하는 역사 이야기 – 세계사

- ≪곰브리치 세계사≫, 에른스트 H. 곰브리치 지음, 박민수 옮김, 비룡소, 2010
- ≪새로운 세대를 위한 세계사 편지≫, 임지현 지음, 휴머니스트, 2010
- ≪세계사를 움직이는 다섯 가지 힘≫, 사이토 다카시 지음, 홍성민 옮김, 뜨인돌, 2009

우리는 모두 아프리카에서 시작되었다 – 아프리카사

- ≪처음 읽는 아프리카의 역사≫, 루츠 판 다이크 지음, 안인희 옮김, 웅진지식하우스, 2005
- ≪통아프리카사≫, 김상훈 지음, 다산에듀, 2011
- ≪나는 아프리카인이다≫, 막스 두 프레즈 지음, 장시기 옮김, 당대, 2008

끝나지 않은 과거, 동아시아의 새로운 미래 – 동아시아사

- ≪미래를 여는 역사≫, 한중일3국공동역사편찬위 지음, 한겨레출판, 2005
- ≪동아시아를 만든 열 가지 사건≫, 아사히신문 취재반 지음, 백영서 · 김항 옮김, 창비, 2008
- ≪키워드로 읽는 동아시아≫, 신윤환 외 지음, 이매진, 2011

역사의 기본은 한국사를 제대로 이해하는 것 – 한국사

- ≪뜻으로 본 한국 역사≫, 함석헌 지음, 한길사, 2003
- ≪한국사 상식 바로잡기≫, 박은봉 지음, 책과함께, 2007
- ≪조선왕비실록≫, 신명호 지음, 역사의아침, 2007

지금 이 순간의 역사가 근현대사다 – 한국 근현대사

- ≪내가 쓰는 한국 근현대사≫, 한상철 · 이영복 지음, 우리교육, 2011
- ≪사진과 그림으로 보는 한국 현대사≫, 서중석 지음, 웅진지식하우스, 2005
- ≪지금 이 순간의 역사≫, 한홍구 지음, 한겨레출판, 2010

삶의 기본 태도를 배우는 사회학 – 사회과학

- ≪너의 의무를 묻는다≫, 이한 지음, 뜨인돌, 2010
- ≪청소년을 위한 사회학 에세이≫, 구정화 지음, 해냄출판사, 2011
- ≪캠퍼스 밖으로 나온 사회과학≫, 김윤태 지음, 휴머니스트, 2011

민주 시민은 태어나는 게 아니라 만들어지는 것 – 민주주의, 법

- ≪민주주의란 무엇인가≫, 제임스 랙서 지음, 김영희 옮김, 행성:B 온다, 2011
- ≪참여하는 시민 즐거운 정치≫, 이남석 지음, 책세상, 2005
- ≪디케의 눈≫, 금태섭 지음, 궁리, 2008

우리 삶 속에 녹아 있는 경제학 – 경제

- ≪자본주의 역사 바로 알기≫, 리오 휴버먼 지음, 장상환 옮김, 책벌레, 2000
- ≪돈의 인문학≫, 김찬호 지음, 문학과지성사, 2011
- ≪괴짜 경제학≫, 스티븐 레빗 · 스티븐 더브너 지음, 안진환 옮김, 웅진지식하우스, 2005

청소년의 반대말은 '자유' – 인권

- ≪인권≫, 최현 지음, 책세상, 2008
- ≪인권은 대학 가서 누리라고요?≫, 김민아 지음, 끌레마, 2010
- ≪세상을 향해 어퍼컷≫, 육성철 지음, 샨티, 2008

젠더gender, 만들어진 성 – 여성

- ≪세상의 절반, 여성 이야기≫, 우리교육 출판부 엮음, 우리교육, 2010
- ≪권인숙 선생님의 양성평등 이야기≫, 권인숙 지음, 청년사, 2007
- ≪여자의 탄생≫, 나임윤경 지음, 웅진지식하우스, 2005

우리 삶을 지배하는 수학, 그 아름다움 – 수학

- ≪수학의 유혹≫, 강석진 지음, 문학동네, 2002
- ≪기호와 공식이 없는 수학카페≫, 박영훈 지음, 휴머니스트, 2005
- ≪수학 오디세이≫, 앤 루니 지음, 문수인 옮김, 돋을새김, 2010

한 알의 모래에서 우주를 보는 과학적 상상력 – 자연과학

- ≪거의 모든 것의 역사≫, 빌 브라이슨 지음, 이덕환 옮김, 까치글방, 2003
- ≪과학, 일시정지≫, 가치를꿈꾸는과학교사모임 지음, 양철북, 2009
- ≪거짓말 새빨간 거짓말 그리고 과학≫, 셰리 시세일러 지음, 이충호 옮김, 부키, 2010

마법 같은 생명의 탄생과 소멸 – 생명

- ≪현실, 그 가슴 뛰는 마법≫, 리처드 도킨스 지음, 김명남 옮김, 김영사, 2011
- ≪털 없는 원숭이≫, 데즈먼드 모리스 지음, 김석희 옮김, 문예춘추사, 2006
- ≪낙타는 왜 사막으로 갔을까≫, 최형선 지음, 부키, 2011

세상 '비밀의 문'을 여는 물리와 화학 – 물리, 화학

- ≪파인만의 여섯 가지 물리 이야기≫, 리처드 필립 파인만 지음, 박병철 옮김, 승산, 2003
- ≪물리법칙으로 이루어진 세상≫, 정갑수 지음, 양문, 2007
- ≪지구를 부탁해≫, 박동곤 지음, 사이언스북스, 2011
- ≪진정일의 교실 밖 화학 이야기≫, 진정일 지음, 양문, 2006

지속 가능한 삶을 위한 우리의 선택 – 생태, 환경

- ≪침묵의 봄≫, 레이첼 카슨 지음, 김은령 옮김, 에코리브르, 2011
- ≪오늘의 지구를 말씀드리겠습니다≫, 김추령 지음, 양철북, 2012
- ≪죽음의 밥상≫, 피터 싱어 · 짐 메이슨 지음, 함규진 옮김, 산책자, 2008

문화는 '좋고 나쁘다'를 판단할 수 없다 – 문화

- ≪처음 만나는 문화인류학≫, 한국문화인류학회 지음, 일조각, 2003
- ≪놀이의 달인, 호모 루덴스≫, 한경애 지음, 그린비, 2007
- ≪대중문화의 겉과 속 1~3≫, 강준만 지음, 인물과사상사, 1999~2006

예술적 상상력으로 세상을 보라 – 미술, 음악

- ≪미학 오디세이 1~3≫, 진중권 지음, 휴머니스트, 2004
- ≪비밀 많은 디자인 씨≫, 김은산 지음, 양철북, 2010
- ≪그림이 들리고 음악이 보이는 순간≫, 노엘라 지음, 나무수, 2010

세상을 보는 또 다른 프레임 – 영화, 사진

- ≪열일곱, 영화로 세상을 보다≫, 이대현 외 지음, 다할미디어, 2010
- ≪스토리텔링의 비밀≫, 마이클 티어노 지음, 김윤철 옮김, 아우라, 2008
- ≪사진이란 무엇인가≫, 최민식 지음, 현문서가, 2005

건축은 우리 사회의 자화상 – 건축

- ≪건축, 음악처럼 듣고 미술처럼 보다≫, 서현 지음, 효형출판, 2004
- ≪건축, 우리의 자화상≫, 임석재 지음, 인물과사상사, 2005
- ≪딸과 함께 떠나는 건축 여행≫, 이용재 지음, 멘토프레스, 2007

글과 그림의 협력 플레이 – 만화

- ≪만화의 이해≫, 스콧 맥클라우드 지음, 김낙호 옮김, 비즈앤비즈, 2008
- ≪쥐 I, II≫, 아트 슈피겔만 지음, 권희종, 권희섭 옮김, 아름드리미디어, 1994
- ≪울기엔 좀 애매한≫, 최규석 지음, 사계절, 2010

청소년을 위한
북 내비게이션

지은이 | 류대성

1판 1쇄 발행일 2013년 8월 12일
1판 2쇄 발행일 2014년 1월 6일

발행인 | 김학원
경영인 | 이상용
편집주간 | 위원석
편집장 | 최세정 황서현
기획 | 문성환 박민영 박상경 임은선 최윤영 조은화 전두현 최인영 정다이 이보람
디자인 | 김태형 임동렬 유주현 최영철 구현석
마케팅 | 이한주 하석진 김창규 이선희 이정인
저자 · 독자 서비스 | 조다영 함주미(humanist@humanistbooks.com)
스캔 · 출력 | 이희수com.
용지 | 화인페이퍼
인쇄 | 청아문화사
제본 | 정민문화사

발행처 | (주)휴머니스트 출판그룹
출판등록 | 제313-2007-000007호(2007년 1월 5일)
주소 | (121-869) 서울시 마포구 동교로23길 76(연남동)
전화 | 02-335-4422 팩스 | 02-334-3427
홈페이지 | www.humanistbooks.com

ⓒ 류대성, 2013

ISBN 978-89-5862-641-1   43810

* 이 도서의 국립중앙도서관 출판시도서목록(CIP)은 서지정보유통지원시스템 홈페이지(http://seoji.nl.go.kr)와
  국가자료공동목록시스템(http://www.nl.go.kr/kolisnet)에서 이용하실 수 있습니다.
  (CIP제어번호 : CIP2013012521)

만든 사람들

편집장 | 황서현
기획 | 최윤영(cyy2001@humanistbooks.com) 박상경 이보람
편집 | 이영란
디자인 | 최영철